ROBERT DOMES

Voralpenphönix

ALLGÄU KRIMI

emons:

Bibliografische Information der Deutschen Nationalbibliothek
Die Deutsche Nationalbibliothek verzeichnet diese Publikation in der Deutschen Nationalbibliografie; detaillierte bibliografische Daten sind im Internet über http://dnb.d-nb.de abrufbar.

MIX
Papier aus verantwortungsvollen Quellen
FSC® C083411
FSC
www.fsc.org

Umschlagmotiv: © mauritius images/Pit
Umschlaggestaltung: Tobias Doetsch
Gestaltung Innenteil: César Satz & Grafik GmbH, Köln
Druck und Bindung: CPI – Clausen & Bosse, Leck
Printed in Germany 2014
ISBN 978-3-95451-252-2
Allgäu Krimi
Originalausgabe

Dieser Roman wurde vermittelt durch die Verlagsagentur
Lianne Kolf, München.

Ich verstecke dich
Vor deinem schlimmsten Traum
Und wärme dich
Wenn du an dir erfrierst.
Ich küsse dich
Wenn dich keiner küssen mag
Und liebe dich
Wenn du dich wieder verlierst.

Rosenstolz, »Ich hab genauso Angst wie du«

Feuer

Karl Maschke sieht seinen Tod nicht kommen. Er sieht ihn gehen. Der alte Mann liegt in seinem Wohnzimmer und blickt wie durch einen Schleier auf einen Schatten, der soeben aus der Tür entschwindet. Ein Schemen, der lautlos nach draußen gleitet.

Ja, das ist sein Wohnzimmer, wenngleich er es aus einer ungewohnten Perspektive betrachtet. Die beigen Streifen der Tapete stehen schief, ebenso wie das Sideboard mit dem Porzellanpferd und der kleinen runden Uhr aus den fünfziger Jahren, die immer zehn Minuten nachgeht. Er liegt vor seinem Sofa, den Kopf auf dem Teppichboden, und schaut zwischen den Beinen des niedrigen Couchtischs auf die dunkelbraune Schrankwand, die wie in Nebel gehüllt am anderen Ende des Zimmers steht.

Wieso liegt er hier, und wer ist dieser Gast? Er hatte Besuch, das weiß er noch, er hat getrunken, viel getrunken. Mühsam versucht Maschke, seinen alten Körper aufzurichten, als ihm der Schmerz wieder bewusst wird. Dieser Schmerz war es, der ihn aufgeweckt hat. Er spürt ihn durch seinen Körper rasen wie Feuer in seinen Adern, kann ihn aber nicht lokalisieren, er ist überall, sammelt sich in seinem Kopf und stürmt durch alle Nervenzellen. Maschke hat keine Kontrolle über seine Bewegungen. Sein massiger Körper krümmt sich zusammen. Er muss etwas tun.

Er versucht, sich zu erinnern, aber der Schmerz legt sein Denken lahm. Erstaunt stellt er fest, dass sein Wohnzimmer hell erleuchtet ist, heller, als es der Kristalllüster mit seinen vier Lampen sonst schafft. Er tastet mit den Händen, findet ein Tischbein und versucht, sich daran hochzuziehen. Der Couchtisch kippt, und eine Flasche Wodka fällt herunter. Der alte Mann schließt die Augen. Von irgendwoher hört er ein Knistern und Rascheln, als packte jemand nebenan in der Küche Geschenke aus.

Er will rufen, aber aus seinem Hals kommt nur ein Krächzen. Hustend sinkt er zurück. Panik erfasst ihn. Das ist kein Schleier, das ist Rauch. Und das ist auch kein Licht im Wohnzimmer, sondern Feuer. Das Knistern ist jetzt direkt neben ihm. Eine Flamme kriecht um den Tisch herum, duckt sich kurz, findet in einer Programmzeitschrift neue Nahrung. Maschke stemmt sich mit aller Kraft hoch, schaut sich um. Sein Sofa steht in Flammen, sie schlagen hoch, sind im nächsten Moment über dem Tisch, auf dem Boden, kriechen die Vorhänge hoch. Die Hitze versengt ihm die Augenbrauen, atemlos fällt er zurück, will wegrobben, weiß nicht, wohin.

Plötzlich fällt ihm ein, wer zu Besuch gekommen ist. Sein Mund will den Namen aussprechen, aber das Feuer nimmt ihm die Luft. Es frisst an seiner Schrankwand und leckt knisternd hoch zur holzverkleideten Decke. Er reißt entsetzt die Augen auf. Mit einem Schlag wird ihm bewusst, was geschieht. Seine Hände krallen sich wütend in den Teppichboden. Was war er für ein Idiot.

Das Letzte, was Karl Maschke sieht, ist die Feuerzunge, die aus der umgekippten Wodkaflasche springt. Seine Lungen finden keinen Sauerstoff mehr, sein Herz setzt aus, seine Augen brechen. Dann ist die Feuerwalze bei ihm und schlägt über seinem Leib zusammen.

MONTAG

Wo, verdammt noch mal, war der obere Totpunkt? Die Stelle, an der alle Gelenke der Mechanik in einer Linie lagen, an der die Bewegung zum Stillstand kam. Olivia Austin beugte sich über den schmutzig-öligen Motorblock auf ihrer Werkbank. Sie schaute mit einem Auge in das Loch, aus dem sie soeben die Zündkerze geschraubt hatte, obwohl ihr klar war, dass es dort nichts zu sehen gab.

Sie richtete sich auf und wischte mit dem Handrücken den Schweiß aus dem Gesicht. Ein ölgrauer Streifen blieb auf ihrer Wange zurück und ergänzte die Schmutzschlieren auf der Stirn, am Ohr und auf dem Nasenflügel. Sie sah aus, als hätte sie ihren ganzen Kopf in den Motorzylinder gesteckt. Am liebsten hätte sie das auch getan, um endlich diesen verdammten Totpunkt zu finden.

»Der Zündzeitpunkt (Z) liegt bei 31 Grad vor dem oberen Totpunkt (OT).« So stand es auf einem ölverschmierten Blatt in einer der Beschreibungen, die sie aus verschiedenen Foren im Internet ausgedruckt hatte. Der Unterbrecherkontakt musste sich genau dann öffnen, wenn der Kolben den Punkt Z erreichte. Eigentlich ganz einfach. Olivia grinste schief. Zumindest für eine Fachwerkstatt mit elektronischen Messgeräten und dem ganzen Spezialwerkzeug.

Sie schraubte eine umgeschweißte Zündkerze in den Motor, drehte das Polrad vorsichtig nach links, bis der Kolben am Widerstand anschlug, dann die gleiche Drehung nach rechts. Beide Stellen markierte sie auf dem Lüftergehäuse. Sie nahm die Einstellung sehr genau. Dabei war ihr klar, dass am Ende doch nur ein Kompromiss herauskam. Die Vespa GS aus dem Jahr 1961 besaß eine Magnetzündung ohne jegliche Steuerung. Der einmal eingestellte Zündzeitpunkt musste also für alle Drehzahlen herhalten.

Im Grunde war diese ganze Schrauberei ein Kompromiss. Die alte Vespa, deren Eingeweide um Olivia herum in der

Werkstatt lagen, war ein einziger Schrotthaufen, wenngleich ein Schrotthaufen mit Kultstatus. Olivia hatte die Vespa Grand Sport vor vier Jahren gekauft. Sie hatte einhundertfünfzig Kubik, war stark wie ein kleines Motorrad und doch feingliedrig, wie es nur italienische Roller sein konnten. Von der Sorte gab es nicht mehr viele auf der Straße. Seit sie die Vespa hatte, bastelte sie daran herum. Genauer gesagt baute sie das Modell neu auf. Sie hatte sich eingearbeitet und war inzwischen Expertin für Entrostung, Schweißen, Löten, Elektrik, Mechanik, Lackierung. Vor allem für Improvisation. Oli war keine Technikerin, aber sie hatte sich in diese Arbeit verbissen und verliebt. Und wenn sie ehrlich war, ging es nicht so sehr darum, einen Oldtimer zu restaurieren, sondern darum, sich abzulenken, sich mit den Händen zu beschäftigen, zur Ruhe zu kommen, abzuschalten, zu flüchten aus dieser Welt, aus dieser Stadt, vor dem Stress in der Redaktion, vor dem Ärger mit ihren Eltern, vor den Reibereien mit ihrem Sohn Alex.

Die Werkstatt, von Oli nur »Schmiede« genannt, war ihr Rückzugsort, an dem sie die Welt und ihre Sorgen vergaß. Hier konnte sie ihren überaktiven Geist und ihre Sinne beruhigen, die ständig auf Empfang geschaltet waren, hier konnte sie nachdenken, ohne sich über etwas Gedanken zu machen, hier konnte sie ihre Wut wegarbeiten und ihre Seele baumeln lassen. Sie konzentrierte sich ganz auf die Beschaffenheit und das Innenleben der Maschine, auf das Metall, die Mechanik, auf Kugellager und Dichtungen, auf Gabelschlüssel und Kombizange, Lötkolben und Schleifgerät. Während ihre Hände arbeiteten, wurde ihr Kopf auf wundersame Weise aufgeräumt. Ihr Geist konnte frei umherschweifen, konnte den Alltagsmüll zur Seite schaffen und fand dabei häufig neue Ideen und Antworten auf alte Fragen.

Die »Schmiede« war ein altersmüder grauer Industriebau. Er stand auf einem Grundstück im Süden von Kaufbeuren, dort, wo das schöne Kleid der Stadt ausfranste und fleckig wurde. Das Wort »Mischgebiet« traf nicht nur auf den Wildwuchs aus Hallen, Wohngebäuden, Schuppen und wenigen Einfamilienhäusern zu, mehr noch auf die Bewohner. Hier lebten einfache

Arbeiter, arme Rentner, Türken, Russen, all jene, die sich die teuren Wohnungen in der historischen Altstadt oder an den Hängen mit Bergblick nicht leisten konnten. Direkt vor der alten Gewerbehalle stand ein Vier-Parteien-Wohnblock, in dem Oli eine Erdgeschosswohnung gemietet hatte. Sie konnte von ihrer Terrasse über den schmalen Grünstreifen gehen, durch eine Lücke im Maschenzaun schlüpfen und stand vor den vier Meter hohen Toren der ehemaligen Autowerkstatt. Der Besitzer war vor Jahren pleitegegangen. Oli hatte die Werkstatt gemietet, sie war groß genug, um ihren Schrotthaufen und die mittlerweile ansehnliche Werkzeugsammlung unterzubringen. Vor allem nahe an ihrer Wohnung, sodass Alex sie von der Terrasse aus rufen konnte, wenn er etwas brauchte. Was allerdings in letzter Zeit nur sehr selten vorkam.

Alex war meistens froh, wenn seine Mutter nicht da war und er länger fernsehen oder mit dem Gameboy spielen konnte. Oli wusste, dass er die Zeit ausnutzte, aber sie hatte auch keine Lust, ihm ständig hinterherzuspionieren. Sie genoss ihre Freiheit in der Schmiede, Alex die seine in der Wohnung. Die Wünsche und Allüren ihres Zwölfjährigen waren anstrengend genug. »Die größten Helden des Alltags sind die Eltern von pubertierenden Kindern.« Wer hatte das noch mal gesagt? Egal. Sie musste endlich mit der Zündung vorwärtskommen.

Plötzlich donnerte mit lautem Krachen die Tür der Werkstatt auf. Ihre Eltern platzten herein. Gerda und Walter Austin hatten Alex im Schlepptau. Ein Blick auf das finstere Gesicht ihres Sohnes und seine hängenden Schultern genügte, um zu wissen, wie die Stimmung war.

Anstatt einer Begrüßung krähte ihre Mutter mit schriller Stimme: »Wie du wieder aussiehst!«

Oli legte ihr Werkzeug weg, wischte sich die öligen Hände an ihrem früher mal grünen Overall ab und zog eine Augenbraue hoch.

»So bekommst du nie einen Mann«, fuhr Gerda Austin fort.

Bevor Oli antworten konnte, hob ihr Vater die Nase und sagte in schnarrendem Ton: »Hast schon wieder geraucht. Ein Funke genügt, und der Laden fliegt in die Luft.«

»Hallo, Mama, hallo, Papa, ich freue mich auch, euch zu sehen«, sagte Olivia und hoffte, nicht allzu sarkastisch zu klingen.

»Der Alex hat schön gegessen«, sagte ihre Mutter, so als wäre Alex, der am Tor stehen geblieben war, gar nicht im Raum.

»Überall Benzin und Öl, das ist unverantwortlich«, raunzte ihr Vater.

Oli holte tief Luft. »Gibt's sonst noch irgendwas Neues?«

»Alex hat gesagt, du willst ihn nicht zur Konfirmation lassen«, sagte ihr Vater.

Das Gesicht von Walter Austin war eine einzige Anklage. Oli schaute Alex an, mit einem Blick, der ausdrücken sollte: Du Verräter, darüber sprechen wir noch. Laut sagte sie: »Ich habe nichts gegen die Konfirmation, nur gegen die Geschenke-Orgie.«

Alex verdrehte die Augen.

Oli legte nach: »Habt ihr ihn auch gefragt, warum er unbedingt zur Konfi will? Und wie viel Kohle er erwartet?«

Alex drehte sich wortlos um und knallte die Tür der Werkstatt hinter sich zu. Aus. Schluss der Debatte. Ich will nichts mehr mit dir zu tun haben.

Olivia massierte sich die Schläfen. Die tragischsten Helden des Alltags sind die alleinerziehenden Mütter von pubertierenden Jungs, dachte sie grimmig. Vor allem, wenn ihnen die Großeltern in den Rücken fallen. Sie funkelte ihren Vater böse an. Der hob abwehrend die Hände.

»Wenn er unbedingt zur Konfirmation will, dann lass ihn doch. Ist doch schön, wenn er sich in einer Gemeinschaft engagiert.«

»Das sagt der Richtige. Wann warst du zum letzten Mal in der Kirche?«, maulte Oli.

Walter Austin ignorierte ihren aggressiven Ton. »Hier geht es doch nicht um mich, sondern um Alex' Glauben.«

»Du weißt genau, dass das mit Glauben nichts zu tun hat. Da geht's nur darum.« Sie rieb Daumen und Zeigefinger vor der Nase ihres Vaters. »Der sieht nur, was seine Kumpel bei der Konfi für einen Reibach machen.«

»Hast du überhaupt ein gutes Kaffeegeschirr?«, mischte sich

Olis Mutter ein. Oli und ihr Vater starrten sie entgeistert an, doch Gerda schien das nicht zu merken. »Du willst doch den Gästen nicht etwa deine Flohmarktsammlung vorsetzen.«

Oli sagte scharf: »Ich mach das jedenfalls nicht mit. Wir haben den Stress und die Kosten, und der kleine Prinz sahnt ab. Der ist doch bloß scharf darauf, seinen alten Gameboy durch einen neuen Nintendo zu ersetzen oder am besten durch einen eigenen Computer, damit er noch mehr spielen kann.«

»Das ist nur eine Frage der Erziehung. Bei uns jedenfalls macht er das nicht«, erwiderte ihr Vater.

»Was soll er denn überhaupt anziehen? Hast du schon einen Anzug für ihn ausgesucht?«, fragte ihre Mutter.

Oli presste die Hände vor den Mund. »Manchmal bin ich so müde, sooo müde.«

»Und Tischdecken hast du auch keine«, sagte ihre Mutter, während ihr Vater weiter über Erziehung sprach: »Konsequenz, hörst du, Olivia, Konsequenz und Strenge, das ist, was Alex braucht.«

Oli richtete sich auf. »Ich glaube, ihr geht jetzt besser.«

Sie schob ihre Eltern aus der Werkstatt und versuchte, die altbekannten Phrasen zu überhören. In der Tür baute sich ihr Vater beleidigt vor ihr auf. »Das ist der Dank.«

»Tschüss, Papa.«

Olivia drückte die Tür zu und trat wütend mit dem Fuß gegen die Werkbank. Dann sank sie auf den alten Drehhocker. Am liebsten hätte sie ihren Sohn und ihre Koffer gepackt und wäre weggezogen. Weg von ihren Eltern, weg aus dem Allgäu, weg von dieser spießigen Kleinstadt, weg von dem Job. Wie lange musste man fahren, um vor all dem zu flüchten?

Sie hätte nie zurück nach Kaufbeuren kommen dürfen. Das war der Kardinalfehler. Diese beschissenen Vernunftgründe. Hier wohnen Alex' Großeltern, hier ist er versorgt, hier hast du einen schönen Job bei der Zeitung und kannst Kind und Beruf gut vereinbaren, hier bist du zu Hause, hier kennst du jeden.

Genau das war es. Das Leben war so zugepflastert wie die Kaufbeurer Altstadt. Stein an Stein, überschaubar und sauber, popelig und eng. Bloß keine Überraschung, bloß keine Neuerungen.

Sie hätte damals nach dem Studium auf ihren Bauch hören und in München bleiben sollen. Gut, München war auch nicht gerade die große Welt. Die Stadt war teuer und anstrengend, vor allem für eine alleinerziehende Jung-Akademikerin. Warum hatte sie auch unbedingt Politik und Kunstgeschichte studieren müssen. Für jemanden mit diesem Abschluss waren die Stellenangebote ungefähr so häufig wie Freibier auf dem Oktoberfest. So hangelte sie sich von einem Vierhundert-Euro-Job zum nächsten, schrieb Artikel für die Tagespresse und ein paar Online-Medien und bediente abends in einer Touristenschwemme lustige Japaner. Fast die Hälfte des Verdiensts reichte sie an die Babysitter weiter, die währenddessen auf Alex aufpassten. Die große Freiheit sah anders aus.

Und dann noch das ständige Drängen und Zerren ihrer Eltern: »Mach's dir nicht so schwer, Oli, hier im Allgäu ist es billiger und sicherer. Denk doch an dein Kind und nicht nur an dich selbst – Alexander braucht Sicherheit und Struktur.«

Trotzdem hätte sie sich nie überreden lassen, hätte es nicht das Angebot gegeben, beim Kaufbeurer Kurier als Redakteurin mit Schwerpunkt Fotografie zu arbeiten. Schreiben und fotografieren, das hörte sich nach einer idealen Verbindung an. Der Alltag in der kleinen Lokalredaktion war jedoch alles andere als kreativ. Gruppenfotos, Ehrungen, Geburtstage, Sport- und Kulturveranstaltungen. Oli hastete von einem Termin zum anderen, dabei blieb die bunt geschriebene Reportage, der kritische Hintergrundbericht, das schöne Porträt, die außergewöhnliche Serie auf der Strecke. Das Schlimmste war, dass diese journalistische Kür niemandem zu fehlen schien; den Lesern nicht, den Kollegen nicht und ihrem Chef schon gar nicht.

Jetzt hockte sie schon das achte Jahr in diesem Kaff. Und es war genau das eingetreten, was sie befürchtet hatte. Ihre Eltern nutzten Olivias Abhängigkeit schamlos aus. Gut, sie kümmerten sich um Alex, holten ihn von der Schule ab, er konnte bei ihnen essen und notfalls übernachten, wenn sie wieder mal einen Abendtermin hatte. Dafür glaubten sie, ein Recht auf ihr Leben zu haben. Oli, mach dies, Oli, lass das. Sie hatte diese Mischung aus Kontrolle und Vorwürfen satt. Wenn sie arbeitete, war sie eine schlechte Mutter, wenn sie sich freinahm, war sie ein Faulpelz.

Seit Jahren war sie innerlich auf dem Sprung: Endlich weg von hier, so weit weg wie möglich. Sie hasste sich dafür, dass sie die Entscheidung, fortzuziehen, immer wieder hinausschob. So ging das nicht weiter. Sie musste sich eine Frist setzen, ein Ziel und einen festen Termin, hier die Segel zu streichen.

Ihr Handy klingelte. Sie schaute auf das Display und verzog das Gesicht. Die Redaktion. Oli drückte den grünen Knopf und sagte in genervtem Ton: »Ich hab heute frei.«

Redaktionsleiter Peter Schild ging nicht darauf ein. Er klang wichtig wie immer. »Wir haben einen Engpass, Oli. Ich brauche Sie heute Nachmittag.«

Ihr Chef hatte die Angewohnheit, seine Mitarbeiter mit Vornamen anzusprechen und zu siezen. Das hatte er offenbar bei einem Führungskräfteseminar gelernt. Hätte er doch nur sonst noch was gelernt, seufzte Oli in Gedanken.

»Haben Sie den spanischen Sieg zu lange gefeiert?«, frotzelte Oli. Sie wusste, dass Schild als Einziger in der Redaktion – wahrscheinlich als Einziger in ganz Deutschland – beim gestrigen WM-Finale Holland die Daumen gedrückt hatte.

»Haha«, sagte er zerknirscht. »Kein Wunder, wenn der Schiri zwei Stunden lang gegen Holland pfeift.«

»Das Leben kann so ungerecht sein«, flötete Oli. »Aber Sie wollten mit mir doch bestimmt nicht das Spiel analysieren.«

Schild stockte kurz. »Also. Sie haben sicher von dem Brand gestern Abend gelesen. Sie müssen nach Neugablonz fahren. Es hat in der Nacht noch mal gebrannt. Nicht so wild, nur mal wieder ein Altpapiercontainer. Ich brauche da dringend Fotos, am besten von beiden Brandorten, und von uns kann keiner raus.«

Natürlich hatte Oli den Montags-Aufmacher im Kaufbeurer Kurier gelesen. Ein Wohnungsbrand, bei dem der neunundsiebzigjährige Hausbesitzer ums Leben kam. Der Brand war am Sonntagabend gegen zweiundzwanzig Uhr dreißig ausgebrochen. Eine blöde Zeit für die Lokalzeitung. Ihr Chef, der Wochenenddienst hatte, war schon zu Hause und musste noch mal in die Redaktion. Er schrieb immerhin noch fünfzig Zeilen, die er prominent auf der ersten Kaufbeurer Seite platzierte. »Rentner stirbt in den Flammen seines Hauses«, hatte er getitelt. Der Geschichte war zu entnehmen, dass der Mann das Feuer vermutlich selbst verschuldet hatte. Die Polizei wollte sich nicht festlegen. Das Übliche, die Brandfahnder ermitteln noch. Schild scherte sich nicht darum. Er schrieb, die Polizei gehe davon aus, dass der Mann mit einer brennenden Zigarette eingeschlafen war.

Woher er diese Information hatte, ließ er offen.

Neben dem Artikel stand das finstere Foto eines Bungalows, aus dessen Fenster Rauch drang. Schild hatte den Kollegen Wolfgang Baldauf rausgeklingelt, der mit seiner privaten Digitalkamera rausfuhr. Die Fotos waren lausig, aber immer noch besser als die verkohlten Reste, die nun auf sie warteten.

»Ach ja, und wenn Sie schon unterwegs sind, gehen Sie doch gleich nachher um vierzehn Uhr auf die Pressekonferenz bei der Polizei«, sagte Schild.

Das war mal wieder typisch. Von wegen kleiner Noteinsatz. Zuerst die Fotos, dann die Pressekonferenz, und hinterher musste sie die Geschichte noch schreiben. Der freie Tag war im Eimer.

Und Schild konnte sich zurücklehnen und seinen Kater pflegen, den er nach der Niederlage der Holländer bestimmt hatte. Oli interessierte sich keinen Deut für das Spiel Spanien gegen Niederlande, was nicht an den Mannschaften, sondern an der Sportart lag. Sie hatte so gut es ging die Spiele in den letzten Wochen verweigert. Der Rummel, der da um ein paar Männer mit einem Ball gemacht wurde, war ihr zuwider.

Dabei hatte sie gegen Alex einen schweren Stand. Er wusste alles über die WM, kannte jede Mannschaft, hatte in seinem Stickeralbum sämtliche deutschen Spieler gesammelt. Über seinem Bett hing ein großes Poster von Mesut Özil. Gegen dieses Großaufgebot hatte Oli mit ihren Argumenten keine

Chance. Dass das alles nur Geldmacherei sei, dass ein paar wenige daran verdienten, viele andere die Zeche zahlten, dass in Südafrika sündhaft teure Stadien gebaut wurden und gleich um die Ecke die Menschen Hunger litten – das alles drang zu ihrem Sohn nicht durch. Notgedrungen erlaubte sie ihm bei den Abendspielen, wenigstens die erste Halbzeit im Fernsehen zu verfolgen. Das Halbfinale gegen Spanien am Mittwoch durfte er bis zum Ende anschauen. Alles andere hätte dazu geführt, dass Alex zu seinen Großeltern gezogen wäre.

Nach der 0:1-Niederlage gegen Spanien war Alex wütend und den Tränen nahe ins Bett gegangen. Oli hatte sich zu ihm gesetzt und ihn mitfühlend getröstet. Innerlich dankte sie jedoch dem Fußballgott, dass dieses Kasperltheater, das die Medien »deutsches Sommermärchen« nannten, endlich vorbei war. Oli schauderte bei dem Gedanken, was passiert wäre, wenn die Deutschen Weltmeister geworden wären. Deutschland, einig Vuvuzela-Land.

Das Endspiel gestern Abend hatte Alex schon nicht mehr interessiert. Oli hatte ihn nach den Nationalhymnen von Holland und Spanien ins Bett gebracht und war danach in ihre Schmiede gegangen. Im Nachhinein ärgerte sie sich, dass sie das Handy nicht dabeigehabt hatte. Deshalb hatte sie auch von dem Brand nichts mitgekriegt. Bestimmt hatte Deep Throat angerufen, und mit seinem Tipp wäre sie eine der Ersten am Brandort gewesen. Auf ihn war in solchen Dingen Verlass. Aber sie wollte sich in Ruhe ihrer Vespa-Ruine widmen. Nachdem sie mit dem Motorblock nicht weitergekommen war, hatte sie sich die Karosserie der Maschine vorgenommen, besser gesagt das, was davon noch übrig war. Zwei Stunden hatte sie mit grobem Werkzeug und Schweißgerät das morsche Trittbrett bearbeitet. Hinterher hatte sie sich mit einer Flasche Prosecco belohnt – und sich um den unbekannten Anruf in Abwesenheit, den das Handydisplay anzeigte, nicht gekümmert.

Deep Throat war ihre beste Quelle. Er hieß eigentlich Boris Axmann, ein ehemaliger Polizist, der seit zwei Jahren im Ruhestand war. Er hörte für Oli nicht nur den Funkverkehr von

Polizei, Feuerwehr und Rettungsdienst ab, sondern gab ihr darüber hinaus immer wieder heiße Tipps aus der Polizeiszene. Axmann hatte nach wie vor beste Kontakte zu ehemaligen Kollegen und wusste über viele Interna Bescheid. Oli hatte ihm den Tarnnamen »Deep Throat« verpasst, in Anlehnung an den wichtigsten Informanten in der Watergate-Affäre, der 1974 für den Rücktritt des US-Präsidenten Nixon verantwortlich war.

Eilig ging sie durch den Grünstreifen zu ihrer Wohnung, wusch sich das Öl von Gesicht und Händen und wechselte den grünen Overall gegen Jeans und Bluse. Sie fuhr sich mit der Bürste durch das schulterlange braune Haar und raffte es zu einem Pferdeschwanz. Du wirst alt, dachte sie frustriert, während sie im Spiegel die Augenfältchen nach hinten massierte. Rund um die Pupillen ihrer graugrünen Augen hatten sich rote Äderchen gebildet. Sie musste beim Schweißen besser aufpassen. Die halbe Nacht hindurch hatte sie auf ihrer Netzhaut Funken fliegen sehen. Vielleicht war aber auch der Prosecco schuld. Sie hätte nicht die ganze Flasche trinken sollen. Einfach nach einem Glas aufhören oder sich einen Tee machen. Aber dann hörte dieser Brummkreisel im Kopf überhaupt nicht auf, und sie lag die halbe Nacht wach, gefangen in kreisenden Gedanken. Dann lieber Brummschädel.

»So bekommst du nie einen Mann« – der Satz ihrer Mutter hallte in ihr nach. Wahrscheinlich hatte sie recht. Mit Anfang dreißig, alleinerziehend, ständig knapp bei Kasse, ständig im Job unterwegs – wie sollte man da an einen Mann kommen? Sie entschied sich, die Haare offen zu tragen, kämmte sie wieder nach vorn und schnappte sich die Sonnenbrille mit den großen Gläsern.

Eigentlich hatte sie vorgehabt, den Nachmittag mit Alex am Badesee zu verbringen. Aber nach dem Streit wäre wohl ohnehin nichts draus geworden. Sie steckte den Kopf in Alex' Zimmer. Er saß auf seinem Bett und klickte mürrisch auf dem Gameboy herum.

»Ich muss arbeiten«, sagte sie. »Vergiss deine Aufgaben nicht.«

Er antwortete nicht. Sie schluckte den Ärger hinunter.

»Komm, sei nicht beleidigt. Wir reden später darüber.«

Alex schaute nicht mal hoch.

***

Es gab Tage, an denen sich Olivia Austin mit ihrer Stadt versöhnte. An denen sie ihr die Spießigkeit verzieh, das Verschlafene und Verknöcherte. Die Sommersonne ließ die Bürgerhäuser mit ihren Giebeln und Stuckverzierungen warm glänzen, die Türme über der Altstadt sahen aus wie gutmütige Wächter über einem beschaulichen Flecken, in dem das Leben ruhig dahinfloss.

Olivia wartete im klapprigen Dienst-Fiesta, bis die Ampel vor ihr Grün zeigte. Sie schloss die Augen und lehnte den Kopf aus dem Wagenfenster. Über das Brummen des Motors hinweg tönten Amseln, Kohlmeisen und Buchfinken. An einem Julitag um elf, mit Vogelgezwitscher, mit dieser weichen, warmen Luft, mit den Gerüchen aus Grasschnitt und Braumalz, Döner und Brot, mit dem sahnigen Licht, konnte Kaufbeuren als guter Ort zum Leben durchgehen – zumindest für wenige Augenblicke.

Hinter ihr hupte es. Die Vögel verstummten. Die Bilder wurden vom Alltag weggewischt. Oli sah im Rückspiegel einen Geschäftsmann, der wütend fuchtelte, und fuhr betont langsam los. Zweihundert Meter weiter wartete sowieso die nächste rote Ampel auf sie. Auf den knapp drei Kilometern hoch nach Neugablonz standen sieben Ampeln. Hätte Oli eine typische Eigenart Kaufbeurens benennen müssen, wäre es die rote Welle gewesen.

Sie drehte den Rückspiegel zu sich, schob die Sonnenbrille hoch und entschied sich doch wieder für den Pferdeschwanz. Sie fuhr mit den Fingern durch ihre Haare und band sie im Nacken zusammen. Ihre Nase, ohnehin viel zu groß, war einen Tick zu rot. Kam das vom Schweißen oder vom Prosecco?

Im Lokalfunk hatten sie soeben die Meldung mit dem Brandtoten gebracht. Es war der gleiche Wortlaut wie in der Zeitung. Die machen es sich auch einfach, murrte Oli. Jetzt spielten sie

»I Don't Like Mondays«. Wie originell. Der Praktikant, der die Mittagsschiene fuhr, war bestimmt auch noch stolz auf seine Auswahl. Nur weil er selbst den Montag hasste, musste er das doch nicht allen Ostallgäuern mitteilen. Genervt drückte sie die Aus-Taste, aber es war schon zu spät. Das Lied hatte sich bereits in ihre Gehörgänge eingeschlichen und würde in ihrem Kopf weiterspielen, wenn sie Pech hatte, den ganzen Tag.

Im Gablonzer Ring in Neugablonz stand noch immer eine Abordnung aus Feuerwehr und Polizei. Die Straße vor dem gedrungenen Bungalow war abgeriegelt. Hinter der Flatterleine hatten sich zwei Dutzend Schaulustige versammelt, die das Drama intensiv diskutierten. Es stank nach verbranntem Plastik und altem Holz. Das Haus lag von der Straße zurückgesetzt auf einem großen Grundstück. Der typische Sechziger-Jahre-Bau eines Mannes, der zu Geld gekommen war. Die Vertriebenen aus Nordböhmen hatten nach dem Krieg ihre Schmuckindustrie im Allgäu wieder aufgebaut, sie waren fleißig und gute Geschäftsleute. Die Modeschmuckbranche florierte lange Jahre, und während die Arbeiter sich mit Billiglöhnen abspeisen lassen mussten, machte der Handel mit Glas und Schmuck viele Besitzer der Werkstätten zu wohlhabenden Leuten. Der alte Mann, der vergangene Nacht in seinem Haus ums Leben kam, musste einer von ihnen gewesen sein.

Die Jungs von der Feuerwehr lehnten an ihrem Löschfahrzeug und rauchten. Es war der erste Löschzug, Oli kannte alle und begrüßte sie mit Handschlag.

»Wo warsch denn geschtern?«, fragte Hannes Tätzel im schleppenden Allgäuer Dialekt. Er leitete den ersten Zug.

Oli zuckte nur die Achseln.

»Hasch Fuaßball guckt? Oder isch dei Funk kaputt?«

Sie wussten alle, dass Oli den Funkverkehr abhörte, besser gesagt abhören ließ.

»Ich hatte frei«, sagte sie schnippisch.

»Ond wia heißt dr Glückliche?«, feixte Tätzel.

Oli winkte nur ab. Sie war mit Tätzel und einigen anderen Feuerwehrmännern zur Schule gegangen und nahm ihnen die Zoten nicht übel.

Schnell erfuhr sie, dass der Alte in dem Haus keine Chance gehabt hatte. Dabei waren die Wehrmänner so schnell am Brandort gewesen wie selten. Die komplette Mannschaft hatte im Feuerwehrhaus das WM-Finale in Johannesburg angeschaut und war beim ersten Alarmton in die Autos gehüpft. Doch beim Eintreffen des Löschzugs hatte das Wohnzimmer bereits lichterloh gebrannt. Der Tote lag neben dem Sofa auf dem Boden. Die Wehrmänner wetteiferten darin, Oli Details der Leiche zu beschreiben. Als sie anfingen, über den Geruch von verbranntem Fleisch zu diskutieren, hob Oli die Hände.

»Danke, danke. Es reicht.«

»Du willsch doch sonscht immer alles wissa«, sagte Tätzel mit gespieltem Ernst. Die Männer grinsten sich an. Eine Horde Lausbuben, die man in schwere Anzüge gesteckt hatte. Lästermäuler, trinkfest und gutmütig, vor allem stets bestens über jeden Stadtklatsch informiert.

»Eure Grillgeschichten könnt ihr euren Frauen erzählen. Mich interessiert, warum es überhaupt gebrannt hat.«

Allgemeines Schulterzucken. Das frage sie am besten die Brüder in Grün. Die Löschmänner deuteten zum Haus, vor dem zwei Polizisten standen. Drinnen war offenbar die Kripo zugange.

»Na kommt schon.« Oli schenkte der Truppe ein verschwörerisches Lächeln.

Sie ließen sich nicht lange bitten. Neben dem Mann habe eine leere Wodkaflasche gelegen. Wahrscheinlich das Übliche, vollgesoffen, geraucht, eingeschlafen, peng. Aber das nur unter der Hand.

Oli fotografierte die schwarze Höhle hinter dem geborstenen Wohnzimmerfenster. Das Feuer hatte den Rollladen zerschmolzen, den eierschalenfarbenen Rauverputz der Außenwand geschwärzt und das Dach angekohlt. Ein Polizist, der die Kamera sah, setzte sich in Bewegung. Als er Oli erkannte, winkte er und ließ sie in Ruhe. Oli fragte sich, ob ihr alter Freund Hartmut beim Untersuchungsteam war. Doch bevor sie sich erkundigen konnte, wurde sie von einem der Schaulustigen angesprochen.

»Haben Sie die Haustür gesehen? Das sollten Sie mal fotografieren. So eine Schweinerei. Unglaublich ist das.«

Oli schaute sich um. Ein Endfünfziger stand aufgeregt am Gartenzaun und zeigte mit dem Finger zum Hauseingang. Oli ging in seine Richtung und sah, dass jemand mit fetter schwarzer Farbe »Nazi« an die Tür gemalt hatte. Sie drückte ein paarmal auf den Auslöser, glaubte aber nicht, dass Schild das Foto drucken würde.

Die Passanten um sie herum unterhielten sich aufgeregt. Oli stellte sich dazu und erfuhr, dass der Tote Karl Maschke hieß und neunundsiebzig Jahre alt war. Maschke war kein Unbekannter in der Stadt. Er war Vorsitzender des Milowitzer Heimatkreises, einer sudetendeutschen Landsmannschaft. Oli erinnerte sich an den Mann. Er war reaktionär bis ins Mark. Oli kannte ihn von einigen Fototerminen und hatte ihn stets als unangenehm und unbelehrbar empfunden. Dass jemand »Nazi« auf seine Tür geschmiert hatte, wunderte sie nicht. Die Frage war: Hing das mit dem Feuer zusammen?

Das könnte sie später alles Hartmut fragen. Jetzt musste sie weiter zur zweiten Brandstelle, die allerdings ungleich weniger spannend war. Ein Altpapiercontainer in der Nähe des Friedhofs war in der Nacht in Brand gesteckt worden. Die Jungs von der Feuerwehr meinten, da sei nicht mehr viel zu sehen, aber sie fuhr trotzdem hin. Ihre gute Laune war verflogen. Die schwarze Fensterhöhle von Maschkes Haus verfolgte sie wie das Auge eines Zyklopen. In ihrem Kopf spielten die Boomtown Rats immer noch »I Don't Like Mondays«. Vielen Dank, blödes Radio.

***

Die Zahl der Gäste im Gasthaus »Zur Wahrheit« hielt sich zu dieser frühen Nachmittagsstunde in Grenzen. Gerade mal zwei Tische waren besetzt. Marga Weidenberg schaute auf die Uhr. Halb zwei, in einer halben Stunde hatte sie Feierabend. Die Bedienung war mit ihren einundfünfzig Jahren die Jüngste im Lokal. Sie war das gewohnt. Die »Wahrheit« war ein Relikt aus der Gründerzeit von Neugablonz, ein unscheinbarer

Flachbau mit großen Fenstern. Das Lokal lag direkt an der Sudetenstraße, der Hauptschlagader des Stadtteils. Sie galt als der Inbegriff des Alt-Gablonzer Gasthauses, ein Lokal, in dem sich die Vertriebenen trafen und von den alten Zeiten »drieben« schwärmten. Die guten Jahre, bevor »der Tscheche« oder »der Russe« alles kaputtgemacht hatte. Von dem Krieg, den die Deutschen angezettelt hatten, war hier nicht die Rede. Und wenn, dann allenfalls in Sätzen wie: »Das kann sich heute keiner vorstellen.«

Das Mobiliar war zwar inzwischen erneuert worden, doch noch immer war an den Tischen sudetendeutscher Dialekt zu hören. Darunter häufig der Satz: »Dös hätt's drhejme ne gegan«, wenn es darum ging, moderne Zeiten und Sitten anzuprangern. Egal ob unerzogene Kinder, unordentliche Nachbarn, rasende Verkehrsteilnehmer, politische Verfehlungen – das hätte es zu Hause nicht gegeben.

Die Wände, ursprünglich ockerfarben gestrichen, hatten über die Jahre einen erdigen Ton angenommen. Rundum hingen Zeichnungen von Ortschaften im Sudetenland und im Isergebirge, auf der Speisekarte standen Mohnkließla und Kleckselkuchen. Und es herrschte das Kaffeehausflair der K.-u.-k.-Monarchie. Marga Weidenberg wurde von den achtzigjährigen Frauen, die regelmäßig in voller Takelage zum Kaffeeklatsch einliefen, häufig »mein Kind« gerufen. Die »Wahrheit« war ein erstklassiger Umschlagplatz für den aktuellen Stadtteilklatsch. Eigentlich, dachte sich Marga, müsste die »Wahrheit« besser »Zum Gerücht« heißen.

Marga Weidenberg war schon den ganzen Tag über unkonzentriert und fahrig. Sie brachte den Gästen das falsche Getränk, vergaß, was die Kundschaft bestellt hatte, und hatte bereits zwei Mal falsch rausgegeben. Auch in der »Wahrheit« war in den letzten Wochen die Fußball-WM das beherrschende Thema gewesen. Doch heute hatten die Gäste weitaus spannenderen Gesprächsstoff: den tragischen Tod des alten Maschke. Marga Weidenberg hatte ihn gekannt. Sie trauerte dem alten Geizkragen und Schwerenöter bei Gott nicht nach. Dennoch machte ihr der Brand zu schaffen. Ihre Gedanken kreisten ständig um die Frage: Sollte sie zur Polizei gehen und erzählen, was sie am Abend zuvor gesehen hatte?

Sie hatte Angst vor der Obrigkeit. Die bedeutete immer nur Ärger und unangenehme Fragen. Marga Weidenberg hatte in ihrem Leben gelernt, Ärger und unangenehmen Fragen aus dem Weg zu gehen. Aber sie hatte was gesehen. Eigentlich waren es nur Schatten gewesen, aber immerhin. Schatten, die aus dem Haus des alten Maschke kamen, bevor es in Flammen aufging.

***

Oli verwünschte den Prosecco, als sie die Container von allen Seiten fotografierte. Ihre Schläfen fingen in der Julisonne an zu pochen. Die Umgebung war nicht gerade dazu angetan, ihre Stimmung zu heben. Die zerschmolzenen Plastikcontainer standen auf einem ungepflegten Grundstück zwischen ein paar grauen Wohnblocks aus den fünfziger Jahren. Das Gras hatte man mit Waschbetonplatten zurückgedrängt. In den Ritzen sammelten sich Scherben und Kronkorken, die Büsche waren mit Plastikfetzen geschmückt. Was an Grünfläche übrig blieb, wurde offenbar als Hundeklo genutzt.

Das Viertel wirkte wie ein einziger Nachkriegsblock, in den ein zynischer Architekt zwei Hochhäuser gestellt hatte. Auf den Klingelknöpfen standen fremdländische Namen, auf den Balkons Männer im Unterhemd. Hier war die Armut zu Hause und die Melancholie. Selbst jetzt, an einem strahlenden Julitag, atmete der Ort Schwermut. Eine bleierne Bedrücktheit lag auf den löchrigen Straßen, glotzte hinter den grauen nikotinschwangeren Vorhängen hervor.

Neugablonz war zwar offiziell ein Stadtteil von Kaufbeuren, doch im Grunde eine Stadt für sich. An der Kante der Hochebene über Kaufbeuren gelegen und rundherum von einem Waldgürtel umgeben. Kaum ein Kaufbeurer käme auf die Idee, nach Neugablonz zu ziehen. Schon bei der Erwähnung des Stadtteils verzogen viele Alteingesessene das Gesicht. Wie konnte man da nur wohnen?

Dabei hatte sich der Ort durchaus gemausert. Vor sechzig Jahren hatte es auf dem Gelände nichts gegeben außer ein paar armseligen Baracken zwischen den Trümmern und Bunkern einer im Wald versteckten Munitionsfabrik. Auf diesen Trümmern, die an einigen Stellen noch immer sichtbar waren, war nach dem Krieg die größte Vertriebenensiedlung Deutschlands entstanden. Halbe Städte und ganze Dörfer aus Böhmen und dem Isergebirge hatten sich hier in der Voralpenlandschaft angesiedelt. Die Leute brachten ihre eigene Sprache mit, ihre Sitten und Gebräuche, bauten ihre Glas- und Schmuckindustrie neu auf. Zwar waren die meisten aus der Gründergeneration inzwischen gestorben, doch hatte der Ort noch immer etwas Fremdartiges und Improvisiertes. Einige Straßenzüge erinnerten an eine Mischung aus Gewerbegebiet und sozialem Wohnungsbau, dazwischen standen übrig gebliebene Siedlungshäuschen mit den typischen Anbauten und Schuppen in den Gärten.

Auf die Vertriebenen aus Böhmen und Schlesien folgten später türkische Gastarbeiter und seit einigen Jahren Russen. Neugablonz hatte weit und breit den größten Anteil an russlanddeutschen Aussiedlern.

Oli war hier aufgewachsen und hatte den Stadtteil lange Zeit verteidigt. Das bunte Völkergemisch, die Unfertigkeit, die Baustelle. Ein bisschen wie Kreuzberg, nur mit mehr Grünflächen und den großzügigen Wohngebieten am Waldrand. Ihre Kollegen frotzelten immer, das Beste an Neugablonz sei der Zubringer zur Bundesstraße 12, auf der man möglichst schnell möglichst weit weg fahren konnte. Inzwischen teilte Oli diese Meinung. Es waren nicht die traurigen Straßenzüge, die tarnfarbenen Wohnblocks mit dem obligatorischen Haufen Sperrmüll neben der Tür. Es waren die Menschen mit ihren depressiven Gesichtern.

Sie fotografierte den verschmorten Container und das angekokelte Altpapier rundherum. Die Feuerwehr hatte den Brand in wenigen Minuten gelöscht und die Papierreste auseinandergezogen. Das Ereignis war nichts Besonderes. Es war bereits das fünfte Mal in den vergangenen zwei Monaten, dass irgendwelche Idioten nachts solche Container in Brand steckten. Bisher hatte die Redaktion das jeweils in kleinen Meldungen abgefeiert. Nun gab es fünf Minuten von hier einen richtigen Brand, und ihr Chef hatte beschlossen, etwas Größeres daraus zu machen. Oli mochte Peter Schild nicht, seine Art der Berichterstattung schwankte zwischen Anbiederung an die Honoratioren und blankem Populismus. Aber das Thema war allemal besser als die langweiligen Berichte über die Vorbereitungen zum Tänzelfest, das in wenigen Tagen begann.

Oli fiel ein, dass noch drei Geschichten zur Festvorbereitung auf ihrem Schreibtisch warteten. Beim Stichwort Tänzelfest verdrehten die Kollegen beim Kaufbeurer Kurier die Augen. Jedes Jahr das Gleiche: Kinderfestzug, Bierzelt, Rummelplatz, dazu seit einigen Jahren das abendliche Lagerleben. Über der ganzen Stadt hing zwei Wochen lang ein mittelalterlicher Mantel, und er musste auch über der Berichterstattung hängen.

Jahr für Jahr überlegte sie, wie man das Fest mit Reportagen und ungewöhnlichen Geschichten beschreiben könnte. Aber es war sinnlos. Schild wollte die klassischen Vorberichte, der Festverein wollte die klassischen Vorberichte und die Leser auch. Eigentlich hätte man die Texte vom Vorjahr aus dem Archiv nehmen und nur das Datum ändern können. Das hätte keiner gemerkt.

Das Tänzelfest wurde als ältestes historisches Kinderfest in Bayern beworben. Dabei wusste keiner so genau, wann und warum es entstanden war. Die Ursprünge liegen im Dunkeln, so lautete die Sprachregelung. In dieser Stadt liegt so vieles im Dunkeln, dachte Oli, da ist das dann auch schon wurst. Was sie mehr aufregte, war der Titel Kinderfest. »1600 Kinder in stilechten historischen Kostümen spielen die Geschichte ihrer Stadt« – so stand es auf Plakaten, Flyern und im Internet. Was für eine Farce. Oli hätte schwören können, dass bei den Umzügen nicht mal halb so viele Kinder dabei waren. Sie wurden in mittelalterlich anmutende Kostüme gesteckt und zogen als Bürger, Handwerker, Edelleute oder Landsknechte verkleidet durch die Stadt. Und die Erwachsenen klatschten brav und warteten nur darauf, sich endlich ins Bierzelt zu setzen. Wenn sie nach den ausgiebigen Gelagen des historischen Lagerlebens an den Vorabenden überhaupt wieder in der Lage waren, Bier zu trinken. Oli fand das Treiben mehr hysterisch als historisch.

In der Redaktion stand sie mit dieser Meinung nicht allein. Aber Kritik an dem Fest war nicht gefragt, öffentlich schon gar nicht. Lokalchef Peter Schild war ein erklärter Fan des Festes und rannte zu allen Veranstaltungen. Allerdings nur um zu repräsentieren. Schreiben mussten die anderen. Kritische Stimmen wischte Schild beiseite. Es gehe um Geselligkeit, Zusammenhalt, da gehörten ein paar Gläser Bier einfach dazu. »Gesoffen wird doch überall«, sagte Schild. Und die Allgäuer seien doch harmlos im Vergleich zu anderen. Man solle sich doch nur mal anschauen, wie es beim Oktoberfest oder beim Kölner Karneval oder bei den Schützenfesten in Norddeutschland abgehe.

Oli hatte es längst aufgegeben, mit ihrem Chef über dieses Thema zu diskutieren. Letztlich war sie ja selbst nicht konsequent. Sosehr sie über die Auswüchse des Festes moserte, so sehr steckte sie Jahr für Jahr mittendrin, früher als Bürgermädchen, heute als Mutter, die rührselig wurde, wenn ihr Sohn als kleiner Soldat an ihr vorbeimarschierte. Und wenn sie ihren eigenen Alkoholkonsum betrachtete, durfte sie über Saufereien nicht schimpfen. Du bist eindeutig schizophren, haderte sie mit sich.

Ein Räuspern riss sie aus den Gedanken. Ein älterer Herr mit Hut stand zwei Meter hinter ihr und betrachtete sie neugierig bei ihrer Arbeit. »Sind Sie von der Zeitung?«

Oli nickte und versuchte, den Alten zu ignorieren.

»Das haben wir jetzt davon«, moserte er.

Als sie nicht antwortete, lamentierte er weiter: »Das ist ja auch kein Wunder. Schauen Sie das Gesindel mal an, das da den ganzen Tag am Neuen Markt herumlungert. Die sollten mal was arbeiten, dann kämen sie nicht auf so blöde Ideen.«

Oli wusste die Antwort und fragte dennoch: »Wer?«

»Na wer? Die Russen. Kommen hier rein und lassen sich von der Sozialhilfe aushalten. Richtige Verbrecher züchten wir uns da heran.«

»Woher wissen Sie, dass das Russen waren?«

»Wer denn sonst? Die treiben sich doch ständig rum und

schauen nur, wo sie was anstellen können. Haben keine Achtung vor dem Eigentum. Na, woher sollen sie's auch wissen. Solche Leute gehören nicht hierher. Da gehört mal richtig aufgeräumt. Mit dem eisernen Besen. Das sollte man mal schreiben in der Zeitung.«

Oli zückte ihren Notizblock. »Würden Sie mir Ihren Namen sagen, damit ich Sie richtig zitieren kann?«

Das Gesicht des Alten entglitt. »Mein Name tut nichts zur Sache. Ich lass mir von denen doch nicht die Bude anzünden.«

Müde steckte Oli den Block wieder ein. »Also dann, einen schönen Tag noch.«

Als sie zum Auto ging, hörte sie den Alten, wie er hinter ihr herschimpfte, und ertappte sich dabei, wie sie leise »I Don't Like Mondays« pfiff.

***

Während der ganzen Busfahrt von Neugablonz runter nach Kaufbeuren nagte Marga Weidenberg an ihren Nägeln. Sie hatte sich bereits zum Mittelfinger der linken Hand vorgekaut und betrachtete kritisch das Ergebnis. Der Nagel war bis zum Fleisch abgenagt, das Nagelbett fing an einer Stelle zu bluten an.

Sie saugte behutsam das Blut weg. Es war eine bekloppte Idee, zur Polizei zu gehen. Die Beamten würden sie belächeln und wieder nach Hause schicken. Hysterische Ziege, will sich nur wichtigmachen. Schlimmstenfalls würden sie blöde Fragen stellen und herausfinden, dass sie schwarz in der »Wahrheit« arbeitete und mehr dazuverdiente, als ihr nach Hartz IV zustand. Wenn sie dann beim Arbeitsamt nachfragten, würde sie auffliegen.

Marga Weidenberg hatte lange überlegt, was sie anziehen sollte, und hatte sich für ein oranges Sommerkleid entschieden. Zur Sicherheit hatte sie eine beige Strickjacke darübergezogen. Für das Wetter eindeutig zu warm, aber sie hoffte, damit seriös zu wirken. Nicht zu aufgedonnert, nicht zu ärmlich.

Inzwischen war sie am Kaufbeurer Busbahnhof und bei ihrem linken Ringfinger angekommen. Man würde sie fragen, warum sie sich nicht früher gemeldet hatte. Die Beamten würden sie für eine neugierige Tratschtante halten. Und wenn sie sich verplapperte, konnte es sein, dass man ihr die Stütze kürzte und sie wegen Betrugs anzeigte. Aber sie hatte was gesehen. Und sie hatte Angst. Marga Weidenberg war sicher, dass es die Russen waren, nur denen war so etwas zuzutrauen. Und sie hatte zwei von ihnen gesehen, zumindest ihre Schemen. Der Gestalt nach waren es Jugendliche, nicht besonders groß, schlank und ganz in Schwarz gekleidet. So wie sie eben rumliefen, die Russen.

Sie ging durch die Altstadt und schwitzte in ihrer Jacke. Als sie an der Martinskirche vorbeikam, machte sie eine Pause, setzte sich in das leere Kirchenschiff, das nach Weihrauch roch. Der prächtige Altar unter dem Kreuzrippengewölbe wurde vom Sonnenlicht vergoldet. Doch Marga Weidenberg hatte keinen Blick dafür. Sie betrachtete ihren kleinen Finger, der noch einen verlockenden Rest von Nagel besaß, und steckte ihn schließlich zwischen die Zähne. Eigentlich könnte sie, wenn sie schon in der Stadt war, gleich bei der Nageltante vorbeischauen. Aber sie konnte es sich nicht leisten. Die Behandlung musste bis zum nächsten Monat warten.

Um den Maschke war es nicht schade. Er war in der »Wahrheit« immer wieder mit seinen markigen Sprüchen aufgefallen. Ein alter Nazi, ein Übriggebliebener, ein Ewiggestriger, versoffen und cholerisch, dazu geizig bis ins Mark. Der ließ sich jeden Cent herausgeben. Doch das war hier nichts Besonderes. Marga hatte sich daran gewöhnt, dass sie wenig Trinkgeld bekam. Dennoch hatte der alte Mann nicht solch einen Tod verdient. Die Zeitung hatte geschrieben, dass die Polizei von einem tragischen Unfall ausgehe. Er sei vermutlich mit einer brennenden Zigarette eingeschlafen. Marga Weidenberg wusste, dass es kein Unfall war. Die hatten dem Maschke die Bude angezündet. Und wer so etwas tat, war zu allem fähig.

***

Polizeichef Horst Ellhofer begrüßte die versammelte Presse persönlich. Die Pressekonferenz war bereits vor einer Woche angesetzt worden und sollte die Öffentlichkeit über die Aktivitäten der Kaufbeurer Polizeidienststelle zum anstehenden Tänzelfest informieren. Horst Ellhofer hatte beschlossen, sich auch durch den tödlichen Brand von gestern Abend nicht aus dem Konzept bringen zu lassen und sein lange vorbereitetes Redemanuskript nicht zu ändern. Er schickte lediglich voraus, dass man über die Brandursache noch nichts sagen könne und noch mitten in den Ermittlungen stecke, die Presse aber sofort über etwaige Ergebnisse in Kenntnis setzen werde. Dann verlas er seine Erklärung, die wie jedes Jahr ein Appell an die Bevölkerung war, die fünfte Jahreszeit in Kaufbeuren friedlich zu feiern.

Oli schwankte zwischen Wut und Übelkeit. Jedes Jahr der gleiche Rummel um dieses Fest, die gleiche aufgesetzte Fröhlichkeit, der gleiche Ausnahmezustand. Aber das durfte man im Kaufbeurer Kurier nicht schreiben. Dieses Fest war heilig. Und schließlich lautete die Losung ihres Redaktionsleiters: Wir sind Kaufbeuren.

Die Presse bestand aus Olivia Austin und einem jungen Mann vom Landboten, dem örtlichen Anzeigenblättchen. Die Kollegen vom Lokalradio machten inzwischen alles nur noch per Telefon, wenn sie nicht aus der Zeitung die Nachrichten vom Vortag vorlasen. So war die absurde, wenngleich vorhersehbare Situation entstanden, dass mehr Polizisten als Pressemenschen in dem Konferenzraum der Polizei saßen.

Ellhofer hatte unverdrossen erklärt, wie man Alkoholexzessen von Jugendlichen beim mittelalterlichen Lagerleben begegnen wolle. Dabei war Ellhofer selbst dem Bier sehr zugeneigt, wie man unschwer an seiner Wampe sehen konnte. Oli hatte den Polizeichef schon mehrmals bei Abendveranstaltungen angetrunken erlebt. Dieser Mann erwartete nun von ihr, dass sie in der Zeitung die Jugend vor dem Trinken warnte.

Natürlich taten es die Kids den erwachsenen Vorbildern nach. Sie gingen zum Lagerleben und gossen sich ordentlich einen auf die Lampe, am liebsten in pseudohistorischer Verkleidung. Dieses Lagerleben war ungefähr so mittelalterlich wie die Playmobil-Ritterburg ihres Sohnes und letztlich nichts anderes als ein zweitägiges öffentliches Besäufnis.

Dann erläuterte Ellhofer anhand bunter Schautafeln, welche

Straßen während des Festes gesperrt würden. Während Oli gelangweilt auf ihrem Block Strichmännchen malte, schrieb der Kollege vom Landboten mit, als gelte es, den Pulitzer-Preis zu gewinnen. Was für ein Schmierentheater, stöhnte Oli innerlich. Da hätte auch eine einfache Pressemitteilung gereicht.

Fünf Minuten später stand Oli im Dachgeschoss des Gebäudes im Büro von Polizeihauptkommissar Hartmut Mohry. Genauer gesagt stand sie auf einem Stuhl und hing mit dem Oberkörper aus dem Dachfenster.

»Das ist ein öffentliches Gebäude, Oli. Du weißt, dass hier Rauchen verboten ist.« Hartmut wedelte mit einer Akte über seinem Schreibtisch. Dabei betrachtete er Olis lange Beine und ihren Hintern, der in ihrer knallengen Jeans gut zur Geltung kam. Ob sie das absichtlich machte?

Von oben erklang ihre Stimme. »Ich rauche doch gar nicht drinnen. Sieh, die Zigarette ist draußen und die Raucherin auch zur Hälfte. Seit wann ist es strafbar, wenn die Füße eines Rauchers in einem öffentlichen Gebäude stehen?«

»Wenn das der Chef merkt.«

Oli schnippte die Kippe weg und zwängte sich zurück ins Büro. »Der Marshall muss sich bestimmt noch von der Pressekonferenz erholen.«

Oli musste einfach ablästern. Hartmut war die ideale Anlaufstelle dafür. Sie waren nebeneinander aufgewachsen, Tür an Tür, Garten an Garten. Er war drei Jahre älter und wie ein großer Bruder für sie, wobei seine Blicke unschwer erkennen ließen, dass er lieber eine andere Rolle in ihrem Leben spielen würde. Doch darüber sprach er nicht – und sie auch nicht. Seit sie als Kinder durch die benachbarten Reihenhausgärten getobt waren, war er der Beschützer, der Tröster, der Zuhörer. Später der gute Freund, mit dem man über alles reden konnte – aber eben nur das. Oft hatte er sich vorgestellt, dass sie später mal heiraten würden. Aber Oli hatte seine Andeutungen entweder überhört oder lachend abgetan. Als sie studierte und er sechshundert Kilometer entfernt auf der Polizeifachschule war, saß er abendelang am Telefon und hörte sich die Leidensgeschichten ihrer Beziehungen an. Und während sie heulte, heulte er heimlich mit.

Oli merkte durchaus, dass seine Blicke ihre Figur abtasteten. Manchmal war sie irritiert, wischte die Gedanken aber schnell weg. Er war Hartmut, der alte Freund, einer der wenigen Männer, an die man sich anlehnen konnte, ohne gleich betatscht zu werden. Der Vertraute, dem man alles erzählen konnte, ohne dass er gleich Kapital daraus schlug. Hartmut Mohry eben.

Dabei wäre er keine schlechte Partie, dachte sie, als sie ihn in seinem Bürostuhl sitzen sah, das kantige Kinn auf die rechte Hand gestützt. Aus den hochgekrempelten Ärmeln seines karierten Jeanshemds ragten kräftige Arme, die dunkelblonden kurzen Haare waren wie immer leicht verwuschelt. In seinen kohlebraunen Augen eine Spur von Schalk und Melancholie. Er sah nicht wie ein Kriminalbeamter aus, sondern eher wie ein Handwerker, der zufrieden mit der Hand über seinen frisch gezimmerten Schreibtisch wischte.

»Unser Marshall braucht keine Erholung. Der liebt doch solche Auftritte«, sagte Hartmut und zog den Mund schief.

»Und wie.« Oli stelzte breitbeinig und mit erhobener Nase durch Mohrys Büro, um Ellhofers Auftritt zu parodieren, den sie beide wegen seiner Art, den Colt zu tragen, stets »Marshall« nannten.

»Hoffentlich sind hier keine Kameras eingebaut«, kicherte Mohry. »Sonst bin ich meinen Job los.«

»Ihr werdet doch bestimmt überwacht.« Oli schielte an die Decke. »Damit der Marshall sieht, ob du auch was arbeitest oder nur im Internet Fußball schaust.«

»Das würde ich nie tun«, sagte Mohry mit treuherzigem Augenaufschlag.

»Natürlich.« Oli, die wusste, wie fußballbesessen Mohry war, schloss ein Auge und nickte langsam. »Aber mal schauen, wie es steht.«

Der Kommissar hob abwehrend die Hände. »Ich möchte nicht wissen, was ihr während der Arbeitszeit so treibt. Mal ein bisschen auf Facebook posten, schnell was twittern, dazwischen schauen, was die Kollegen so aktuell haben.«

Sie hob belehrend den Zeigefinger. »Das gehört zu unserem Job. Wir sind von der Chefredaktion angehalten, die sozialen

Medien zu füttern. Auch wenn sie in Wirklichkeit ziemlich asozial …«

Mitten im Satz hörte sie auf. Sie stand vor einer großen Pinnwand, an der mehrere Bilder hingen: Detailaufnahmen eines verbrannten Zimmers und einer halb verkohlten Leiche.

»Ist das der Brand gestern Abend in Neugablonz?«

»Ja. Karl Maschke, oder was von ihm noch übrig ist. Hat mich gewundert, dass du nicht dort warst«, sagte Mohry.

»Ich hatte frei.«

»Oder hatte Deep Throat frei?«

Mohry grinste. Er wusste wie alle seine Kollegen, dass Oli den Polizeifunk abhören ließ. Aber selbst ihrem Sandkastenfreund Mohry gegenüber hatte Oli nie verraten, wer da für sie tätig war. Sie sprach stets nur von »Deep Throat«. Mohry hatte einen Verdacht, aber letztlich war es ihm egal. Oli war mit ihren Insider-Informationen bisher immer fair umgegangen.

Sie reagierte nicht auf Mohrys Stichelei. »Ich dachte, das war ein Unfall.«

»Wahrscheinlich war es das auch.«

»Und?«

»Nix und.«

»Du willst mir doch nicht erzählen, dass du das als neue Bürotapete aufgehängt hast.«

»Reine Routine. Eine Leiche, das heißt Ermittlungen, Pathologie, das ganz normale Programm.«

Oli beugte sich zu ihm über den Schreibtisch und zog fragend die Stirn in Falten. Mohry versuchte, ihr nicht in den Ausschnitt zu starren. Schließlich gab er auf.

»Aber kein Wort nach draußen!«

Oli wippte mit den Augenbrauen.

Mohry seufzte. »Wir können uns nicht genau erklären, wie das Feuer entstanden ist. Es sieht so aus, als wäre der alte Maschke mit brennender Zigarette eingeschlafen. Wir haben im Blut der Leiche jede Menge Alkohol gefunden. Also ein Unfall. Aber Maschke hat sich ziemlich oft mit den Russen angelegt. Und die haben ihm schon mal die Scheiben eingeworfen und ihm vor die Tür gekackt.«

»Oder ›Nazi‹ an die Tür geschmiert«, fügte Oli hinzu.

»Maschke hat mehrmals Anzeige erstattet und erzählt, dass er bedroht wird.«

»Jeder weiß, dass er ein alter Nazi war, der ständig gegen die Ausländer in Neugablonz gehetzt hat«, meinte Oli, während sie die schaurigen Bilder betrachtete.

»Die Frage ist nur, hatte jemand einen Grund, ihm die Bude abzufackeln?«

Unwillkürlich musste Oli an ihren Vater denken. Der kam auch immer öfter mit markigen Sprüchen über Ausländer, mit Verschwörungstheorien und üblen Stammtischparolen. Der arme Alex, der mit so was aufwachsen musste. Sie löste sich von diesen Gedanken. Die Redaktion wartete auf den Artikel und Alex darauf, dass sie nach Hause kam – oder auch nicht.

In der Tür drehte sie sich noch mal um. »Übrigens: Alex will sich konfirmieren lassen.«

Mohry nickte. »Okay. Wenn du einen Paten brauchst …« Er hob den Zeigefinger wie in der Schule.

»Nein, brauche ich nicht. Du kannst aber gern Patenonkel spielen und dich an den Geschenken beteiligen«, sagte sie schelmisch.

»Na dann überlege ich es mir noch mal«, grinste er.

»Wusste gar nicht, dass du evangelisch bist.«

Mohry bildete mit den Fingern ein Kreuz. »Konfessionslos. Aber als Bulle nehmen die mich bestimmt.«

»Mir wäre lieber, Alex würde sich das aus dem Kopf schlagen.«

»Wenn er nach dir kommt, dann kannst du da lange warten.«

Oli hob zum Abschied den Mittelfinger und schloss die Tür.

Als sie sich umdrehte, sah sie am Ende des Flurs eine dickliche Frau, die für die Hitze zu warm gekleidet war und offensichtlich etwas suchte. Als sie Oli sah, schrak sie zurück wie ein ertapptes Kind.

»Kann ich Ihnen helfen?«, fragte Oli.

»Weidenberg, Marga.« Die Frau war äußerst nervös und versteckte ihre Hände hinter dem Rücken. Oli hatte trotzdem ihre abgenagten Fingernägel gesehen.

Sie stotterte: »Ich muss, also ich möchte, ich suche den Kommissar.«

»Da gibt es mehrere«, sagte Oli freundlich. »Worum geht es denn?«

»Der Brand gestern Abend.« Die Frau schluckte. »Im Gablonzer Ring bei Maschke. Ich hab da was gesehen.«

Oli wurde neugierig. Sie ließ sich erzählen, was die Frau wusste. Es war allerdings nicht besonders viel. Zwei Schatten, die entweder um Maschkes Haus geschlichen oder aus dem Haus gekommen waren, klein, schlank, dunkel gekleidet. Die Frau war sicher, dass es zwei von den Russen waren, die ständig in der Gegend herumhingen. Oli führte die Frau zu Mohrys Zimmer und überließ sie ihrem Freund und Helfer.

***

Normalerweise hatte sie die ersten Sätze des Berichts schon im Kopf, wenn sie in die Redaktion kam. Doch diesmal gingen ihr die Bilder des verbrannten Mannes nicht aus dem Kopf. Dazu die seltsame Zeugin. War also doch was dran, dass Maschke nicht durch eigene Schuld ums Leben gekommen war? Oli hatte das unangenehme Gefühl, etwas Wichtiges entdeckt und zugleich übersehen zu haben. Aber sie kam nicht drauf, was es war. Vielleicht sollte sie noch mal mit dieser Zeugin reden. Bisher war das alles ziemlich vage. Das zu veröffentlichen wäre fahrlässig. So eine Nachricht würde einschlagen wie eine Brandbombe. Mohry würde sie dafür hassen. Doch zunächst musste sie sich um das Tänzelfest und den Alkohol kümmern.

In der Redaktion wurde sie bereits von einem nervösen und von einer traurigen Fußballnacht mit viel Bier schwer gezeichneten Peter Schild erwartet. Während Oli die Fotos auf den Rechner spielte, musste sie von der Pressekonferenz erzählen. Schild war enttäuscht, dass die Polizei noch nichts Neues über den Brand zu berichten hatte. »Aber ich habe was Neues«, tönte Oli und erzählte stolz von ihrer Begegnung mit Marga Weidenberg. Die Polizei würde jetzt nicht mehr einem Unfall nachgehen, sondern eventuell einem Mord. Allerdings war das aufgrund der Aussagen einer schrägen Nachbarin vielleicht doch etwas gewagt.

Als ihr Chef sich nachdenklich das Ohrläppchen massierte, wurde Oli klar, dass diese Information seine Phantasie anstachelte. Peter Schild witterte einen Knaller. Er werde sich selbst darum kümmern, sagte er und ging in sein Büro. In dem Moment bereute Oli, dass sie den Mund aufgemacht hatte.

***

Die Säufer und die Autofahrer waren gewarnt. Aber weder die einen noch die anderen werden sich darum scheren, was morgen in der Zeitung steht, dachte Oli auf dem Heimweg. Sie hatte den Bericht eilig hingeschmiert und rasch die Redaktion verlassen.

Zu Hause hatte sie Fischstäbchen in die Pfanne geworfen und eine Fertigmischung Kartoffelpüree zusammengeziegelt. Sie konnte das Zeug nicht ausstehen, aber Alexander liebte diesen Fraß, und sie versuchte damit ihr schlechtes Gewissen zu beruhigen.

Tatsächlich war Alex' schlechte Laune bereits verflogen. Er hielt Streit mit seiner Mutter nie lange aus. Und er kannte sie gut genug und wusste, sie würde ihm den Wunsch, zur Konfirmation zu gehen, nicht abschlagen. Sie hatten beide über Jahre gelernt, dass sie aufeinander angewiesen waren. Alex war mehr als Olis Sohn, er war ihr Partner, der Mann im Haus. Oli haderte manchmal damit und fragte sich, ob sie Alex nicht zu viel zumutete. Er sollte Kind sein dürfen und nicht Partnerersatz spielen.

Dieses verdammte schlechte Gewissen, dass sie keine gute Mutter war, nicht richtig funktionierte, ihrer Arbeit nicht gerecht wurde, ihrem Sohn nicht und sich selbst schon zweimal nicht. Woher kam das eigentlich?

Wie beiläufig sagte Oli beim Essen, wenn Alex unbedingt

wollte, würde sie ihn für den Konfi-Unterricht anmelden. Bis zur Feier selbst waren es noch eineinhalb Jahre. Bis dahin werde man sehen. Später saß sie noch lange an seinem Bett, und Alexander erzählte Geschichten aus der Schule. Er war trotz seiner zwölf Jahre doch immer noch ein kleines Kind, das sich freute, wenn ihn die Mama abends in den Schlaf streichelte.

Nun saß sie mit einem Glas Prosecco in der Küche und kontrollierte die Mathe-Hausaufgaben ihres Sohnes. »Zeichne die angegebenen Punktmengen am Kreis ein.« Warum mussten sie die Kinder immer noch mit diesem Blödsinn quälen? Wer hatte jemals in seinem Leben Punktmengen am Kreis gebraucht? Oli hatte sich gefreut, als sie die Schule mit all diesen unsinnigen Aufgaben hinter sich hatte, und sah sich jetzt erneut damit konfrontiert. Alles wiederholte sich. Das Leben war ein Kreis, aber was war die Punktmenge? Alex hatte die Kreise und Geraden gezeichnet, als gäbe es weder Zirkel noch Lineal. Oli fand die Skizze sehr künstlerisch, doch sie bezweifelte, dass sein Mathelehrer davon begeistert sein würde.

Seufzend legte sie das Heft zur Seite. Die Bilder des Wohnungsbrandes drängten sich wieder in den Vordergrund. Sie hatte versucht, die Fotos auszublenden, aber sie waren nicht aus ihrem Kopf zu verbannen. Es war nicht der Anblick des toten alten Mannes, es waren auch nicht die Brandverletzungen. Oli hatte schon viele Unfälle und Brände fotografiert und war in diesen Dingen abgehärtet. Es musste etwas anderes sein, das ihr Unbehagen bereitete, irgendein Detail, das ihr Unterbewusstsein in Alarmzustand versetzte. Sie spürte wieder das Frösteln und ein Zittern unterhalb der Magengrube. Eine Kleinigkeit, etwas, das sie schon mal gesehen hatte, etwas, das ihr Angst machte. Sie verscheuchte die Bilder mit dem restlichen Prosecco.

DIENSTAG

»Wohnungsbrand ein Mordanschlag?«, titelte der Kaufbeurer Kurier am nächsten Tag. Allen Lesern war klar, dass das Fragezeichen am Ende der Schlagzeile keine Bedeutung hatte. Peter Schild, der dem Thema zwei Drittel der ersten Seite gewidmet hatte, ließ auch in der Unterzeile keine Zweifel aufkommen. »Zeugin sah verdächtige Gestalten am Tatort – Ermittlungen führen ins Russen-Milieu«. Letzteres war reine Spekulation, die sich ebenso wie der überwiegende Teil der Geschichte allein auf die Aussagen und Vermutungen von Marga Weidenberg gründete.

Der Redaktionsleiter hatte nach Olis Bericht die Zeugin schnell gefunden. Marga Weidenberg war zunächst furchtbar erschrocken, als der Zeitungsmensch sie anrief. Woher wusste er so schnell von ihrer Aussage bei der Polizei? Woher hatte er ihren Namen? Ihre Meinung, dass alle unter einer Decke steckten, wurde eindrucksvoll bestätigt, und etwas in ihr rief zur Vorsicht. Aber der Redakteur war sehr freundlich und versprach, ihren Namen nicht zu nennen. Außerdem schmeichelte er ihrem Ehrgefühl. Plötzlich war sie nicht mehr die kleine, bedeutungslose Bedienung, sie war wichtig, sie hatte etwas zu sagen.

Diesen Eindruck hatte sie bereits während des Gesprächs mit dem freundlichen Kommissar bei der Polizei gewonnen. Er hatte sie weder ausgelacht noch für verrückt erklärt, sondern ihr sehr ernsthaft zugehört und sich Notizen gemacht. Vor allem hatte er keine dummen Fragen zu ihrer Arbeit gestellt. Kommissar Mohry, so war sein Name, hatte ihr seine Karte und das Gefühl mitgegeben, eine gute und wichtige Tat vollbracht zu haben. Nun, so hatte der nette Chefredakteur gesagt, habe sie die Chance, diesen Tag zu krönen, indem sie ihr Wissen auch der Öffentlichkeit mitteilte. Es gehe um nichts Geringeres als die Sicherheit der ehrbaren Bürger dieser Stadt. Und Marga erzählte Peter Schild schließlich bereitwillig, was sie gesehen hatte, und darüber hinaus, was sie vermutete und befürchtete.

Geschickt nutzte der Redaktionsleiter die im Grunde sehr vagen Aussagen und diffusen Ängste seiner Kronzeugin, die, so hieß es in dem Artikel, »aus Sicherheitsgründen nicht namentlich genannt werden will«. Schild kochte daraus eine kühne Geschichte, die Neugablonz als Hort des Verbrechens darstellte, an dem das Feuerlegen an der Tagesordnung sei. Er zählte die Containerbrände der letzten Wochen auf und stellte es so dar, als wäre der Brand bei Maschke eine weitere Tat in dieser Reihe. Schild nannte den vollen Namen des Opfers, schließlich handelte es sich bei Karl Maschke um eine stadtbekannte Persönlichkeit. Dieser Mann, Vorsitzender des Milowitzer Heimatkreises und in mehreren weiteren Ehrenämtern im Vertriebenenbund tätig, habe sich durch seine klaren politischen Aussagen immer wieder Feinde gemacht. Da er sich vor allem gegen die Ansiedlung von Russlanddeutschen gewandt hatte, werde nun auch in diesem Milieu nach dem Täter gesucht. Der Polizeichef hatte dies zwar ebenso wie die Mordtheorie dementiert, aber den Fehler begangen, zu sagen, man ermittle in alle Richtungen. Diesen Satz stellte Schild wie einen Beweis seiner Thesen dar.

Was die Worte nur andeuteten, machten die Fotos klar. Die Geschichte war mit zwei Bildern illustriert. Eines zeigte die ausgebrannte Fensterhöhle an Maschkes Bungalow, das andere die verschmolzenen Papiercontainer.

Obendrein hatte Schild einen Kommentar geschrieben, in dem er die Polizei für ihre lahmen Ermittlungen kritisierte, die Stadtpolitiker zum Handeln und die Bürger dazu aufrief, sich gegen subversive Elemente zu wehren und wachsam zu sein, damit in der alten Reichsstadt wieder Frieden und Sicherheit einkehrten. Schild verstieg sich zu der Feststellung, wer Container in Brand stecke, sei nicht weit davon entfernt, auch Menschen zu verbrennen. Solche Freveltaten seien typisch für Leute, die zwar die Sozialleistungen dieses Staates gern in Anspruch nähmen, aber die Regeln von Gesetz und Ordnung nicht begriffen hätten. Damit nannte er die

Russlanddeutschen zwar nicht namentlich, aber jedem war klar, wen er meinte.

Immerhin waren von den vierzehntausend Einwohnern in Neugablonz fast zweitausendfünfhundert Russlanddeutsche. Sie hatten inzwischen eine Welt für sich geschaffen, besaßen eigene Läden und Lokale. Hinzu kamen viele Türken und Menschen anderer Nationen, die in die billigen Wohnungen in Neugablonz gezogen waren. In den Augen der Alteingesessenen waren es ebendiese vielen Fremden, die Neugablonz den Ruf eines Problemstadtteils bescherten.

Oli war so wütend über die Geschichte, dass sie ihren Frühstückskaffee verschüttete und die halbe Zeitung damit einweichte. Schild bediente damit sämtliche fremdenfeindliche Vorurteile. In Olis Augen betrieb er nichts anderes als geistige Brandstiftung. Vor allem war Oli sauer auf sich selbst. Hätte sie bloß ihren Mund gehalten. Sie fühlte sich von ihrem Chef ausgenutzt und ihre Informationen missbraucht.

Als sie um neun Uhr schnaubend in der Redaktion einlief, war dort bereits die Hölle los. Die beiden Sekretärinnen rollten verzweifelt mit den Augen, während sie am Telefon mit aufgebrachten Lesern diskutierten. Das unbesetzte Telefon läutete indes unablässig. Im E-Mail-Postfach lagen die ersten Leserbriefe, allesamt von altbekannten Schreibern, die dem Redaktionsleiter für seine offenen Worte dankten.

Gleichzeitig begann die übliche Maschinerie anzulaufen. Schon früh am Morgen war der Oberbürgermeister Paul Hubschmied ausgetickt. Hubschmied war beliebt in der Stadt, weil er gut reden konnte, leutselig und jovial war. Doch die Mitarbeiter im Rathaus kannten sein zweites Gesicht. Wenn ihm etwas gegen den Strich ging, brüllte er seine Leute zusammen, hämmerte mit den Fäusten auf den Tisch und stampfte mit den Füßen auf. Obwohl Hubschmied ein stattlicher, großer Mann war, hatte er für seine Ausraster den rathausinternen Spitznamen »Rumpelstilzchen« bekommen.

Der Lokalredakteur Wolfgang Baldauf, mit dem sich Oli das Büro teilte, saß gelassen vor seinem Bildschirm und schien sich über den Trubel zu amüsieren. Baldauf hatte schon öfter den

Zorn des Stadtoberhaupts abbekommen, und Oli bewunderte ihn dafür, mit welchem Gleichmut er das stets von sich abperlen ließ.

Oli warf ihre Tasche auf den Schreibtisch und ließ sich schnaufend in ihren Stuhl fallen.

»Und du hast wie immer die Ruhe weg«, sagte sie.

Baldauf meinte schulterzuckend: »Wir wissen doch alle, dass unser OB eine Aggressionsinkontinenz hat. Das vergeht wieder.«

Oli lachte auf. »Eine was?«

»Aggressionsinkontinenz. So wie andere das Wasser nicht halten können, schwappen bei Hubschmied die Hormone über.«

Kopfschüttelnd fuhr Oli den Computer hoch. Wolfgang war der einzige Lichtblick unter den Kollegen. Ein großer, schlanker Mittvierziger mit breiter Nase und dunklem Haarkranz um eine stetig größer werdende Kahlfläche auf dem Kopf. Oli schätzte seinen Humor und seine Ausgeglichenheit. Er hatte vor zwei Jahren als Redakteur die lokale Wirtschaft und die Umlandgemeinden übernommen und beackerte damit die unbeliebtesten Themen in der Redaktion. Er war geistreich und ein findiger Rechercheur, und Oli fand, er vergeude seine Talente bei dem Käseblatt. Doch ihm schien das nichts auszumachen, was wahrscheinlich an seinem sonnigen Gemüt und seinem dicken Fell lag. Wolfgang Baldauf ließ sich weder durch polternde Allgäuer Landbürgermeister aus der Ruhe bringen noch durch Firmenchefs, die die Artikel vor Abdruck gegenlesen wollten.

Er war überdies der einzige Kollege, der nicht geschieden war und eine allem Anschein nach intakte Familie hatte, der nicht rauchte oder soff und der regelmäßig Sport trieb. Oli hatte ihn im Verdacht, Buddhist zu sein.

An diesem Tag hatte der Redaktionsleiter selbst den Wutausbruch des Oberbürgermeisters abbekommen. Was für eine Unverschämtheit, seine saubere Stadt derart in den Schmutz zu ziehen, brüllte Hubschmied am Telefon. Er betonte ebenso wie Kriminaloberrat Ellhofer, dass Kaufbeuren zu den sichersten Städten Bayerns gehöre, dass es keinen Grund zur Besorgnis gebe, die Polizei dennoch mehr Streifen fahren werde und die Bürger aufgerufen würden, aufmerksam alles zu melden, was ihnen ungewöhnlich erschien.

Schild, der sonst sehr empfindlich auf die Stimmungen des Oberbürgermeisters reagierte, ließ sich diesmal nicht beirren. Selbstzufrieden saß er inmitten des Trubels und genoss seinen Erfolg. Er fühlte sich bestätigt, das Thema hochgehängt zu haben, ließ sich die Anrufer durchstellen und sammelte begeistert die Ängste und Vorurteile der Bevölkerung. Als Oli in seiner Tür stand, telefonierte er, winkte aber mit seinem Kuli, sie solle reinkommen.

»Na also«, sagte er fröhlich, als er aufgelegt hatte. »Der Ellhofer setzt eine Sonderkommission auf den Fall an. Manchmal muss man den Jungs ein bisschen Dampf machen.«

»Sie sind auch noch stolz drauf, was?«, knurrte Oli.

»Natürlich!« Schild lehnte sich entspannt zurück. »Wir führen das Stadtgespräch an, treiben die Polizei und die Politik vor uns her – was Besseres konnte uns doch gar nicht passieren.«

»Und wir bedienen die Stammtische, die Hetzer, die Radikalen und Extremisten«, sagte Oli zornig.

»Ach Oli, jetzt wollen wir doch nicht gleich wieder politisch werden. Sie glauben ja gar nicht, wie viel Zuspruch wir heute schon für die Geschichte bekommen haben.«

»Das kann ich mir denken. Alle Ausländerhasser und Ewiggestrigen dürfen jetzt aus den Löchern kriechen, und Sie rufen diese Leute auch noch zum Spitzeldienst und Denunziantentum auf.«

Schild kippte nach vorn und rammte die Ellbogen auf seinen Schreibtisch. »Jetzt passen Sie mal auf, Oli. Wir sind hier nicht im Ethikseminar. Wir machen eine Tageszeitung. Und wir dürfen die Augen vor der Realität nicht verschließen. Dass die Russen ein Problem sind, das muss ich Ihnen wohl nicht erklären.«

»Ich will Ihnen mal sagen, wie die Realität aussieht. Die Russen, wie Sie sagen, sind keine Russen, sondern Deutsche. Sie haben einen deutschen Pass. Die meisten haben Arbeit, und viele haben inzwischen ihr Häuschen gebaut. Die sind sogar noch deutscher als die Deutschen. *Das* ist die Realität.«

»Gehen Sie mir weg mit Ihrer Sozialarbeiterlyrik. Fragen Sie doch mal die Leute, was die denken. Ich habe das Ohr ganz dicht am Puls des Volkes. Eine Zeitung muss Volkes Stimme sein. Die Leute wollen das pseudoliberale Geschwätz nicht hören.«

»Unsere Aufgabe ist es, Vorurteile abzubauen, und nicht, sie zu schüren.«

»Unsere Aufgabe ist es, zu berichten.«

»Sie haben eine einzige Zeugin, und die ist nicht mal sicher, was sie gesehen hat, ja, ob sie überhaupt was gesehen hat. Das nennen Sie einen Bericht?«

»Ja, das nenne ich einen Bericht. Geben Sie's doch zu, Oli, Sie sind einfach nur neidisch, weil ich das Ding geschrieben habe, weil Ihre ach so tollen Polizeiquellen versagt haben. Und jetzt Schluss mit der Debatte. Ich muss mich um den Oberbürgermeister kümmern.«

Oli schnappte nach Luft. Dann drehte sie auf dem Absatz um und marschierte aus dem Büro. Schild rief ihr hinterher: »Ach übrigens, ich brauche für morgen noch einen großen Vorbericht fürs Tänzelfest. Das fängt nämlich am Donnerstag an, falls Sie das vergessen haben.«

Zehn Minuten später hatte Oli einen wütenden Mohry am Telefon. Ob sie denn von allen guten Geistern verlassen worden sei?

»Weißt du, was hier los ist? Seit heute früh steht das Telefon nicht still. Die Leute behaupten, das Feuer bei Maschke sei absichtlich gelegt worden und wir würden das vertuschen und die Täter decken. Ich habe mich schon als weiß Gott was beschimpfen lassen müssen. ›Russenfreund‹ war noch das Netteste. Der Ellhofer hat getobt, weil er so was aus der Zeitung erfahren muss. Und dreimal darfst du raten, wen er sich als Blitzableiter ausgesucht hat. Der weiß doch genau, dass wir befreundet sind, und glaubt jetzt, ich hätte den Schwachsinn in die Welt gesetzt.«

»Den Scheiß hab nicht ich geschrieben«, wehrte sich Oli.

»Aber du hast ihn angezettelt.«

»Das kommt nicht von mir. Was glaubst du, wie ich mich

heute schon geärgert habe. Ich habe genauso ein Arschloch als Chef wie du. Aber seit heute bin ich sicher, dass meiner der größere Depp ist.«

»Da würde ich nicht wetten. Ich darf jetzt Berichte schreiben, mit Durchschlag für die oberste Heeresleitung. Und das alles wegen einer Bedienung, die angeblich ein paar Schatten gesehen hat.«

Oli versuchte, einen sachlicheren Ton anzuschlagen. »Schild hat gesagt, dass ihr eine Soko zusammenstellt.«

»Ach, hat sich das auch schon zu euch durchgesprochen.«

»Mensch, jetzt sei nicht beleidigt. Ich kann doch auch nichts dafür.«

Mohry seufzte. »Na ja, ›Soko‹ ist schon sehr übertrieben. Wir arbeiten jetzt zu dritt an dem Fall. Dahlen und Hausdörfer kommen mit ins Boot.«

»Sei doch froh, dann hast du wenigstens Hilfe.«

»Der Ellhofer ist nicht blöd. Er hat einen Rüffel von der Direktion aus Kempten bekommen. Also muss er was tun. Offiziell hat er selbst die Leitung der Soko übernommen. Aber geschickt, wie er ist, hat er sie an mich delegiert. Das heißt, ich habe die Arbeit, und wenn wir Erfolg haben, heimst unser Marshall die Lorbeeren ein. Wenn nicht, bleibt es an mir kleben.«

»Und, hat die Soko schon was rausgefunden?«, fragte Oli.

»Na du bist lustig. Das erste Treffen ist erst in einer Stunde.«

»Könnte ja sein, dass es schon was Neues gibt.«

»Ich weiß nicht, ob ich dir überhaupt noch was sagen soll«, moserte Mohry.

Aber Oli kannte ihn lange genug. »Komm schon. Du hast was, ich rieche das doch.«

»Na gut«, lenkte Mohry ein. »Aber halt bloß die Klappe. Die Pressearbeit macht der Chef höchstpersönlich. Ich habe vorhin den Bericht der Pathologie erhalten. Maschke hatte eine Beule am Hinterkopf. Möglich, dass er gestürzt ist. Doch es kann auch sein, dass er mit einem stumpfen Gegenstand niedergeschlagen wurde.«

»Zum Beispiel mit einer Wodkaflasche?«, riet Oli.

»Woher weißt du das schon wieder?«

»Tja, mein siebter Sinn.«

Mohry resignierte. »Ja, könnte sein. Aber es gibt keinerlei Hinweise, dass irgendjemand außer Maschke im Haus war.«

»Wäre da nicht die Zeugin Marga Weidenberg.«

»Ja«, sagte Mohry zerknirscht. »Kannst du wenigstens dafür sorgen, dass dein Chef nicht weiter hohldreht?«

»Ich fürchte, nein«, sagte Oli. »Er sammelt schon Munition für morgen. Entweder ihr habt schnell ein paar gute Ergebnisse, oder ihr müsst euch warm anziehen.«

***

Als sich die Soko Neugablonz eine Stunde später zu ihrer ersten Lagebesprechung traf, herrschte angespannte Stimmung. Polizeichef Ellhofer hatte die Fotos vom Maschke-Brand auf Spezialpapier vergrößern und im Konferenzzimmer aufhängen lassen. An den Wänden hingen drei große Kunstdrucke, die gezeichnete Käfer mit Gräsern und Bäumen zeigten. Auf dem großen Tisch in der Mitte des Raumes waren zwei Rechner und drei Telefonapparate aufgebaut, der Rest des Tisches war mit Akten und Schriftstücken belegt.

Andreas Hausdörfer sortierte die Papiere zu verschiedenen Häufchen. Währenddessen diskutierte er mit Mohry die Stärke der Spanier. »Iniesta, Torres, Villa und Ramos, was willst du denn da noch dagegenhalten?«

»Ach komm, die kochen auch nur mit Wasser«, gab Mohry zurück. »Schau nur, wie die gegen Holland geschwommen sind. Und wäre bei uns der Müller nicht gesperrt gewesen, hätte es auch anders ausgeschaut.«

»Welten, ich sag dir, da sind Welten dazwischen«, dozierte Hausdörfer. »Das ist eine Klasse für sich.«

»Erzähl doch keinen Scheiß«, empörte sich Mohry. »Wir haben England mit 4:1 weggeputzt, Argentinien mit 4:0.«

»Und dann?« Hausdörfer spreizte die Hände. »Dann kamen die Spanier und zeigten, wie man Fußball spielt.«

Bevor Mohry etwas erwidern konnte, betrat Ellhofer den

Raum. Mit müdem Gesichtsausdruck blickte der Kriminaloberrat in die Runde.

Hausdörfer zog eilig dem Chef einen Stuhl heran, blieb aber selbst stehen, während sich die Kollegen in die Stahlrohrsessel fallen ließen.

Hausdörfer war Anfang dreißig und seit vielen Jahren bei der Kaufbeurer Schutzpolizei. Er kannte Neugablonz und seine »Unterwelt« wie seine Westentasche. Er war ein Hänfling, klein und mager. Sein Markenzeichen war eine stets blanke Glatze, die er täglich rasierte. Er wirkte nervös, es war das erste Mal, dass er der Kripo zugeteilt wurde. Ellhofer hatte ihn ins Team genommen, weil er ehrgeizig war und sich seit Langem für die Kripo-Arbeit interessierte.

Mohry war deswegen beleidigt. Hausdörfer war das genaue Gegenstück zu ihm, übereifrig und chefhörig. Genau deshalb hatte Ellhofer ihn auch ausgewählt. Mohry war sicher, dass Hausdörfer dem Marshall jedes Wort berichten musste.

An der Längsseite des Tisches hatten sich Mohry und sein Kollege Ewald Dahlen platziert. Während Mohry angespannt und mit geradem Rücken am Tisch saß, hatte sich Dahlen gemütlich auf dem Stuhl ausgestreckt, die langen Beine übereinandergeschlagen und die Arme hinter dem Kopf verschränkt. Dahlen war Hauptkommissar, Ende vierzig und selten aus der Ruhe zu bringen. Er war auf Drogen spezialisiert und sah mit seinem hageren Körper und den strähnigen blonden Haaren, die ihm ins kantige Gesicht hingen, selbst aus wie ein Junkie. Dabei war die einzige Droge, nach der er süchtig war, der Marathonlauf. Mohry arbeitete gern mit Dahlen zusammen, er schätzte seine Ruhe und seinen Scharfsinn und war neidisch auf seine Kondition. Er schaute an seinen Hemdknöpfen entlang nach unten und stellte missmutig fest, dass sich das Hemd ab dem vierten Knopf verdächtig wölbte. Hier war sein Sündenregister abgebildet: zu viel Fast Food, zu viel Alkohol, zu wenig Sport.

Ellhofer riss ihn aus den Gedanken. Er kam ohne Begrüßung zur Sache: »Meine Herren, wenn wir es hier wirklich mit einem Mord zu tun haben, dann erwarte ich eine schnelle Aufklärung.

Und wenn es ein Unfall war, wovon ich weiterhin ausgehe, dann will ich auch dafür schleunigst Beweise. Sie alle haben heute die Geschichte im Kaufbeurer Kurier gelesen. Heute früh haben schon die ersten Boulevardzeitungen angerufen. Sie können sich vorstellen, was hier in den nächsten Tagen los ist. Ich habe keine Lust, dass diese Schmierfinken uns jetzt jeden Tag vorführen. Und damit eines klar ist.« Er machte eine bedeutungsschwere Pause. »Presseanfragen, egal von wem sie kommen, laufen immer über mich.«

Beim letzten Satz ließ Ellhofer den Blick auf Mohry ruhen. Der fing an, unruhig sein Ohr zu kneten. Er dachte an sein Gespräch mit Oli vor einer Stunde und hoffte inständig, dass sie dichthielt.

»Wir haben uns verstanden«, fuhr Ellhofer fort. »Sie informieren mich ständig über den Stand der Dinge.«

»Klar, Chef«, sagte Hausdörfer und fing sich dafür einen finsteren Blick von Mohry ein.

Wie Mohry vermutet hatte, verschwand Ellhofer nach seiner Predigt wieder. Er würde sich in die Arbeit der Soko nicht einmischen – sofern sie Erfolg hatten. Und wenn nicht? Mohry mochte nicht daran denken.

Obwohl Dahlen und Hausdörfer die Berichte gelesen hatten, gab Mohry ihnen zunächst einen Abriss der Fakten. In Maschkes Haus waren keine Spuren gefunden worden, die auf die Anwesenheit eines anderen Menschen hindeuteten. In der Haustür hatte der Schlüssel von innen gesteckt, es gab auch sonst keine Einbruchspuren. Nach derzeitigem Kenntnisstand waren weder Geld noch Wertsachen entwendet worden. Um sicherzugehen, so Mohry, habe er heute noch mal zwei Leute rausgeschickt, die den Brandort genau unter die Lupe nehmen sollten.

Das Feuer musste direkt neben der Leiche ausgebrochen sein. Maschke hatte laut Pathologie zwei Komma eins Promille Alkohol im Blut, verursacht durch eine gehörige Menge Wodka. Die Flasche lag neben ihm. Außerdem hatte er geraucht. Alles deutete also darauf hin, dass Maschke mit einer brennenden Zigarette eingeschlafen war. Die Leiche hatte zahlreiche Verbrennungen am ganzen Körper, aber Maschke war nicht vom Feuer getötet worden, sondern war am Rauch erstickt.

Sie standen nun zu dritt vor der Pinnwand und betrachteten die Bilder, die den halb verkohlten Mann und das ausgebrannte Wohnzimmer von allen Seiten zeigten. Mohry fuhr fort: Die Gerichtsmedizin hatte eine Beule am Hinterkopf der Leiche gefunden, die von einem stumpfen Gegenstand herrührte. Möglicherweise hatte Maschke versucht, das Feuer zu löschen oder davor zu flüchten, und war dabei gestürzt.

»Oder ihm hat jemand die Flasche über den Schädel gezogen«, sagte Dahlen und deutete auf das Foto, das die Leiche mit der danebenliegenden Wodkaflasche zeigte. »Und um die Spuren zu verwischen, hat er hinterher die Bude angezündet.«

»Könnte sein.« Mohry nickte. »Der Pathologe sagt, dass Verletzung und Flasche zusammenpassen.«

»Na also.« Dahlen rieb sich die Nase.

»Die Verletzung passt aber genauso gut zu dem Tischbein, neben dem Maschke liegt«, fügte Mohry hinzu. »Wir kriegen den Bericht im Laufe des Nachmittags.«

»Wenn es die Flasche war, hat Maschke sie sich bestimmt nicht selbst auf den Kopf geschlagen«, meldete sich Hausdörfer.

Dahlen und Mohry starrten ihn an wie einen kleinen Jungen, der sich in der Tür geirrt hatte.

Hausdörfers Glatze rötete sich ein wenig. »Ich meine, dann muss er –«

»Schon klar«, sagte Dahlen trocken, den Kopf wieder den Bildern zugewandt.

Mohry wanderte durch den Raum und blieb vor einem der Kunstdrucke stehen. Ein Hirschkäfer kletterte an einem Baumstumpf hoch. Ein zweiter war offenbar abgestürzt und lag im Gras. So musste Maschke sich gefühlt haben. Wie ein Käfer, der vom Boden aus in die Welt hinaufblickte, die plötzlich in Flammen aufging. Aber vielleicht war er schon bewusstlos und erstickte, ohne noch etwas von dem Brand mitzukriegen.

Abrupt wandte sich Mohry von dem Käferbild ab. »Unsere Zeugin, Marga Weidenberg, behauptet jedenfalls, dass sie jemanden ums Haus hat schleichen sehen.«

»Dann klären wir doch mal, ob Karl Maschke Feinde hatte«, sagte Dahlen.

»Da können wir gleich die halbe Stadt vorladen«, sagte Hausdörfer resigniert. »Der Mann war ungefähr so beliebt wie Zahnweh.«

Hausdörfer, der selbst in Neugablonz wohnte, wusste, dass sich Maschke mit so ziemlich allen angelegt hatte. Angeblich sei er auch mit seinen Nachbarn im Streit gelegen, und in seinem eigenen Verein habe es ständig Ärger gegeben. »Und dann ist da noch der Sohn«, sagte Hausdörfer mit vielsagendem Unterton.

Mohry stöhnte. »Heiner Maschke, oje, den hatte ich heute schon am Telefon. Hat sich furchtbar aufgeregt über die Zeitungsgeschichte und auch darüber, dass man ihm als Sohn des Opfers nichts von der Mordtheorie gesagt hat. Er hält es übrigens für absurd, dass jemand seinen Vater umgebracht haben könnte.«

Dahlen stutzte. »Und warum?«

»Er sagte nur, dass er sich das nicht vorstellen kann. Das sei bestimmt eine Erfindung der Zeitung«, antwortete Mohry.

»Hast du ihn mal gefragt, wie er selbst mit seinem alten Herrn ausgekommen ist?«, erkundigte sich Hausdörfer.

»Er behauptet, sie hätten wenig Kontakt gehabt und nicht viel miteinander gesprochen.«

»Das scheint mir eine milde Umschreibung zu sein. Der Stadtklatsch in Neugablonz erzählt, dass es zwischen Maschke senior und junior heftig gekracht hat.« Hausdörfer rieb Daumen und Zeigefinger, um zu demonstrieren, dass es dabei um Geld gegangen war.

»Dann sollten wir den Junior mal befragen«, meinte Dahlen.

Die drei einigten sich, dass Hausdörfer die Nachbarschaft, den Milowitzer Heimatkreis und die weitere Umgebung von Maschke befragte. Dahlen wollte die Russenszene und die Halbwelt der Stadt durchkämmen und Maschkes Sohn durchleuchten. Mohry übernahm den Innendienst, kümmerte sich um die Ergebnisse von Spurensicherung und Pathologie. Außerdem wollte er sich noch mal mit Marga Weidenberg auseinandersetzen.

Nachdem seine Kollegen weg waren, betrachtete Mohry wieder den Käfer. War er selbst abgestürzt, oder hatte jemand nachgeholfen? Das Telefon riss ihn aus den Gedanken. Der Kollege von der Zentrale sagte, ein Herr Schild vom Kurier wolle ihn sprechen.

»Stell ihn zum Chef durch, Presseanfragen immer über ihn«, erwiderte Mohry barsch.

***

Oli versuchte, ihre Wut in Arbeitsenergie umzuwandeln, aber es gelang ihr nicht. Lustlos klapperte sie den Vorbericht für das Tänzelfest in den Computer. Es war bereits ihr achtes Tänzelfest, das sie als Fotografin und Berichterstatterin der Zeitung begleitete, nicht gezählt die vielen Male, in denen sie als Kind bei den Umzügen dabei war. Sie erinnerte sich an die Umzüge, in denen sie als »Schwabenliesl« oder »Sonntagsbäuerin« zwei Stunden lang über das aufgeheizte Kopfsteinpflaster latschen musste. Häubchen oder Hütchen waren mit Gummizug oder Haarnadeln an ihrem Kopf befestigt. Das Kostüm juckte stilecht am ganzen Körper, die Strumpfhosen kratzten furchtbar, und trotz größter Vorsicht war sie immer in ein paar Pferdeäpfel getreten, die die trotz Beruhigungsmittel nervösen Kutschpferde unterwegs abwarfen. Aber jedes Mal musste sie wieder dabei sein, weil schließlich alle mitmachten. Und jedes Mal hoffte sie vergeblich auf einen der begehrten Sitzplätze in einer Kutsche.

Inzwischen kannte sie die andere Seite der Medaille. Als Mutter musste sie ihren Sohn einkleiden, rechtzeitig zum Markttreiben und zu den Umzügen bringen, hinterher wieder abholen und sich dazwischen in die Menge der Zuschauer quetschen und fröhlich winken, wenn Alex als kleiner Bürgersoldat oder fränkischer Krieger verkleidet an ihr vorbeischlurfte. Für sie war das Fest eine einzige Hetzerei.

Doch auch diesmal würde sie sich den Stress notgedrungen antun. Alex hatte das Kostüm eines Kriegers mit Kettenhemd. Sie hatte ihn gewarnt, dass die Rüstung ziemlich schwer sei, aber Alex war ganz scharf auf das Teil.

Oli arbeitete die Mittagspause durch, speicherte ihren bemüht freundlichen Vorbericht auf das Fest im System ab und nahm sich den Rest des Tages frei, ein kleiner Ausgleich für den kaputten Montag. Als sie Alexander am Nachmittag bei ihren Eltern abholte, war ihre Stimmung deutlich besser. Sie würde sich anschließend über ihre Vespa hermachen, und bei dieser Arbeit war bisher noch jedes Problem verflogen.

Der enge Flur des Reihenhauses empfing sie mit seinen dunkelbraunen Bodenfliesen, der geschmiedeten Garderobe und den Gipsbildchen, auf die fromme Sprüche geschrieben waren. Neben dem Spiegel stand: »Das Schönste auf dem Erdenrund ist trautes Heim auf festem Grund.« Dieser Spruch hing hier schon ebenso lang wie die Küchengerüche. Oli hörte ihre Mutter in der Küche hantieren und ging geradeaus durch ins Esszimmer, das ihre Eltern erst vor Kurzem neu eingerichtet hatten. Die alte gemütliche Essgruppe mit Eckbank war durch eine Bauernstube im Jodlerstil abgelöst worden. Eiche rustikal, viel zu wuchtig für den kleinen Raum.

Oli lächelte, als sie ihren Vater und ihren Sohn einträchtig nebeneinandersitzen sah. Vater hatte die Zeitung aufgeschlagen, Alex war über seine Hausaufgaben gebeugt. Wie ähnlich sie sich sind, dachte Oli. Das volle Haar, das bei Walter Austin grau war, bei Alex wie ein brauner Vorhang über die Stirn hing. Die schräge Kopfhaltung, Ellbogen auf dem Tisch.

Zur Begrüßung fuhr Oli ihrem Sohn sanft über den Kopf. Kurz hatte sie den Impuls, das Gleiche bei ihrem Vater zu tun. Aber ihre Hand wollte nicht. Berührungen waren in dieser Familie nicht üblich.

Kaum saß sie am Tisch, klopfte ihr Vater mit dem Handrücken auf die Zeitung.

»Das ist doch unglaublich«, schimpfte er.

Ein Blick genügte Oli, um zu wissen, dass er die Mordgeschichte aufgeschlagen hatte. Der friedliche Moment flog aus dem Zimmer durch die Terrassentür in den akkurat gepflegten Garten. Weg war er. Sofort kochte Olis Wut über ihren Chef wieder hoch.

»Lass mich damit bloß in Ruhe. Für diese Geschichte könnte ich meinen Chef erwürgen.«

»Er hat doch recht.« Die Stimme ihres Vaters klang aggressiv. »Der sagt bloß, was alle denken.«

Alex blickte kurz hoch und verdrehte die Augen. Olis Mutter rief aus der Küche: »Olivia, ich hab noch leckere Suppe.«

»Jetzt fang du nicht auch noch mit den reaktionären Sprüchen an«, schimpfte Oli zu ihrem Vater. Über die Schulter rief sie: »Ich mag jetzt nichts essen.«

Walter Austin klopfte erneut auf den Tisch. »Das ist nur die Wahrheit, aber die willst du halt nicht hören.«

»Papa! Die Wahrheit ist, dass die sogenannten Russen in der Mehrzahl fleißige und ehrliche Leute sind, die sich hier in kürzester Zeit ein neues Leben aufbauen.«

»Jaja.« Walter Austin winkte ab. »Und zuerst lassen sie sich ihre Zähne richten und ihre Hüften und was sonst noch alles. Haben nie eine Mark eingezahlt und bedienen sich aus unserer Sozialkasse.«

»Euro, Papa. Wir haben seit acht Jahren den Euro«, sagte Oli ironisch.

Die Stimme ihrer Mutter schrillte aus der Küche: »Willst du nicht doch einen Teller Suppe?«

»Euro oder Mark ist doch egal. Die kommen doch bloß hierher, weil man ihnen hier alles vorn und hinten reinsteckt«, fuhr ihr Vater unbeirrt fort. »Dann bringen sie noch ihren ganzen Clan mit und einen Stall voll Kinder.«

»Das ist Hühnerbrühe. Sehr gesund«, meldete sich Gerda Austin.

»Sei doch froh, wenn mehr Kinder ins Land kommen. Das sichert deine Rente!«

Gerda kam mit einem Teller. »Suppe ist gut für dich, bist eh so mager und hast keine Nerven.«

Olis Vater wurde laut: »Vor sechzig Jahren haben sie uns rausgeschmissen aus unserer Heimat. Da wollte von uns Deutschen keiner was wissen. Und jetzt, wo wir uns wieder etwas aufgebaut haben, will plötzlich jeder hier rein und von dem Kuchen was abhaben.«

Alex schaute genervt von seinen Hausaufgaben auf und blickte Oli flehend an, aber sie war nicht zu bremsen. »Jetzt kommt wieder die alte Flüchtlingsleier. Vertrieben, völlig unschuldig, alles weggenommen, nichts mehr gehabt, alles hier neu aufgebaut.« In dem Moment landete der Suppenteller vor ihrer Nase, und sie polterte: »Mama, ich mag keine Suppe!«

»Dass du immer so aggressiv sein musst«, schimpfte Gerda beleidigt. »Bist schon genauso wie dein Vater.«

Mit einem Schlag wurde es still im Esszimmer. Frustriert fing Oli an zu löffeln. Alex grinste sein Matheheft an. Walter war aufgestanden und ins Wohnzimmer gegangen. Oli wusste, er würde ein paarmal durchschnaufen und dann so tun, als wäre nichts gewesen.

Kurze Zeit später kam er mit einem alten Fotoalbum zurück. Er klappte ein Schwarz-Weiß-Bild auf, das eine Gruppe Jugendlicher zeigte. Vier Jungs lehnten lässig an einem Gartenzaun, vor ihnen saßen und lagen weitere fünf im Gras. Links stand Olis Vater, einer der Kleinsten der Gruppe. Walter Austin tippte auf den Jungen daneben.

»Das ist Maschkes Karli, der am Sonntag verbrannt ist.«

Oli, die frustriert in ihren Suppenteller gestarrt hatte, wurde neugierig. Klar, Maschke und ihr Vater kamen aus demselben Dorf, aus Milowitz an der Neiße.

Ihr Vater deutete auf den Jungen neben Maschke. »Hübners Paul. Der und der Karl, das waren die dicksten Freunde, die haben Dinger gedreht, mein lieber Schwan. Der Hübner war einer der besten Glasdrücker, die ich kenne. Das war noch einer vom alten Schlag. Der ist auch so tragisch ums Leben gekommen. Letzten Monat. Erinnerst du dich an den Betriebsunfall? Schlimme Sache.«

Walter Austin redete weiter auf das verblichene Foto ein. Er zählte einen nach dem anderen von der alten Clique auf. »Das waren noch echte Kameraden, mit denen konntest du durch dick und dünn gehen. Aber es werden immer weniger. Ach, wo sind die Zeiten hin!«

Oli hörte nicht zu. Bilder flackerten in ihrem Kopf auf.

Bilder von Feuer, Rauch, Schatten. Sekunden später war das Blitzlichtgewitter vorbei, zurück blieb ein Gefühl von Beklemmung, Unruhe und Angst.

***

Auf dem Heimweg schimpfte Alex über seinen Großvater, dem man nichts recht machen könne. Ständig mosere er herum, dazu die alten Geschichten, die keinen interessierten. Am liebsten wolle er gar nicht mehr zu den Großeltern gehen. Oli hörte nur mit halbem Ohr zu. Ihre Magengrube hatte wieder angefangen zu zittern, und trotz der Hitze im Auto hatte sie eine Gänsehaut. Sie starrte die rote Ampel an. Warum hatte ihr Vater mit dem alten Maschke angefangen? Was erzählte er von früher, und was erzählte er nicht? Oli hatte das Gefühl, als wäre da ein dunkler Fleck, eine faule Stelle im Apfel, ein Riss im Vorhang.

Was hatte ihr Vater gesagt? Paul Hübner. Betriebsunfall. Schlimme Sache. Die Bilder blitzten wieder auf, und diesmal blieben sie hängen. Oli erinnerte sich an das Unglück, es war gut einen Monat her. Sie hatte selbst darüber berichtet. Hübner war zwar schon Rentner, betrieb aber immer noch seine antiquierte Glasdrücker-Werkstatt. Eines Nachmittags explodierte der Glasofen. Hübner war sofort tot.

Oli war damals am Unfallort. Sie hatte mal wieder einen Tipp von Deep Throat bekommen. Ihr Informant hatte im Polizeifunk von dem Unglück gehört und Oli angerufen. So kam sie kurz nach der Polizeistreife und der Feuerwehr an der Werkstatt an. Ein kleines Gartenhäuschen mit großem Kamin, etwas zurückversetzt von der Straße. Die Fassade aus rohen Ziegeln war unverputzt. Hier hatte Hübner noch immer ein paar Kleinserien seiner Glaswaren gefertigt. Auf traditionelle Weise. Er saß neben dem kleinen Schmelzofen, schob bunte Glasstangen in die Glut und drückte das weich gewordene Buntglas in einer Handpresse zu Knöpfen.

Die Polizisten sperrten gerade den Unfallort ab. Die Stahltür der Werkstatt hatte der Explosion standgehalten, nicht aber das Fenster, das mitsamt Rahmen und einem Stück Mauerwerk in den Garten geschleudert worden war. Daneben lag ein Stück des umgestürzten Kamins.

Die Beamten verjagten Oli nicht, sondern machten sich im Gegenteil einen Spaß daraus, ihr einen Blick in die völlig zerstörte Werkstatt und auf den entstellten alten Mann zu gewähren. Hübner war groß und kräftig gewesen. In seiner blauen Arbeitshose und dem weißen Unterhemd lag er an der Wand gegenüber seinem Arbeitsplatz. Vermutlich hatte ihn die Druckwelle der Explosion quer durch den Raum geschleudert. Er lag auf dem Bauch am Boden, der aus kleinen rohen Ziegelsteinen bestand. Die Beine waren seltsam verkrümmt, zeigten in die falsche Richtung. Rund um seinen Kopf hatte sich eine rote Lache gebildet, die langsam zwischen den Ziegeln versickerte.

Oli versuchte, über die Leiche hinwegzusehen, was ihr nur schwer gelang. Der große Mann drängte sich in ihren Blick. Dann merkte sie, was so beunruhigend war. Hübner hatte kein Gesicht mehr. Schnell machte sie ein paar Fotos, dann kotzte sie vor den grinsenden Beamten neben die Werkstatt.

Als sie vor der Wohnung aus dem Auto stiegen, riss Alex seine Mutter aus den Gedanken. Sein Mathelehrer habe die Hausaufgaben in seinem Heft durchgestrichen. Er müsse alles noch mal machen. »Dabei habe ich mich so angestrengt.«

Oli, noch immer die alten Bilder im Kopf, schaute Alex verständnislos an.

»Du weißt schon, die Zeichnungen.« Als sie noch immer nicht reagierte, fügte Alex hinzu: »Die Kreise und Punktmengen, du hast sie doch gesehen.«

Oli fiel das Matheheft ihres Sohnes ein. Das mit den Punktmengen hatte er verstanden, aber die Zeichnungen waren sehr künstlerisch geraten. Als sie ihn darauf hingewiesen hatte, hatte er nur gebockt. Sie lächelte milde. »Ich hab's dir aber gleich gesagt. Versuch's doch mal mit Zirkel und Lineal.«

Alex machte nur »pfff« und verschwand in der Wohnung. Oli spürte ein Ziehen im Magen. Es breitete sich in ihrem Bauch aus und stieg nach oben. Ein leiser Stromstoß. Bauch an Hirn. Oli schloss die Augen und hielt sich an der Autotür fest. Was war das? Die kleinen Kreise in Alexanders Matheheft. Sie ließ die Bilder laufen. Das Symbol der Handbremse neben dem Autotacho. Die rote Ampel. Der alte Maschke, der alte Hübner. Der Geruch von verbranntem Fleisch. Sie rief Alex hinterher, dass sie noch mal wegmüsse, und fuhr in die Redaktion.

***

Marga Weidenberg fühlte sich so gut wie schon lange nicht mehr. Gleich am Morgen hatte sie sich eine Zeitung gekauft und zu Hause die Geschichte drei Mal durchgelesen. Dann hatte sie den Artikel sorgsam ausgeschnitten und überlegt, die Seite an die Wand zu hängen. Aber sie fürchtete, das würde sie als Informantin verraten, falls doch einmal Besuch vorbeikam. So hatte sie den Ausschnitt zu ihren privaten Dokumenten gelegt. Es war ihre Geschichte, der Redakteur hatte ihre Angaben voll und ganz verwendet und sie sogar noch ausgeschmückt. Zudem sprach sein Kommentar ihr aus der Seele. Ihr Mut, der Zeitung alles zu erzählen, hatte sich gelohnt. Der einzige Wermutstropfen war, dass sie niemandem von ihrer guten Tat berichten konnte.

Als sie in der »Wahrheit« hinter dem Tresen stand, kam die Angst zurück. Gegen fünfzehn Uhr hatten sich die Tische zum Kaffeeklatsch gefüllt, und es wurde von nichts anderem gesprochen als von dem Brand bei Maschke. Marga hörte wilde Spekulationen über mögliche Täter und darüber, wer wohl die unbekannte Zeugin sein mochte.

Wie schnell sich die Stimmung doch drehen konnte. Gestern noch war an den Tischen reichlich über den alten Maschke gelästert worden. Heute war davon keine Rede mehr. Alle redeten nur von dem armen alten Mann, der auf so grausame Weise hatte sterben müssen. Unter den Gästen gab es keinen Zweifel, dass die Russen den Mann auf dem Gewissen hatten. Jeder hatte etwas beizutragen zu der Gerüchteküche: Maschke habe sich vor Kurzem mit zwei jungen Russen angelegt, die auf den Parkbänken am Neuen

Markt herumlungerten. Jemand habe »Nazi« auf seine Haustür gesprüht. Er sei bedroht worden. Vor ein paar Wochen habe man ihm eine Scheibe eingeworfen.

Die Gespräche verstummten, als Heiner Maschke das Lokal betrat. Er bestellte ein Bier und trank es in zwei Zügen aus. Der Zweiundfünfzigjährige sah wie immer schlampig aus. Er hatte die Körperfülle seines Vaters geerbt, war aber mindestens einen Kopf größer als sein alter Herr. Die fettigen Haare, ehemals blond, inzwischen in verwaschenem Grau, hatte er nach hinten gekämmt. Das sollte modern wirken, sah aber in Verbindung mit seinem geröteten Vollmondgesicht albern aus. Er trug eine ausgebeulte braune Cordhose, dazu ein dünnes Hemd in Zartrosa mit mächtigen Schwitzflecken unter den Achseln. Die Fingerkuppen waren blau und schwarz eingefärbt. Heiner Maschke hatte den Versuch, die Flecken wegzubekommen, schon lange aufgegeben. Er betrieb in Neugablonz einen Tinten-Shop, in dem er Druckerpatronen billig wieder auffüllte. Es war seine neueste Geschäftsidee, und sie lief genauso schlecht wie seine bisherigen Versuche, sich eine Existenz aufzubauen.

Maschke bestellte ein zweites Bier, das er ebenso wie das erste in sich hineinschüttete. Dann sah er den Kaufbeurer Kurier neben dem Tresen liegen, wischte sich den Mund am Hemdsärmel ab und fing an, über die Zeitung und über die bescheuerte Zeugin zu fluchen.

»Da wollte sich doch bloß wieder eine wichtigmachen. Die soll sich gefälligst um ihren eigenen Kram kümmern.«

Marga Weidenberg wandte sich eilig ihren Gläsern zu, damit er nicht sah, dass sie rot wurde.

»Und wenn die Zeugin recht hatte?«, mischte sich ein älterer Mann ein, der neben Maschke am Tresen stand. »Seien Sie doch froh, wenn die Polizei sich darum kümmert.«

Maschke schaute den Mann verächtlich an. »Dass ich nicht lache. Die Dorfpolizisten in Kaufbeuren kannst du doch vergessen. Der Alte war selbst schuld an dem Feuer. Da brauche ich doch keine Polizei, um das rauszukriegen.«

Heiner Maschke legte vier Euro zwanzig abgezählt auf den

Tresen und verließ das Lokal. Sofort brandeten an den Tischen die Gespräche wieder auf. Marga Weidenberg schaute ihm hinterher und dachte, der gleiche Geizhals wie sein Vater.

***

Es dauerte nicht lange, bis das Fotoarchiv die Ergebnisse für das Hübner-Unglück ausspuckte. Es waren nur zwölf Bilder, ein Zeichen dafür, dass Oli es eilig gehabt hatte. Das Foto, das sie suchte, war damals zunächst für den Druck ausgewählt worden. Dann hatte Wolfgang Baldauf es wieder von der Seite genommen. Er hatte entdeckt, dass auf dem Foto ein Teil von Hübners Leiche zu sehen war. Das konnte man den Lesern unmöglich zum Frühstück servieren. Das Bild zeigte einen Blick in die verwüstete Werkstatt, in der überall Metallteile und Glassplitter herumlagen. Der mannshohe eiserne Schmelzofen war geborsten und stand wie ein schwarzer Geist mit offenem Maul im Raum. Der unscharfe Teil am unteren Bildrand war zuerst nicht aufgefallen. Erst bei genauerem Hinsehen war zu erkennen, dass es sich um Paul Hübners Arm handelte. Sie hatte beim Fotografieren versucht, die Leiche nicht aufs Bild zu bekommen. Doch in ihrer Verwirrung hatte sie den Arm übersehen, der ausgestreckt in den Raum zeigte, als wollte Hübner ein letztes Mal winken.

Oli bearbeitete das Foto, vergrößerte den Arm im unteren Bildteil und versuchte, ihn schärfer zu bekommen. Dann druckte sie alle Bilder aus und schickte sie zugleich an ihre private E-Mail-Adresse.

Baldauf, der mit einer Kaffeetasse in der Hand am Drucker lehnte, blickte sie erstaunt an.

»Ich dachte, du hast frei. Kannst es auch nicht lassen, was?«

»Ich bin auch gar nicht da«, sagte Oli, die im Moment nicht scharf auf Konversation war. »Hab nur was gesucht.«

Baldauf griff sich das erste Foto, das aus dem Drucker lief. Beim Betrachten der zerstörten Werkstatt hielt er den Kopf schief.

»Und was bitte?«

»Ein Phantom.«

»Hast dich von Schild anstecken lassen?«

»Ganz bestimmt«, sagte Oli mit Grabesstimme, nahm Baldauf die Fotos aus der Hand und winkte zum Abschied.

»Nett, dass wir darüber gesprochen haben«, sagte Baldauf und ging kopfschüttelnd zurück an seine Arbeit.

***

Eigentlich war es ein Wetter für den Biergarten. Ein lauer Sommerabend, an dem man ohne Pulli draußen sitzen konnte, war im Allgäu selten genug. Und der Wetterbericht hatte die nächste Kältewelle bereits angekündigt. Doch Oli hatte keine Lust auf Menschen und Gespräche. Sie wusste genau, welche Gesichter ihr begegnen würden und was sie zu erzählen hatten, kannte die lüsternen Blicke der Männer auf ihren Hintern und Busen. Grundsätzlich hatte sie nichts dagegen, dafür waren Hintern und Busen ja auch da. Nur wusste sie von allen Männern, wie lange und wie schlecht sie verheiratet waren. Diese Stadt war einfach zu berechenbar.

Oli hatte Alex ins Bett gebracht und war danach in ihre Schmiede gegangen, um neue Seile für die Lenkradschaltung an ihrer Vespa einzuziehen. Die Seilzüge einer Vespa waren genauso verzwickt und verwinkelt wie das Leben. Es ging nur selten geradeaus, und glaubte man, es geschafft zu haben, war irgendwo eine Engstelle, an der es nicht weiterging. Ein verrotteter Dichtgummi, ein zugerosteter Durchgang, eine zu enge Biegung – immer war irgendwas im Weg.

Oli löste die Züge am Getriebe, dann schraubte sie die Lampe aus dem Lenker. Nur durch diese Öffnung war an das Innere der Gangschaltung ranzukommen. Mit einer langen Flachzange hob sie die Nippel der beiden Bowdenzüge aus den Führungen und zog die Seile heraus. Mit dem Einfädeln der neuen Züge begann der nervige Teil der Arbeit. Das Drahtseil musste in die Metallführung gefummelt und dort durch den gesamten Körper der Vespa hindurchgeschoben werden. Dabei galt es, eine Reihe von Biegungen und Kurven zu überwinden.

Sie sollte nach Hamburg gehen oder nach Berlin. Kleiner kam nicht in Frage, näher auch nicht. Doch anstatt ihren Arsch hochzukriegen, verplemperte sie ihr Leben in einer spießigen Allgäuer Kleinstadt. Und sie schlug sich mit toten alten Männern herum, die ihr vollkommen wurst sein konnten. Als hätte sie nicht genug mit ihrem eigenen Leben zu schaffen.

Nach einer Stunde Gefummel zog sie das Stahlseil wieder raus und warf es auf die Werkbank. Manchmal musste man einsehen, dass man feststeckte. Sie ging rüber in die Wohnung, holte eine Flasche Prosecco aus dem Kühlschrank, zündete sich eine Zigarette an und setzte sich mit ihrem Notebook auf die Terrasse. Lustlos kurvte sie durchs Internet, blätterte in ein paar Online-Katalogen und Foren für alte Vespas und rief ihre E-Mails ab. Außer den Fotos, die sie sich selbst aus der Redaktion geschickt hatte, befanden sich nur Werbung und Spam im Postfach.

Sie zog das Foto von Hübners Arm hervor und betrachtete das Brandmal. Eine kleine kreisrunde Verletzung am linken Oberarm. In Olis Kopf tauchte das Foto des toten Maschke auf, das sie in Mohrys Büro gesehen hatte. Maschke hatte das gleiche Brandmal an der gleichen Stelle. Lag hier der Schlüssel? Der Schlüssel zu einer geheimen Tür? Eine Tür, hinter der ein Schatten stand, ein Phantom, etwas, das ihr Angst machte.

Oli schüttelte sich und steckte das Foto wieder weg. Wahrscheinlich war alles nur ein Ausfluss ihrer blühenden Phantasie, angestachelt durch ein altes Fotoalbum und einen Vater, der seltsame Andeutungen machte.

Sie versuchte, sich mit Hausarbeit abzulenken. Eine Stunde später war ihr Bad blank geputzt und die Küche sauber aufgeräumt. Nur noch der Wäschekorb stand anklagend im Wohnzimmer. Missmutig legte sie die Sachen zusammen. Zwei Stapel, ein kleiner für sie, ein großer für Alex. Wie man nur in so kurzer Zeit so viele Hosen dreckig machen konnte. Und kaputt obendrein. Ihr Finger fuhr durch ein Loch im Knie von Alex' Jeans. Kreisrund.

Eine Minute später hatte sie den Rechner noch mal hochgefahren. Sie goss sich ein Glas ein und fing an, im Internet nach Infos und Bildern über Brandverletzungen zu suchen. Irgendwann folgte sie einem Link in die Tattoo-Szene, in der verschiedene Formen der Selbstverletzung beschrieben wurden. Sie hangelte sich von einem Tattoo-Studio zum anderen, las ellenlange Diskussionen in Foren von Verrückten, die sich an den unmöglichsten Stellen tätowieren ließen oder mit glühenden Eisen Brandnarben zufügten. Angewidert klickte sie sich durch die Beiträge, in denen diverse Techniken und Methoden, Stilarten und Muster beschrieben wurden. Offensichtlich war das eine eigene Welt, in der sich die Eingeweihten über die abstrusesten Arten der Körpergestaltung austauschten. Das reichte vom harmlosen Body-Painting bis hin zu groben Verletzungen. Nach einer Stunde hatte sie die Nase voll und wollte eben ihr Notebook schließen, als ihr ein Nebensatz ins Auge fiel, der bei ihr sofort Gänsehaut auslöste.

»Mitglieder der SS besaßen Tätowierungen am linken Oberarm, die Auskunft über ihre Blutgruppe gaben.«

Mit einem Schlag war Oli hellwach. Sie schenkte sich das Glas voll und las: »SS-Männer trugen auf der Innenseite des linken Oberarms eine Tätowierung ihrer Blutgruppe, A, B, 0 oder AB. Die Tätowierung wurde von den SS-Leuten auch Kainsmal genannt und war etwa einen Zentimeter groß. Sie hatte den Zweck, dass die Träger bei Verwundungen die richtige Blutspende bekamen und dass schnell geeignete Blutspender gefunden werden konnten. Die Stelle an der Innenseite des linken Oberarms hatte man deshalb ausgewählt, weil statistisch gesehen Soldaten dort am seltensten verletzt oder verstümmelt wurden. Nach dem Krieg hatte sich diese Tätowierung als verhängnisvoll erwiesen, weil die Alliierten gezielt danach suchten, um untergetauchte SS-Männer aufzuspüren.«

Auf einer der Seiten waren Fotos zu sehen, auf denen Soldaten den linken Arm hoben. Bei einem war unterhalb des Bizeps ein A zu sehen, bei einem anderen eine Null. Ein kleiner Kreis. Sie holte ihre Fotos wieder aus der Tasche und hielt sie daneben.

Oli goss sich den Rest aus der Flasche ein. Wenn das der Schlüssel war, dann öffnete er keine Tür, sondern ein komplettes Schattenreich. Und er führte auch nicht zu Antworten, sondern zu einer Unmenge neuer Fragen. Hatten Maschke und Hübner Verbindungen zur SS? War die SS hinter ihnen her? Oder jemand, der sie als SS-Mitglieder brandmarken wollte? War die Verletzung ein Nazi-Zeichen? Ging es um Neonazis? Waren die Brände das Werk militanter Antifaschisten?

Sie fröstelte und überlegte, ob sie Mohry anrufen und ihm ihre Entdeckung erzählen sollte. Aber der würde sie für völlig verrückt erklären, wenn sie nun mit einer SS-Blutgruppentätowierung ankäme. Es gab nur eine Möglichkeit. Sie musste mehr über die Vergangenheit von Maschke und Hübner rauskriegen. Und das war zugleich die Vergangenheit ihres Vaters. Oli holte sich einen Pulli und starrte mit düsteren Gedanken in die laue Julinacht.

MITTWOCH

Der Mann war lautlos wie eine Schlange. Er war wie ein Schatten. Oli sah ihn nicht, hörte ihn nicht. Doch sie spürte, dass er da war. Er stand in ihrer Werkstatt hinter dem großen Stahlschrank. Dorthin reichte das schwache Licht der Lampe auf dem Werktisch nicht. Oli hatte den Lenker der Vespa abgeschraubt und starrte in die Schraublöcher, als sie die Anwesenheit spürte. Etwas war im Raum. Es bedrohte sie. Es roch nach Benzin. Warum? Sie konnte nicht denken, konnte sich nicht bewegen. Da blitzte es in der dunklen Ecke auf. Ein Feuerzeug. In dem schwachen Licht konnte sie die SS-Runen erkennen, die der Schattenmann am Revers trug. Das Feuer wanderte, von einer schwarzen Hand geführt, zum Boden, fand die Spur, leckte daran, sprang in das Rinnsal und fraß sich vorwärts. Flackernd folgte die Flamme der Flüssigkeit, kam auf sie zu, fiel über die Vespa her, verweilte auf der Maschine. Dann ein mächtiger Knall, und der Motorroller stürzte brennend über sie.

Mit fuchtelnden Armen wachte sie auf, versuchte, das schwere Gewicht von ihrem Bauch zu wuchten.

»Mama, wir haben verschlafen.« Alex saß auf ihr und rüttelte an ihrem Körper.

Schweißüberströmt schreckte sie hoch. Die Sonne fiel auf das Kopfkissen. Sie ließ sich zurücksinken. »Mensch, hast du mich erschreckt.«

Alex grinste. Mit einem Schwung packte sie ihn und kitzelte ihn durch. »Mach das nicht noch mal, du Mistkerl! Deine Mama will sanft geweckt werden, am besten mit einer Tasse Kaffee.«

***

Die Wohnung von Willi Probisch war eine Mischung aus Flohmarkt und Müllhalde. Sie war mit Gerümpel und Plunder derart überfüllt, dass kaum Platz zum Durchgehen blieb. Im Flur roch es nach Katzenfutter, Schimmel und Vernachlässigung.

Das Wohnzimmer wurde erschlagen von schweren Teppichen, dunkelbraunen Vorhängen und einer durchgesessenen Polsterecke. Erinnerungsfotos und Kitschbilder aus der alten Heimat füllten die Wände und Vitrinen. Einziges Zugeständnis an die Neuzeit war ein riesiger Fernseher. Billige Zeitschriften, altes Geschirr und Wäsche bedeckten nahezu jede ebene Fläche. Alles wirkte lieblos und lichtlos.

Oli hatte Alex eine halbe Stunde zu spät in der Schule abgeliefert und war gegen seinen Protest mit in die Klasse gegangen, um sich gleich selbst für die Verspätung zu entschuldigen. Alex fand das furchtbar peinlich.

Danach hatte sie ausgiebig gefrühstückt. Sie hatte sich den Tag freigenommen, um ein letztes Mal durchzuschnaufen, bevor der Tänzelfest-Rummel begann. Ihr Chef hatte die halbe erste Seite wieder dem »Feuertoten von Neugablonz«, wie er ihn nannte, gewidmet. Oli hatte die Artikel und Leserbriefe überflogen. Darin gab es nichts Neues, nur einen zweiten Aufguss der Spekulationen und von den Lesern dazu die erste Breitseite an Vorurteilen. Sie hatte das Blatt genervt zur Seite gelegt und über ihre Entdeckung nachgedacht. Dabei war ihr Willi Probisch eingefallen.

Er war Schriftführer und Kassenwart des Milowitzer Heimatkreises und musste nach dem Tod von Maschke und Hübner einstweilen den Verein leiten. Im Heimatkreis trafen sich die Vertriebenen aus dem böhmischen Dorf Milowitz und Umgebung. Sie pflegten den Zusammenhalt, hielten Tradition und Kultur ihrer alten Heimat lebendig, führten Ortskarteien und Archive und organisierten Treffen. Willi Probisch war pensionierter Bahnbeamter. Er war seit einem Jahr verwitwet. Auf Olis Anruf hatte er zurückhaltend reagiert. Sie hatte erklärt, dass sie von der Zeitung sei und etwas über den verstorbenen Vorsitzenden Karl Maschke und über die Arbeit des Vereins im Allgemeinen schreiben wolle. Schließlich hatte er einem Treffen zugestimmt.

An der Haustür des heruntergekommenen Wohnblocks hatte sie ihren Besuch bereut. Willi Probisch war ein kleiner hagerer Mann, der sich in seiner schwarzen Hose und der dunkelgrauen Strickjacke kaum von der finsteren Türöffnung abhob. Instinktiv trat Oli einen Schritt zurück. Probisch schob eine Wolke aus Düsternis und Schwere vor sich her. Nur die flinken milchblauen Augen über seiner scharfkantigen Nase blitzten aus dieser Dunkelheit hervor. Sie empfingen die Besucherin mit einem Blick, der jeden Zeitschriftendrücker in die Flucht gejagt hätte. Obwohl Oli mit ihren ein Meter achtzig den Mann um mehr als einen Kopf überragte, fühlte sie sich wie eine Maus, auf die der Schatten eines Kolkraben fiel.

»Ich bin Olivia Austin, wir haben vorhin telefoniert«, sagte sie schüchtern.

»Soso«, brummte der Kolkrabe in der Tür. »Austin. Sind Sie verwandt mit Walter Austin?«

»Die Tochter.«

Das Misstrauen wich zurück, die dunkle Wolke blieb. »Na dann kommen Sie mal rein.«

Willi Probisch wies ihr im Wohnzimmer den einzigen freien Stuhl zu, schob einen Stoß Altpapier vom Sofa und nahm vorsichtig Platz. Trotz der Hitze öffnete er keinen Knopf seiner Strickjacke. Mit geradem Rücken saß er am Esstisch und betrachtete seine knochigen Hände, als sähe er sie zum ersten Mal.

Er wisse nicht, ob er ihr helfen könne, sagte der Rabe mit einem aufgesetzten Lächeln. Im Übrigen habe er nicht viel Zeit, seit dem Tod von Karl Maschke gebe es alle Hände voll zu tun. Er müsse gerade eine außerordentliche Vereinsversammlung organisieren.

Oli versuchte es mit den alten Zeiten. Geschichten von früher erzählten alte Leute zumeist gern. Sie führte Probisch behutsam in die Vorkriegszeit von Milowitz, fragte nach der Größe und Lage des Dorfes, nach den Bewohnern und ihren Berufen, nach dem Alltag, nach der Jugendzeit von Maschke.

Probisch kokettierte ein wenig. Das meiste kenne er nur aus Erzählungen, da er, Jahrgang 1940, die alte Heimat nicht mehr lange erlebt habe. Doch Oli war sicher, dieser Mann kannte alle Geschichten und Gerüchte des Dorfes. Er hatte jahrzehntelang zugehört, gesammelt, archiviert. Während er erzählte, wurden seine stechenden Augen immer matter, als wendeten sie sich nach innen. Es schien, als würde er tauchen. Probisch schwebte durch die staubigen Straßen von Milowitz, durch Glasdrückereien und Bauernhöfe, durch Ställe und Stuben, über Bäche und Felder, durch Generationen und Jahreszeiten. Oli konnte die Rapsfelder riechen und die Kartoffelsuppen, den Pferdemist und den Schweiß der Knechte.

Obwohl Probisch jede Verherrlichung und Sentimentalität umging, leuchtete der Verlust aus allen Ritzen wie ein trauriger Mond. Oli wurde zum ersten Mal klar, wie sehr diese Menschen immer noch um ihre Heimat trauerten. Vielleicht konnte man solche Gefühle für die Heimat nur entwickeln, wenn man sie verloren hatte.

Von Probischs angeblicher Zeitnot war keine Rede mehr. Nach zwei Stunden kannte sie jeden Winkel und alle Familien des Dorfes. Sie war voll mit Bildern und Geschichten und war dennoch enttäuscht. Keine Intrigen, keine Skandale, keine Katastrophen, nur beschauliches böhmisches Dorfleben.

Probisch war inzwischen beim Neuanfang nach der Vertreibung angelangt, bei den Pionierleistungen der Flüchtlinge. Unter Krieg und Flucht war er einfach hindurchgetaucht. Oli holte ihn zurück. Ob es denn SS-Leute im Dorf gegeben habe. Der Redefluss des Kolkraben stockte. Er kratzte sich am Kopf und dachte nach. Ein junger Mann sei bei der SS gewesen, gleich 1939 sei er eingerückt, das ganze Dorf war stolz. Sechs Wochen später kam die Nachricht, dass er gefallen sei. Das habe die Euphorie deutlich abgekühlt.

Probisch schaute kritisch auf ihren Block. »Sie dürfen nicht denken, dass wir alle Faschisten waren. Mein Vater zum Beispiel war zeitlebens Sozialdemokrat. Aber natürlich waren die Jungen im Dorf oft fanatisch. Der Krieg war weit weg. Wir kriegten ja kaum was mit. Als im Mai '45 die Russen einmarschierten, waren wir geschockt.« Sein Gesicht wurde noch einen Ton grauer. »Da gab es dann auch noch diese Tragödie mit den Kittels.«

Oli horchte auf. Ihr Vater hatte nie eine Tragödie erwähnt.

»Die Russen schossen den ersten Bauernhof an der Dorfstraße in Brand«, erzählte Probisch. »Darin kam die Familie Kittel ums Leben, die Großeltern und die Eltern mit ihren fünf Kindern.« Er überlegte kurz. »Das heißt, mit vier Kindern. Horst, der älteste Sohn, war nicht zu Hause. Er gilt als vermisst. Wahrscheinlich haben ihn die Russen erschossen.«

Schweigen breitete sich über dem verwahrlosten Wohnzimmer aus wie eine muffige Decke.

Probisch war wieder auf Tauchgang. Schließlich fügte er hinzu: »Das hätte noch viel schlimmer enden können. Da war so eine Horde Dorfburschen. Die glaubten, sie könnten den Krieg noch gewinnen. Die haben tatsächlich einen russischen Panzer abgeschossen.«

Unwillig schüttelte er den Kopf, als könnten dadurch die Bilder verschwinden.

»Und dann?«, fragte Oli.

»Dann sind sie alle nach Hause und haben sich unter den Röcken ihrer Mütter versteckt. Man kann froh sein, dass nicht mehr passiert ist.«

Oli wollte genau wissen, was er gesehen und gehört hatte. Aber Probisch selbst hatte von dem Ereignis nichts mitbekommen. Er war erst fünf und hatte sich mit seinen zwei kleineren Geschwistern im Keller versteckt. In der Chronik des Dorfes stehe, dass die Russen am 5. Mai 1945 das Dorf einnahmen, wobei es nicht viel einzunehmen gab. Dabei hätten sie auf das Dorf geschossen und den Hof der Kittels getroffen. Bei dem Volltreffer sei die Familie Kittel umgekommen. Er konnte sich erinnern, dass eine Gruppe von Jungs schon Tage vorher herumstreunte und Waffen einsammelte, die die abziehenden Wehrmachtssoldaten liegen gelassen hatten. Im Dorf habe man später erzählt, dass die Jungs versucht hätten, die Russen aufzuhalten.

»Der Maschke hätte Ihnen da mehr erzählen können, der war damals dabei. Der hat immer damit geprahlt, dass er es war, der den russischen Panzer abgeschossen hat. Aber der ist ja nun tot, schon tragisch. Fragen Sie doch mal Ihren Vater, der rannte immer in der Clique mit. Vielleicht weiß der noch mehr.«

Probisch blickte stumm ins Leere. Das laute Tacken der

Küchenuhr hämmerte in die Stille, und Oli dachte, wie flüchtig Zeit doch war. Zwischen Mai 1945 und Juli 2010 standen nur die Gehirnwindungen eines alten Mannes. Ein paar Synapsen in Probischs Kopf entschieden über das Versinken oder Auferstehen einer Geschichte, die fünfundsechzig Jahre her war. Der alte Mann gab ein energisches Schnauben von sich. Vielleicht musste er bei längeren Tauchgängen Luft holen.

»Im Archiv könnte man was finden. Ich erinnere mich schwach, dass ich da mal was gelesen habe.«

Er verschwand im Nebenzimmer und wühlte in Schubern und Schränken. Schließlich kam er mit mehreren grauen Ordnern zurück, die er wie einen Schatz auf den Tisch legte. Behutsam blätterte er in den Aufzeichnungen und zog nach einer Weile stolz ein Blatt heraus, das den Reichsadler trug und mit »Heil Hitler« gezeichnet war.

»Eine Belobigung des Ortsgruppenleiters vom 7. Mai 1945«, zitierte Probisch. »Das war übrigens Maschkes Vater. Er schreibt, dass sich fünf Jugendliche aus Milowitz mutig dem Feind gestellt hätten, und schlägt sie für das Eiserne Kreuz vor.«

»Das war einen Tag vor der Kapitulation«, staunte Oli.

Probisch nickte. »Durchhalten bis zum bitteren Ende. Hier heißt es, die Namen seien auf einem zweiten Blatt aufgeführt.«

Er kramte in den Papieren, nahm zwei weitere Ordner zu Hilfe und kümmerte sich nicht darum, dass darüber mehrere Papierstapel vom Tisch fielen. Schließlich zuckte er müde die Achseln. Die Namensliste fehlte.

»Hat Maschke denn nie irgendwelche Namen genannt?«, bohrte Oli nach.

Er kniff die Augen zusammen, schüttelte nach einer Weile den Kopf.

Oli spannte sich. »Paul Hübner vielleicht?«

»Hübners Pauli, hmm, das ist möglich. Der und der Maschke, die waren unzertrennlich. Aber ich weiß es wirklich nicht.«

Plötzlich fiel die böhmische Idylle in sich zusammen. In den staubigen Straßen von Milowitz lag Brandgeruch. Die Bilder wurden überlagert von Rauchschwaden, durch die ein paar verblendete Jungs huschten, die drei Tage vor Kriegsende noch den Helden spielen mussten. Und mittendrin Karl Maschke und Paul Hübner – und vielleicht ihr Vater.

Verwirrt verabschiedete sich Oli. Probisch gab ihr die knochige Hand, und seine Augen hatten wieder den stechenden Glanz. Er war zurückgekehrt. »Grüßen Sie mir Ihren Vater.« Er zwinkerte mit einem Auge. »Und seien Sie nachsichtig mit ihm. Erinnerungen sind nicht immer einfach.«

»Einige schon«, sagte Oli tonlos.

Er setzte wieder sein rabenhaftes Lächeln auf. »Einige auch nicht.«

Als Oli in ihr Auto stieg, öffnete Probisch das Küchenfenster. Der Kolkrabe erschien direkt über ihrem Kopf. »Fragen Sie doch mal die Peppi Grossmann. Die weiß noch eine ganze Menge.«

»Wer?«

»Josefine Grossmann, wohnt oben in Richtung Hauptschule.«

Oli zog den Kopf ein und schlüpfte in ihr Auto.

***

Oli beschloss, ihren freien Tag zu nutzen und gleich bei Peppi Grossmann vorbeizufahren. Sie nahm sich nur kurz Zeit, um mit Alex zu Mittag zu essen, und hörte seinen Geschichten bloß mit halbem Ohr zu. Alex schob seine Spaghetti in sich rein und schaute neugierig seiner Mutter zu, die im Telefonbuch blätterte. Josefine Grossmann lebte im Norden von Neugablonz in einer kleinen Seitenstraße.

Beiläufig sagte Alex: »Ich habe übrigens eine Sechs in Mathe und habe heute einen Verweis bekommen.« Als seine Mutter nicht reagierte, fügte er hinzu: »Wahrscheinlich fliege ich von der Schule.«

»Gut«, sagte sie, »ich muss los.« Sie warf sich die Tasche über die Schulter, steckte Handy und Schlüssel ein. Erst als sie in der Tür stand, wurde sie stutzig.

»Was hast du da eben gesagt?« Sie drehte sich zu ihrem Sohn um und blickte in Alex' breit grinsenden Spaghetti-Mund.

»Du kleiner Mistkerl«, zischte sie.
»Tschüss, Mama.« Er winkte mit der Gabel.
Schmunzelnd zog Oli die Tür zu.

***

Josefine Grossmann wohnte in einem der typischen kleinen Nachkriegshäuschen von Neugablonz. Allerdings war es neu gestrichen und mit schönen grünen Fensterläden versehen. Oli hatte aus einem Gefühl heraus nicht angerufen, sondern sich für einen Überraschungsbesuch entschieden. Nun empfand sie es als taktlos, die alte Frau einfach zu überfallen. Doch zum Umkehren war es zu spät, die Gardinen hatten sich bewegt. Es gab zwei Klingelknöpfe: J. Grossmann unten, M. Grossmann oben. Sie drückte den unteren, ihr Finger zitterte nervös.

Ein freundlicher Riese öffnete die Tür. Er war vielleicht Anfang sechzig, einen Meter neunzig groß und bestimmt einhundertzwanzig Kilo schwer. Er hatte volles dunkles Haar und schaute sie durch seine Brille neugierig an. Oli sagte ihr Verslein auf, dass sie von der Zeitung komme und über den verstorbenen Karl Maschke schreibe und alte Geschichten aus Milowitz sammle.

»Willi Probisch hat mich hierher verwiesen. Ist denn Ihre Frau zu Hause?«

»Sie meinen bestimmt meine Mutter«, sagte der Mann.

Oli war verwirrt. »Peppi, also Josefine Grossmann?«

»Ja. Meine Mutter ist noch beim Einkaufen, aber sie müsste jeden Moment zurück sein. Wollen Sie nicht solange reinkommen?«

Oli zögerte. Dann sagte sie verschwörerisch: »Ich würde gern noch eine rauchen.«

Der Mann zog die Stirn kraus. »Das müssen Sie dann leider draußen tun. Wir, also meine Mutter ist da sehr streng.«

»Schon gut.« Oli winkte ab und steckte sich eine an.

Der Mann blieb in der Tür stehen und betrachtete die Besucherin kritisch. Oli hatte noch keine fünf Züge genommen, da fuhr ein japanischer Kleinwagen vor. Schwungvoll wurde die

Tür geöffnet, eine drahtige ältere Dame in einem geblümten Sommerkleid stieg aus. Sie war mehr als einen Kopf kleiner als der Hüne in der Tür, und doch war sie mit ihren Apfelbäckchen, den vollen dunklen Haaren und dem neugierigen Blick eindeutig als seine Mutter erkennbar. Der Riese half ihr mit der Einkaufstasche und erklärte ihr, dass sie Besuch hatten.

»Wo sind deine Manieren, Manfred«, sagte sie tadelnd. »Warum bittest du die Frau nicht herein?«

Er wies auf Olis Zigarette, aber seine Mutter schüttelte nur den Kopf. Verschämt warf Oli die Kippe auf die Straße. Sie bereute ihren Spontanbesuch, stammelte, sie wolle nicht stören und könne auch ein anderes Mal wiederkommen, aber Peppi Grossmann winkte ab.

»Mein Manfred ist beim Rauchen immer so streng«, sagte sie lächelnd. Als Oli ihr in den Flur folgte, ging der Hüne hinaus. Oli blickte ihm nach und sah, wie er ihre Zigarettenkippe auf der Straße sorgsam austrat und dann in die Mülltonne warf.

Das Haus war der volle Kontrast zu Probischs Wohnung. Peppi lebte in einem Museum. Es roch nach Äpfeln, Kartoffeln, Brot, nach altem Holz und einem Hauch Scheuermittel, es roch nach Kindheit und Omabesuch. Hier schien die Zeit vor fünfzig Jahren stehen geblieben zu sein. Die Häkeldeckchen auf dem Tisch, die altbacken gemusterten Vorhänge, die groben Möbel strahlten eine Ruhe aus, die Oli seit Langem nicht mehr gespürt hatte. Sogar das Geschirr, in dem Peppi wenige Minuten später den Kaffee servierte, schien die Flucht vor gut sechzig Jahren heil überstanden zu haben.

Bei alldem hatte Grossmann einen Sinn für Farben und Formen. Alles passte zusammen, die Einrichtung, die Vorhänge, die Bilder. Der Tisch war mit rotgelben Blumen aus dem Garten geschmückt, die sich perfekt in das Ensemble einfügten. Die alte Frau schien selbst ein Stück aus ihrem Museum zu sein. Sie strahlte eine klassische Eleganz aus. Oli hätte die Frau auf höchstens siebzig geschätzt. Dabei musste sie mit einem sechzigjährigen Sohn bereits über achtzig sein. Vor allem die dunkle Haarpracht war faszinierend. Wie bekam die Frau das nur hin? Oli überlegte, ob sie Peppi Grossmann nach ihrem Friseur fragen sollte.

Oli sagte, sie interessiere sich für alte Geschichten aus Milowitz und da sei ihr Josefine Grossmann empfohlen worden. Peppi freute sich, als sie hörte, dass Oli die Tochter von Walter Austin war.

»Da kennen Sie doch bestimmt schon das meiste.«

»Mein Vater erzählt nicht viel«, seufzte Oli.

»Geht es Ihrem Vater gut? Und bastelt er immer noch an seinen alten Motorrädern?«

Oli war verdattert. Ihr Vater und Hobbymechaniker? Das musste eine Verwechslung sein. Er besaß weder Werkzeug noch eine Werkstatt. Er war sein Leben lang Verwaltungsbeamter gewesen und hatte in Olis Augen zwei linke Hände.

»Nein«, sagte sie vorsichtig. »Also, ja, ihm geht es gut. Aber er bastelt nicht.«

»Schade. Früher, als kleiner Junge, hat er an allem rumgeschraubt. Er konnte jeden Motor reparieren und hat sich aus alten Teilen ein eigenes Moped zusammengebaut.« Peppi seufzte. »Ach, es ist so viel verloren gegangen.« Sie kreiste mit ihrer kleinen Hand über die Stirn, als würde sie ihr inneres Auge blank wischen. »Was wollen Sie denn wissen?«

»Alles«, sagte Oli und versuchte ein Lächeln.

Eine Stunde später bereute sie diese Antwort. Josefine Grossmann erzählte in einem fort. Sie hatte im Krieg ihren Vater verloren, ihre Mutter war kurz danach gestorben. So nahm sie 1943 eine Stellung als Magd bei einem Bauern im Dorf an. Sie erzählte von der harten Arbeit im Stall und auf dem Feld, von den kargen Vergnügungen beim Maitanz und bei musikalischen Abenden und davon, mit wie wenig man im Leben doch zufrieden sein könne.

Dann landete die alte Frau bei der Zeit nach der Vertreibung, bei Neuanfang und Wiederaufbau. Allein mit ihrem Sohn sei sie quer durch Deutschland geflohen und schließlich über mehrere Stationen 1948 nach Neugablonz gekommen. Hier habe sie viele alte Milowitzer wiedergetroffen, man habe sich gegenseitig geholfen.

»Wissen Sie, als alleinerziehende Mutter mit einem kleinen Kind hatte ich es doppelt schwer.«

Oli nickte. »Das kann ich gut nachfühlen.«

»Haben Sie auch Kinder?«

»Einen Sohn. Alex. Er ist jetzt zwölf.«

»Das ist doch ein schönes Alter. Da sind sie aus dem Gröbsten raus und werden langsam selbstständig«, sagte Peppi.

»Bisher habe ich da nicht viel gemerkt.«

»Ach, das geht schnell. Bevor man sich umschaut, sind sie groß. Aber sie bleiben doch immer irgendwie Kind. Mein Manfred ist jetzt fünfundsechzig, und manchmal denke ich, er ist noch derselbe Lausbub wie früher.« Peppi lachte und deutete mit dem Finger nach oben, wo Manfred wohnte. »Und er bringt mir immer noch jede Woche die Wäsche runter.«

»So sind sie, die Männer«, sagte Oli und dachte dabei an Hartmut, den sie gern dafür verspottete, dass er sich mit Mitte dreißig noch die Hemden von Mami bügeln ließ.

Die beiden Frauen grinsten sich an.

»Sie sind nicht verheiratet?«, fragte Peppi mit Blick auf Olis Hände. »Entschuldigen Sie, mir macht es nichts aus, aber Sie tragen keinen Ring.«

Oli schmunzelte. Die Frau war aufgeweckter, als sie gedacht hatte. »Nein. Alex' Vater war, wie soll ich sagen, nicht der Richtige. Ich war neunzehn und schwer verliebt.« Oli lächelte verlegen. »Na ja. Alex ist jedenfalls ein lieber Kerl, auch wenn sein Vater …« Oli suchte nach dem richtigen Wort.

»Ein Idiot ist?«, brachte Peppi lächelnd den Satz zu Ende.

»So könnte man sagen.« Oli grinste.

»Ich war auch noch sehr jung, als ich Manfred bekam. Aber man kann das mit heute nicht vergleichen.« Sie seufzte und ging, um noch mal Kaffee zu holen.

»Und sein Vater?«, rief Oli ihr hinterher.

»Im Krieg gefallen«, schallte es zurück.

Mütter und ihre Söhne, fünfzig Jahre dazwischen und doch immer das gleiche Thema, dachte Oli, während Peppi in der Küche werkelte. Oli schaute auf ihren Notizblock, und ihr fiel wie schon bei Probisch auf, dass es in den Erzählungen nur ein

Vor-dem-Krieg und ein Nach-dem-Krieg gab. Keine Nazi-Zeit, keine Gefechte, keine Toten, keine Pogrome, keine Angst, keine Vergewaltigungen, kein Leid. Der Krieg steckte wie ein Beil in den Köpfen der Vertriebenen und hatte eine mächtige Lücke in die Gedächtnisse geschlagen. Eine Wunde, die noch immer so sehr schmerzte, dass man sich ihr nicht einmal mit Worten nähern durfte.

Aber sie musste sich nähern, musste darin herumstochern. Als Peppi mit dem Kaffee zurückkam, sagte Oli wie beiläufig: »Willi Probisch hat von einer Tragödie in den letzten Kriegstagen erzählt, ein Beschuss der Russen, bei der eine ganze Familie ums Leben gekommen sein soll.«

Ein Schatten fiel auf Peppi Grossmanns Gesicht. Sie setzte sich und schloss die Augen.

»Eine Tragödie«, sagte sie langsam, »ja, das ist das richtige Wort.«

»Ich würde gern wissen, was am 5. Mai 1945 in Milowitz passiert ist.«

»Richtig, es war der 5. Mai«, wiederholte die Alte mechanisch. Sie gab einen tiefen Seufzer von sich, dann erzählte sie: »Der 5. Mai. Ich weiß noch, dass es ein sonniger Tag war. Ich wohnte in dem kleinen Häuschen neben dem Kittel-Hof. Der Hof war das erste Anwesen am Dorfrand.«

In Grossmanns Augen wurden die Bilder lebendig.

»Man hörte das dumpfe Grollen der russischen Panzer, die von der Neiße vorrückten. Die Russen näherten sich dem Dorf, und ich hatte wahnsinnige Angst und spitzelte ständig aus dem Fenster. Der Ort war wie ausgestorben, alle hatten sich verzogen und saßen zitternd in den Häusern. Nur ein paar junge Burschen rannten durch die Gegend und wollten das Dorf verteidigen. Sie suchten sich ausgerechnet die Gartenmauer aus, die das Haus der Kittels vom freien Feld trennte. Dort bezogen sie Stellung mit einem großen Maschinengewehr und ein paar Panzerfäusten.«

»Wie viele Jungs waren das denn?«, fragte Oli.

Die alte Frau fuhr sich über die Augen. »Nur ein paar. Ich weiß nicht, höchstens eine Handvoll.«

»Können Sie sich erinnern, wer bei der Gruppe dabei war?«

Peppi schüttelte den Kopf. »Der Einzige, der mir einfällt, ist Rudi Hofmann. Rudi war der fanatischste von den Jungs. Er war älter als die anderen, vielleicht siebzehn. Der Hofmann war ein Raufbold und Tunichtgut, war im Dorf berüchtigt. Aber er hatte es auch nicht leicht. Seine Mutter starb früh, der Vater soff sich zu Tode, so kam er als kleiner Junge zu einem Onkel, der im Dorf die Schmiede hatte. Der Onkel war ein grober Kerl, der hat den Rudi schwer schuften lassen und dafür noch verprügelt. Nach einem Unfall in der Schmiede blieb Rudis linkes Bein steif.«

Rudi sei schon Tage vorher durchs Dorf gelaufen und habe getönt, er werde den Russen einheizen. Er habe die anderen aufgehetzt. Dann habe sich die kleine Gruppe hinter Kittels Gartenmauer verschanzt, den Wald beobachtet und auf die Russen gewartet.

Peppi Grossmann machte eine Pause. Die Erinnerungen setzten ihr zu, sie atmete schwer und schien noch kleiner geworden zu sein.

»Vom Fenster hab ich dann beobachtet, wie der erste russische Panzer aus dem Wald kam. Rudi schrie: ›Feuer!‹, und einer schoss die Panzerfaust ab. Ein Panzer wurde getroffen. Er blieb stehen und drehte den Turm. Dann hörte ich den Einschlag. Das Haus der Kittels brannte sofort lichterloh, keiner kam da mehr raus. Furchtbar, die ganze Familie verbrannte.«

Eine lange Stille trat ein. Das harte Ticken der Uhr wirkte plötzlich überlaut.

»Probisch hat erzählt, dass Horst Kittel, der älteste Sohn, nicht im Haus war«, sagte Oli. »Wissen Sie, was mit ihm passiert ist?«

Peppi schloss die Augen, ihre Hand rieb wieder über die Stirn.

»Keine Ahnung. Von ihm hat man nie wieder was gesehen oder gehört. Ich schätze, dass ihn die Russen erwischt haben.«

Sie schaute Oli in die Augen und machte mit der Handkante einen schrägen Schnitt durch die Luft. Mit dem Schnitt war nicht nur Horst Kittels Leben zu Ende, sondern auch Peppis

Bericht. Mehr könne sie über die Ereignisse nicht sagen. Sie habe sich im Keller versteckt. Dort hörte sie noch eine Zeit lang Gewehrsalven, dann war es still. Nach einer Weile kamen die Russen ins Dorf, aber sie zogen schnell weiter.

»Und die Jungs?«

»Die haben sich verkrochen, sind bestimmt alle nach Hause gerannt«, sagte Peppi.

»Wissen Sie, ob Karl Maschke und Paul Hübner bei der Aktion dabei waren?«, fragte Oli.

Schulterzucken.

»Und mein Vater?«

Die alte Frau schaute Oli erstaunt an. Dann schüttelte sie den Kopf, was so viel heißen konnte wie »Nein« oder »Ich weiß nicht« oder »Ich will mich nicht festlegen«.

»Da fragen Sie ihn am besten selbst.«

***

Die Lenkradschaltung bei einer Vespa GS funktionierte denkbar einfach. Zwei Drahtseile übertrugen die Drehbewegung der linken Hand auf das Getriebe und legten dort einen der vier Gänge ein. Ein Handgriff, zwei Bowdenzüge, vier Gänge – ganz simpel. Wären da nicht die Widrigkeiten des Materials gewesen und der Hang der Ingenieure zu kniffligen Kreationen.

Oli war sicher, dass die Hersteller der Vespa mit den Seilzügen angefangen hatten und alle weiteren Teile drum herum bauten. Anders war nicht zu erklären, dass der Austausch von zwei einfachen Stahldrähten einen ganzen Nachmittag in Anspruch nahm und selbst aus einem positiv gestimmten Menschen ein Nervenbündel machen konnte.

Die Seile liefen vom Inneren des Lenkrads in das Chassis der Lenksäule, von dort durch das Trittbrett und auf verborgenen Wegen unter Sitzbank und Tank hindurch, um schließlich unterhalb des Motorblocks wieder ans Tageslicht zu kommen. Wenn man Glück hatte und in den Untiefen des bald fünfzig Jahre alten Gefährts nichts im Weg war.

Obwohl Oli die neuen Seile eingeölt und die Enden sauber

verlötet hatte, konnte das Hineinschieben, Drehen, Zurückziehen, Wieder-Drehen Stunden dauern.

Die mühselige Prozedur war genau das Richtige, um Oli abzulenken. Während sie mit den Drähten beschäftigt war, versuchte sie, die graue Wolke abzuschütteln, die die Schilderungen von Probisch und Grossmann heraufbeschworen hatten. Doch ihr Gedankenkarussell wollte sich nicht beruhigen. Ständig kreiste es um die alten Geschichten. Was war am Kriegsende in Milowitz wirklich passiert? Waren die Erzählungen glaubwürdig? Oft hatte Oli schon erlebt, wie sehr die Erinnerungen von Zeitzeugen trügen konnten. Und wenn sie stimmten, was hatte das alles mit dem Tod von Maschke und von Hübner zu tun?

Als der erste Draht irgendwo unterhalb der Lenksäule klemmte und nicht um die Kurve wollte, fing Oli an, mit sich und ihrer Recherche zu hadern. Was sollte dieser alte Kram überhaupt? Vielleicht sollte sie es gut sein lassen und die Leute nicht mehr quälen. Sie jagte doch nur Gespenstern hinterher, die man besser schlafen ließ.

So wie die Nachricht, dass ihr Vater als Junge ein begeisterter Hobbymechaniker war. Hätte er nicht malen können oder Schmetterlinge sammeln oder Fußball spielen wie andere Jungs? Aber ausgerechnet an Motoren basteln. Er hatte sein abgelegtes Hobby nie erwähnt. Und er wusste, warum. Es schaffte eine Nähe, die Oli nicht wollte. Er wäre damit in ihre Welt eingebrochen, in ihre heilige Schmiede. Aber war er dort nicht schon die ganze Zeit wie ein Kobold unter dem Tisch gesessen?

Das hatte sie nun davon, die Gespenster zu wecken.

***

Andreas Hausdörfer blies die Backen auf. »Mein lieber Schwan, der Maschke war vielleicht ein Arschloch.«

Dahlen und Mohry schauten ihren Kollegen erschrocken an. Der hob abwehrend die Hände.

»Ihr glaubt nicht, was man über den alles zu hören kriegt.«

Hausdörfer schaute auf seinen Block. »Streitsüchtig, faschistisch, rassistisch, ausländerfeindlich, geizig, aggressiv, rechthaberisch, jähzornig, rücksichtslos. Das ist nur eine Auswahl. Eigentlich sollte man Toten nichts Schlechtes nachsagen, aber zu Maschke fiel keinem was Gutes ein.«

»Die Welt ist voll mit Arschlöchern, die werden aber nicht umgebracht«, sagte Dahlen trocken.

Mohry runzelte die Stirn. »Langsam, langsam. Noch wissen wir nicht, ob er überhaupt umgebracht wurde.«

»Na komm«, entrüstete sich Dahlen, »das riecht doch förmlich danach.«

»Also schreibe ich in den Bericht: Spürnase Dahlen plädiert für Mord«, sagte Mohry gereizt.

Bevor Dahlen antworten konnte, ging Hausdörfer dazwischen. »Wie wär's, wenn wir erst mal die Berichte sammeln würden.«

Die anderen beiden nickten stumm.

Die dreiköpfige Soko Neugablonz hatte sich pünktlich um siebzehn Uhr im Konferenzraum zum Jour fixe versammelt. Sie waren nervös, sie brauchten einen schnellen Erfolg. Marshall Ellhofer hatte am Morgen die Order ausgegeben, er erwarte, dass der Fall bis zum Wochenende geklärt sei. Den drei Kommissaren war klar, ihr Chef wollte sich nicht auf allen offiziellen Terminen am Tänzelfestwochenende auf einen ungeklärten Mord ansprechen lassen. Sie hatten also noch zwei Tage und konnten bisher noch nicht mal sagen, ob Maschke das Opfer eines Unfalls oder eines Verbrechens geworden war.

Zuerst stellte Mohry die Ergebnisse der Spurensicherung und der Gerichtsmedizin vor. Beides war unergiebig. Die Resultate blieben mager. Das Feuer hatte alle eventuellen Spuren vernichtet. Auch in den anderen Zimmern, die vom Brand nicht betroffen waren, hatten die Kollegen nichts Auffälliges gefunden. Nichts deutete auf die Anwesenheit einer weiteren Person hin. Im ausgebrannten Wohnzimmer war neben der Wodkaflasche nur ein Glas gestanden. Auch in der Küche keine Hinweise, im Gegenteil, Herd und Spüle waren sehr sauber und aufgeräumt.

Auch die anderen Zimmer waren in einem ordentlichen Zustand, zumindest so, wie man es von einem alten Witwer erwarten konnte. Nirgendwo gab es Spuren eines Einbruchs oder eines Diebstahls. Keines der Zimmer war durchwühlt worden, alle Papiere und Wertsachen, wie etwa eine alte Kamera und eine gut sortierte Münzensammlung, lagen ordentlich und unangetastet in den Schubladen.

Die Verletzung an Maschkes Hinterkopf war laut Pathologie schwer, aber nicht tödlich gewesen. Vermutlich war Maschke dadurch zumindest kurzzeitig bewusstlos geworden. Dies könnte ein Grund sein, warum er dem Feuer nicht rechtzeitig entkommen konnte. Wobei er mit zwei Komma eins Promille bestimmt nicht mehr die schnellsten Reaktionen hatte. Die entscheidende Frage, ob Maschke niedergeschlagen worden war oder sich die Beule bei einem Sturz zugezogen hatte, konnte der Gerichtsmediziner bisher aber noch nicht beantworten.

Auch die erneute Befragung der Zeugin Marga Weidenberg hatte nichts Neues ergeben. Sie konnte sich nur an zwei Schemen erinnern, die sich von dem Haus entfernten, als sie gerade auf dem Heimweg von ihrer Arbeit war. Das war gegen zweiundzwanzig Uhr. Die zwei dunkel gekleideten Typen seien schnell gegangen, aber nicht gerannt, und dann in der nächsten Seitenstraße verschwunden. Weidenberg sagte, es seien junge Männer gewesen, konnte aber keinen Grund für ihre Vermutung nennen, außer der flotten Art, zu gehen. Um die Männer zu erkennen, sei sie zu weit weg gewesen.

Die Frau hatte weder Feuer gesehen noch Brandgeruch wahrgenommen. Die Feuerwehr war um zweiundzwanzig Uhr siebenundzwanzig alarmiert worden. Ein Passant, der seinen Hund ausführte, hatte Rauch bemerkt und den Notruf gewählt. Dann hatte er an dem Haus geklingelt, aber niemand öffnete. Zu dieser Zeit war Maschke vermutlich schon tot. Als die Feuerwehr wenige Minuten später eintraf, war bereits der Rollladen geschmolzen, und die Flammen schlugen aus dem Fenster.

»Wie kam die Feuerwehr eigentlich ins Haus?«, fragte Dahlen.

»Ein Löschtrupp ging durch das Fenster, der andere brach die Haustür auf«, sagte Mohry und schüttelte zugleich den Kopf. »Ich weiß, worauf du hinauswillst. Es gab keinen Einbruch, die Tür war unversehrt, der Schlüssel steckte von innen.«

»Und die Nazi-Schmiererei?«, hakte Dahlen nach.

»Die Farbe war frisch, aus einer Spraydose, die man in jedem Baumarkt bekommt.«

Dahlen stand auf und wanderte im Raum umher.

»Meine Kontakte haben mir von zwei jungen Russlanddeutschen erzählt, die seit einiger Zeit ihr eigenes Ding drehen. Die zwei Typen haben angeblich damit geprahlt, dass sie ab und zu ein kleines Feuerchen legen.«

»Weißt du, wie die Kameraden heißen?«, fragte Mohry.

Dahlen schüttelte den Kopf. »Das kriege ich noch raus.«

Mohry stützte das Gesicht in die Hände. »Wenn es wirklich die Russen waren, warum hat Maschke sie ins Haus gelassen und mit ihnen gesoffen?«

»Was ist mit den Nachbarn?«, fragte Dahlen.

»Keiner hat was gesehen, keiner was gehört«, sagte Hausdörfer. Die Nachbarn hätten von dem Brand erst etwas mitbekommen, als die Feuerwehr anrückte. Im Übrigen sei Maschke mit sämtlichen Nachbarn zerstritten gewesen, besonders aber mit den Trautweins. Barbara und Josef Trautwein wohnten seit über zwanzig Jahren neben Maschke. Der habe von Anfang an einen Kleinkrieg gegen sie geführt, um überhängende Äste, Mülltonnenstellplätze, parkende Autos, Kochgerüche, den Kompost im Garten, die Katzen und so weiter. In jüngster Zeit habe es vor allem Krach um eine Doppelgarage gegeben, die die Trautweins direkt an Maschkes Grundstücksgrenze errichteten. Maschke habe vor zwei Wochen einen Baustopp erwirkt.

»Ist wohl eher ein schwaches Motiv für einen Mord«, seufzte Mohry.

»Vielleicht habe ich ein besseres«, sagte Dahlen. »Ich habe mich mal über den Sohn schlaugemacht. Jetzt ist mir auch klar, warum er die Mordtheorie so heftig ablehnt. Heiner Maschke ist nämlich dringend auf das Erbe seines Vaters angewiesen.

Und solange wir in einem Mordfall ermitteln, ist der Besitz seines Vaters nicht freigegeben.«

Hausdörfer und Mohry schauten ihren Kollegen fragend an, der wieder im Raum auf und ab lief.

»Heiner Maschke hat schon alle möglichen Geschäftsideen versucht und ist damit jedes Mal baden gegangen. Derzeit hat er einen Druckerpatronen-Shop. Der Laden läuft schlecht, und Maschke ist überschuldet. Sein Vater hat ihn nicht unterstützt, im Gegenteil, Maschke senior hat seinen Sohn ständig abgekanzelt und kein gutes Haar an ihm gelassen.«

Dahlen blieb stehen und machte eine Kunstpause.

»Jetzt kann sich Heiner Maschke doppelt freuen. Er ist seinen cholerischen Alten los, und er erbt ganz ordentlich. Maschke senior war geizig und sparsam. Das hat sich gelohnt. Er hat über zweihunderttausend Euro in Depots und Sparkonten auf der Bank, dazu das Häuschen mit großem Grundstück in Neugablonz.«

»Geiz ist geil«, sagte Hausdörfer.

»Und Gier frisst Hirn«, antwortete Dahlen.

Hausdörfer blätterte wieder in seinen Aufzeichnungen.

»Übrigens haben die Trautweins erzählt, dass Heiner Maschke am Sonntagnachmittag seinen Vater besucht hat. Sie hörten lautstarken Streit aus dem Haus, gaben aber nichts darauf. Zwischen dem alten und dem jungen Maschke sei es immer so zugegangen.«

Mohry nickte finster. »Ich kümmere mich um ihn.«

***

Nach zwei Stunden hatte der erste Seilzug Olis Vespa durchdrungen. Der zweite steckte irgendwo fest. Oli putzte sich die Hände an dem Lappen ab, der aus ihrer Gesäßtasche baumelte. Auch sie steckte fest, irgendwo zwischen alten Geschichten und aktuellen Fragen, zwischen ihrem Sohn und ihren Eltern, zwischen ihrem Freiheitsdrang und ihrer Bequemlichkeit. Überall gab es Windungen und Widerstände, sichtbare und unsichtbare.

Sie setzte sich an die Werkbank und dachte über ihre

Recherchen nach. Was wusste sie inzwischen? Hübner und Maschke, beide neunundsiebzig, waren durch angebliche Unfälle gestorben. Beide waren verbrannt, beide hatten ein kleines kreisrundes Brandmal am linken Oberarm, dessen Größe Ähnlichkeiten mit einer SS-Blutgruppentätowierung aufwies. Beide waren Freunde von Kindesbeinen an. Beide teilten sich in den letzten Jahren den Vorsitz des Milowitzer Heimatkreises. Und beide waren – zumindest vermutlich – als Jugendliche beteiligt an einer tollkühnen Aktion in den letzten Kriegstagen. Dabei wurde ein Panzer der Roten Armee abgeschossen und eine Familie ausgelöscht.

Laut Archiv waren fünf junge Männer an der Verteidigung des Dorfes beteiligt gewesen. Oli stellte auf ihrer Werkbank das Szenario mit Abfällen und Schrott nach: Ein Aludeckel war das Kittel-Haus, darin acht große Schrauben für die Familie Kittel, die Großeltern, Eltern und vier Kinder. Davor eine Zierleiste als Gartenmauer, hinter der sich fünf Figuren versteckten, dargestellt von Resten eines Stahlrohrs. Einer der fünf war Karl Maschke, ein anderer vermutlich Paul Hübner, ein Dritter Rudi Hofmann, der die Gruppe anführte. Die anderen beiden unbekannt.

Dann gab es noch den sechzehnjährigen Horst Kittel. Es hieß, er sei vermisst, sei vermutlich von den Russen getötet worden. Wo war der älteste Kittel-Sohn an diesem Tag? Was war mit ihm passiert? Oli nahm einen kleinen ölverschmierten Kolbenbolzen und wusste nicht, wo sie ihn platzieren sollte. Eine böse Ahnung schälte sich aus ihren Gedanken, erhob sich wie ein schwarzes Gespenst. Was, wenn der vermisste Horst Kittel bei dem Drama dabei war? Wenn er alles gesehen hatte? Was, wenn er überlebt hatte? Wenn er nun die Beteiligten der Aktion suchte, um mit ihnen abzurechnen?

Oli legte den schwarzen Bolzen hinter das Kittel-Haus. Ein Phönix, der aus der Asche wiedergeboren wird und sich aufschwingt, um Rache zu nehmen. Rache mit Feuer.

Trotz der Hitze, die in der Werkstatt herrschte, fing Oli an zu frösteln.

Sie brauchte weitere Informationen, musste nach Rudi

Hofmann suchen. Und sie musste dringend mit ihrem Vater sprechen. Das Gespräch würde noch schwerer werden als das Einfädeln eines Seilzuges.

Oli fuhr zusammen, als mit einem lauten Rumpeln die Tür zur Werkstatt aufging.

»Dachte mir doch, dass du hier bist«, sagte Mohry grinsend.

Er hatte zwei Bierflaschen in der Hand und stellte eine davon auf die Werkbank. Dabei rollte der Kolbenbolzen vom Tisch und fiel scheppernd in die Abfalltonne.

»Pass doch auf«, rief Oli und schaute bestürzt dem Rundstahl hinterher.

»Sorry, ich wollte dein Motor-Mikado nicht durcheinanderbringen.« Mohry fingerte den Bolzen aus der Tonne und betrachtete ihn kritisch. »Damit machst du auch keinen Staat mehr.« Mit einer geübten Handbewegung öffnete er mit dem Stahl seine Bierflasche.

»Hey, das ist Teil eines Oldtimers.« Oli nahm ihm den Bolzen aus der Hand und legte ihn behutsam auf den Tisch. »Hast du nichts zu tun?«

»Es ist schon nach acht, auch Bullen haben mal Feierabend.«

Mit schiefem Kopf betrachtete Mohry ihre Aufstellung.

»Lass mich raten: ein neuer Vergaser? Die Bremsen? Nein, warte, die Aufhängung der Batterie.«

»Pass auf, was du sagst.«

Oli schubste ihn zur Seite und machte mit dem Stiel eines Gummihammers ihr Bier auf. Mohry schaute sich in der Werkstatt um.

»Ich werde nie verstehen, wie man in so einen Schrotthaufen so viel Zeit und Geld investieren kann.«

»Das ist kein Schrotthaufen, das ist ein Puzzle.«

»Ich kenne da einen, der zahlt für Altmetall beste Preise.«

Oli wog den Hammer in der Hand. »Noch einen Ton!«

Mohry prostete ihr zu.

»Apropos Puzzle«, sagte Oli. »Habt ihr den Mörder schon?«

»Du mit deiner blühenden Phantasie. Das hier ist kein Allgäu-Krimi.«

»Sondern?«

»Wir wissen nicht mal, ob es Mord war.«

»Dann wird es aber Zeit, dass ihr das rauskriegt.« Jetzt prostete Oli ihm zu.

»Bleib du mal bei deinem Puzzle und lass mir das meine.«

Bevor Oli antworten konnte, klingelte Mohrys Handy. Er blickte auf das Display und sagte: »Scheiße!« Nach einem kurzen Telefonat stellte Mohry das Bier auf die Werkbank. »Muss doch noch mal los.«

»Der Allgäuer würde sagen: Hättsch was Gscheits glernt«, frotzelte Oli.

Kaum war Mohry aus der Tür, machte sich ihr Mobiltelefon bemerkbar. Als sie sich meldete, hörte sie die tiefe Stimme von Deep Throat.

»So langsam wird die Geschichte richtig heiß«, sagte ihr Informant, ohne sich mit Namen zu melden.

»Herr Axmann! Was ist passiert?«

»In Neugablonz brennt ein Papiercontainer.«

Oli entspannte sich. »Ich dachte schon, es wäre wieder so ein Drama.«

»Warten Sie's ab«, sagte Axmann, »könnte noch kommen.«

»Was wollen Sie damit sagen?«

»Ich erzähl es Ihnen, wenn ich so weit bin. Jetzt sollten Sie sich aber besser auf den Weg machen.«

»Nur die Ruhe, die Container laufen nicht weg.«

»Aber die Brandstifter. Und gerade nimmt ein ganzer Tross Bullen die Verfolgung auf.«

***

Das Verhängnis beginnt für Adalbert Gramski, als er beschließt, ein Feuer anzuzünden. Er hat es sich in seiner kleinen Jagdhütte gemütlich gemacht, hat Brotzeit, Wein und Schnaps ausgepackt und seine beiden Gewehre zerlegt und die Einzelteile auf dem Tisch ausgebreitet. Gramski freut sich auf einen stillen Sommerabend inmitten der Natur. Er würde die Waffen reinigen und ölen und dann früh schlafen gehen, damit er morgen vor Sonnenaufgang auf dem Anstand einen klaren Blick hat.

Selbst jetzt im Sommer sind die Nächte im Voralpenland kühl, zu kühl jedenfalls für einen alten Mann. Gramski plagt in regelmäßigen Abständen der Ischias. Die besten Mittel dagegen sind Wärme und ein ordentlicher Schnaps, und beides wird er sich jetzt genehmigen. Er schenkt sich einen Obstler ein und schichtet trockenes Tannenreisig und Papier in den kleinen Kanonenofen, darauf ein paar größere Holzscheite. Die Hütte besteht nur aus einem drei mal vier Meter großen Raum, der schnell warm wird.

Als das Feuer brennt, reibt Gramski sich die Hände, schenkt Obstler nach und öffnet den Edelholzkoffer, in dem sich verschiedene Bürsten, Öle und Tücher befinden. Sorgsam nimmt er die Waffen unter die Lupe und fängt an zu putzen.

Er ist so in die Arbeit vertieft, dass er die Warnsignale zu spät bemerkt. Es sind zwei Wahrnehmungen, die gleichzeitig in sein Bewusstsein dringen. Zum einen brennt das Feuer nicht richtig, sondern raucht nur aus den Ritzen und der Platte des alten Ofens. Zum anderen knackt draußen ein Ast, und kurz darauf ist ein leises Schaben an der Tür zu hören. Gramski kümmert sich zuerst um die Geräusche. Er nimmt sein Gewehr zur Hand und will vorsichtig die Tür öffnen. Als sie klemmt, drückt er fester. Dann wird ihm klar, dass jemand draußen den Balken in die Eisenbänder geschoben hat.

Erst jetzt ahnt er, dass er in Gefahr ist. Er ruft »Hallo« und »Was soll denn das?«. Er rüttelt an der Tür und stemmt seine neunzig Kilo dagegen. Doch das schwere Holz gibt keinen Millimeter nach. Dann fällt ihm das kleine Fenster ein, zugleich erinnert er sich mit Schrecken, dass er den massiven Holzladen nicht geöffnet hat. Erst jetzt bemerkt er, dass der Raum bereits voller Rauch ist. Hustend und mit brennenden Augen reißt er die Scheiben auf und hämmert gegen den Verschlag.

Mit Entsetzen stellt er fest, dass er eingesperrt ist und dringend etwas gegen den Rauch tun muss. Inzwischen ist die Hütte dicht verqualmt. Gramski kann die gegenüberliegende Wand kaum mehr erkennen. Er stolpert zum Ofen, dreht an der Klappe des Ofenrohrs. Sie bewegt sich nicht. Er reißt in Panik mit bloßen Händen das schwelende Holz aus dem Feuerloch, verbrennt sich die Hände, versucht, die Glut am Boden auszutreten. Als er schreit, fährt ihm der Rauch tief in seine Lungen, Gramski würgt und übergibt sich. Ihm wird schwindlig, im Fallen reißt er den Tisch und einen Stuhl um. In einem letzten Aufbäumen kriecht er zur Tür, doch der beißende Nebel hat bereits seine Lungen in der Gewalt, fließt durch seine Adern und lähmt sein Gehirn.

Zehn Minuten später wird die Tür von außen geöffnet. Wie aus weiter Ferne spürt Gramski, dass frische Luft hereinweht. Er öffnet die Augen und blickt in ein ausdrucksloses Gesicht. Plötzlich spürt er einen rasenden Schmerz in seinem Oberarm. Ohnmächtig sieht er einen Schatten, der die am Boden liegende Glut mit Reisig und Holz bedeckt und neu entfacht. Dann schließt sich die Tür. Das Letzte, was Gramski wahrnimmt, ist ein oranges Leuchten, als das Feuer neben ihm aufflackert.

DONNERSTAG

Boris Axmann hatte sich einen starken Kaffee gemacht und betrachtete von seinem Küchenfenster das scharf ausgeschnittene Bergpanorama. Auch nach mehr als zehn Jahren konnte er sich an dieser Aussicht kaum sattsehen. Axmann liebte die Berge, wäre allerdings nie auf die Idee gekommen, sie zu besteigen, Ski zu fahren oder einer dieser neumodischen Freizeitbeschäftigungen wie Nordic Walking oder Gleitschirmfliegen nachzugehen. Ihm genügten die Aussicht und das täglich wechselnde Schauspiel aus Wolken und Licht. Deshalb hatte er sich auch für diesen alten Bauernhof in Großkemnat entschieden. Der Weiler, der als kleinster Stadtteil Kaufbeurens geführt wurde, lag über der Stadt auf einem Hochplateau. Der Hof bot nicht nur eine phantastische Aussicht, sondern auch die Möglichkeit, sein altes Hobby wieder aufzunehmen, die Brieftaubenzucht. Aus seiner Jugend im Ruhrgebiet hatte er nicht nur den flapsigen Umgangston, sondern auch die Liebe zu den Tauben behalten. Jahrelang hatte er von einem eigenen Schlag geträumt. Nun im Ruhestand hatte er endlich genügend Zeit für sein Hobby.

Axmann war sein Leben lang Polizist gewesen, die meiste Zeit davon in Kaufbeuren. Er hatte es stets ausgeschlagen, die Leitung einer Dienststelle zu übernehmen. Mit dem immer mehr zunehmenden Papierkram konnte er sich nie anfreunden. Lieber blieb er Ermittler, Schnüffler, Trüffelschwein.

Vor zwei Jahren hatte Axmann vorzeitig die Dienstmarke abgegeben. Nicht ganz freiwillig, wie in den Fluren der Dienststelle gemunkelt wurde. Der Mann sei nicht teamfähig, erzählten die Kollegen. Und er habe ein Alkoholproblem. Oli zweifelte daran, sie hatte Axmann immer sehr präsent erlebt. Sicher aber war eines: Der Mann hatte ein Problem mit seinem Vorgesetzten. Er und Ellhofer waren wie Feuer und Wasser. Axmann, der hagere Wolf, der sich um sein Aussehen ebenso wenig scherte wie um Vorschriften und Hierarchien. Und Ellhofer, der selbstverliebte Marshall, der seine Dienststelle mit Aktennotizen und Laufzetteln regierte.

Mit sechsundfünfzig hatte Axmann von sich aus die Reißleine gezogen. Er fand, es sei Zeit, noch ein paar andere Dinge zu tun, als sich ständig mit Idioten und Durchgeknallten, mit Lügnern und Ganoven herumzuschlagen und dazu noch mit einem Beamtenarsch als Chef. Axmann hatte das Böse und das Verbrechen in all seinen Formen kennengelernt. Inzwischen interessierte ihn das nicht mehr, zumindest redete er sich das ein. Er hielt sich weiter auf dem Laufenden und pflegte seine Kontakte zu ehemaligen Kollegen und alten Informanten, das war alles. Ähnlich wie beim Bergpanorama genügte ihm das Beobachten, er musste nicht mehr mittendrin sein.

Dass er für Olivia Austin den Funkverkehr abhörte, war aus einem Zufall heraus entstanden. Sie hatte über seine Verabschiedung geschrieben und bei dem anschließenden Gespräch unverhohlen gefragt, ob er ihr nicht ab und zu einen Tipp geben könnte. Axmann hatte entrüstet abgelehnt.

Er musste Abstand gewinnen und einige Dinge in seinem Leben auf die Reihe bringen. Dazu zählte der Taubenschlag. Dazu zählte zunächst eine längere Entziehungskur.

Nach drei Monaten hatte er sie angerufen und zugesagt. Das Angebot, ihm fünfzig Euro pro Monat dafür zu zahlen, hatte er wie eine Beleidigung zurückgewiesen. Er hatte die Arbeit der jungen Frau seit Langem beobachtet und sie dabei ins Herz geschlossen. Sie hätte eine gute Polizistin abgegeben. Schade, dass sie Journalistin geworden war. So hörte er für sie nicht nur den Funkverkehr ab, sondern versorgte sie auch mit Interna aus dem Flurfunk der Polizei. Er wusste, dass Oli ihm den Tarnnamen »Deep Throat« verpasst hatte, und nahm das mit Humor und auch ein wenig Stolz.

Als am Sonntagabend Karl Maschke in seinem Haus verbrannte, hatte Axmann ein seltsames Gefühl verspürt, das er aus seiner aktiven Dienstzeit kannte. Das Gefühl, dass etwas nicht stimmte, dass Sein und Schein nicht zusammenpassten. So hatte er entgegen seiner Gewohnheit angefangen zu schnüffeln, er hatte wieder Blut geleckt. Die Informationen aus Polizeikreisen, die Geschichten in der Zeitung, all das hatte bei ihm viele Fragen hinterlassen. Und weil er offene Fragen nicht leiden konnte, ging er ihnen nach. Dabei hatte er festgestellt, dass Olivia Austin ebenfalls recherchierte. Es sah ganz danach aus, als wäre sie auf derselben Spur wie er. Ein kluges Mädchen. Aber sie steckte fest, ihr fehlten Puzzleteile, und ihr fehlten Informationen. Offenbar ahnte sie überhaupt nicht, an was für einer Geschichte sie dran war.

Axmann trank den letzten Schluck Kaffee, räumte das Geschirr auf und ging in seinen Taubenschlag. Er brauchte noch einige Details, musste ein paar Telefonate führen und die Informationen in die richtige Reihenfolge bringen. Dann war es an der Zeit, dass Deep Throat die Journalistin anrief.

***

Dimitri Stark und Gregor Nadrenkow saßen in getrennten Verhörzimmern. Die beiden Neunzehnjährigen hatten kaum geschlafen in den stickigen Arrestzellen. Sie waren bis Mitternacht verhört worden und wurden jetzt seit sieben Uhr morgens wieder mit denselben Fragen bombardiert. Mohry war sicher, es würde nicht lange dauern, bis die beiden weich wurden. Sie waren dumm und unerfahren, sie würden sich verplappern und in Widersprüche verstricken, sie würden den Freund belasten und bald auch sich selbst.

Obwohl auch das Team der Soko nur eine kurze Nacht gehabt hatte, waren die drei Beamten munter und guter Dinge. Der Erfolg hatte sich schneller eingestellt, als sie erwartet hatten. Das lag daran, dass Dimitri und Gregor übermütig geworden waren. Sie hatten gestern Abend um kurz vor neun einen Papiercontainer in Brand gesteckt, zu einer Zeit, als es noch hell war. Ein Nachbar hatte sie gesehen und die Polizei verständigt. Nach einer kurzen Verfolgungsjagd zu Fuß durch Neugablonz hatten sie aufgegeben.

Dank der Schnelligkeit von Olivia Austin war der Erfolg auch schon in der Donnerstagsausgabe des Kaufbeurer

Kuriers nachzulesen. Damit konnte Kripochef Ellhofer das erste Mal in dieser Woche mit zufriedener Miene seinen Morgenkaffee genießen. Die Frage war, ob die beiden jungen Männer auch für den Brand bei Maschke verantwortlich waren. Bisher stritten Dimitri und Gregor dies entschieden ab.

Dimitri Stark war die härtere Nuss. Ein schlaksiger Kerl, einen Meter achtzig groß, dunkler Flaum auf dem Kopf, dazu die kleinen Knopfaugen, die ins Leere schauten. Der Junge hatte mit neunzehn mit seinem Leben abgeschlossen. Kein Schulabschluss, kein Beruf, keine Zukunft. Der macht sich nichts mehr vor, dachte Mohry nach der ersten Vernehmung.

Mehr Hoffnung setzten die Kriminalbeamten auf seinen Kumpanen. Gregor Nadrenkow war der Weichere der beiden. Die kurzen blonden Haare hatte er mit reichlich Gel zu einer Igelfrisur aufgestellt. Seine hohe faltenlose Stirn kam dadurch noch mehr zur Geltung. Die Augenbrauen waren so hell, dass sie fast unsichtbar waren. Die grauen Augen verschwanden in schmalen Schlitzen.

Dahlen kannte diese Typen. Kerle, die auf der Straße schnell für klare Verhältnisse sorgten, mit einem Kopfstoß. Vielleicht auch mit einem Messer, einem Feuer? Von null auf hundert in drei Sekunden, vor allem, wenn sie vollgetankt waren. Nur Gregors hohe Wangenknochen und die weich geschwungenen, vollen Lippen wollten nicht zur coolen Fassade passen.

Dahlen sah diesem Mund an, dass Gregor Schiss hatte. Seine Igelfrisur hatte über Nacht deutlich an Form eingebüßt. Seit zwei Stunden saß er im schmucklosen Vernehmungszimmer und drehte den längst leeren Kaffeebecher in den großen Händen. Dahlen wusste, er kam der Sache immer näher.

»Ihr wart Sonntagnacht im Gablonzer Ring bei Karl Maschke.«

»Nein.«

»Ihr hattet Streit mit ihm. Er hat euch am Neuen Markt beschimpft.«

»Wir waren nicht bei ihm.«

»Ihr wolltet ihm eine Lektion erteilen, weil er euch beleidigt hat.«

»Nein.«

»Man hat euch gesehen, wie ihr an dem Haus wart.«

»Nein.«

»Ich werde dir erzählen, wie es war. Ihr wolltet dem alten Mann nur einen Schreck einjagen, ihm eins auswischen. Ihr habt ›Nazi‹ an seine Tür gesprüht. Das hat er gemerkt und ist rausgekommen. Er war betrunken und hat euch gedroht. Dann habt ihr ihn in die Mangel genommen, damit er den Mund hält. Ihr wolltet ihn nicht umbringen, aber er hat sich gewehrt und hat euch angeschrien. Und dann ist es passiert. Ein Schubs, er fällt nach hinten und bleibt liegen. Ihr habt Angst bekommen, ihr habt geglaubt, er ist tot. Dann habt ihr in einer Kurzschlussreaktion seine Wohnung angezündet. So war's, Gregor, nicht wahr?«

»Nein.«

»Dann erzähl mir, wie es war.«

Gregor sackte in sich zusammen. Dahlen wusste, er hatte ihn, er war weichgekocht. Langsam fing Gregor an zu erzählen: »Ja, wir waren bei dem Haus. Der Alte hatte uns beleidigt, wir haben rausgekriegt, wo er wohnt, und seine Haustür angeschmiert. Das war alles. Wir haben den Mann nicht angerührt, wir haben ihn nicht mal gesehen.«

»Und das Feuer im Haus ist ganz von allein ausgebrochen?«

»Keine Ahnung. Wir waren höchstens fünf Minuten da, dann haben wir jemanden auf der Straße gehört und sind schnell abgehauen.«

Dahlen knallte wütend den Kuli auf den Tisch. »Ich hab versucht, dir zu helfen, Mann! Ich wollte dir wirklich helfen, aber du bist zu blöd. Du willst mich verarschen. Aber pass mal auf. Ich hab dich am Arsch, euch beide. Und wenn du mir auf die Tour kommst, dann krieg ich dich, und zwar wegen Mord.«

Gregor hing wie ein Mehlsack auf seinem Stuhl. Seine breiten Schultern waren nach vorn geklappt.

»Ich schwör, wir waren in dem Haus nicht drin.«

Dahlen stand langsam von seinem Stuhl auf. »Denk noch mal drüber nach«, sagte er süffisant. »Dein Freund hat uns was ganz anderes erzählt.«

»Scheiße, Mann.«

»Ja, Scheiße, Mann. In einer Stunde komme ich wieder. Bis dahin kannst du dir überlegen, wie viele Jahre du im Knast sitzen willst.«

***

In den Redaktionsräumen stand die Luft. Am Horizont türmten sich Gewitterwolken auf. Oli hoffte, dass die Abkühlung bald kam. Sie hasste den Neubau, in den sie vor drei Jahren eingezogen waren. Plastikwände, Plastikfenster, Plastikfußboden – kein Wunder, dass man hier nicht atmen konnte. Die Grünpflanzen ließen die Köpfe hängen und vertrockneten. Die Kollegen taten es ihnen nach. Oli weigerte sich, die Jalousien runterzulassen. Die Sonne schien schräg auf ihren Bildschirm und machte es fast unmöglich, etwas zu sehen. Aber immer noch besser als das Gefühl des Eingesperrtseins in dieser Kunstwelt.

Lustlos stopselte Oli an einem Artikel über den eigentlich abgeschafften und dennoch unausrottbaren Sommerschlussverkauf. Selbst die Geschichten erschienen ihr an solchen Tagen blutleer und künstlich.

»Wie außen, so innen«, murmelte sie vor sich hin. Wolfgang Baldauf, der ihr gegenübersaß, blinzelte von seinem Bildschirm hoch.

»Du sprichst im Schlaf«, grinste er.

Müde lächelte sie zurück. Sie stützte den Kopf auf die Hände. »Sag mal, du weißt doch immer alles.«

»Klar.«

»Angenommen, du würdest ein Dokument aus dem Jahr 1945 suchen, ein Schreiben eines Nazi-Ortsgruppenleiters – wo würdest du nachforschen?«

»Wenn du Pech hast, hat es jemand verschwinden lassen.«

»Und wenn nicht?«

»Stadtarchiv, Landesarchiv, Staatsarchiv, Bundesarchiv, Internationaler Suchdienst, Institut für Zeitgeschichte«, Baldauf holte Luft, »und noch ein paar Weitere, die sich mit NS-Geschichte und Verbrechen befassen.«

»Wenn dieser Ortsgruppenleiter aber nun in einem Dorf im Isergebirge saß?«

»Tschechien oder Polen?«

»Tschechien.«

»Dann vielleicht die Archive der Vertriebenenvereine in Neugablonz.«

»Negativ. Alle befangen.«

»Gibt es das Dorf heute noch?«

Oli nickte.

»Dann würde ich den tschechischen Bürgermeister anrufen und fragen, wer sich im Ort um den alten Kram kümmert.«

»Mein Tschechisch ist leider ein bisschen eingerostet«, sagte Oli grinsend.

Baldauf gab ein gespieltes Stöhnen von sich. Oli wusste, dass er fließend Tschechisch sprach. Seine Mutter stammte aus Prag. Sie war Ende der sechziger Jahre nach dem gewaltsamen Ende des Prager Frühlings in den Westen geflohen.

»Dir darf man aber auch nichts erzählen. Bis wann brauchst du es?«

»Wie immer. Bis gestern.« Oli strahlte ihn an.

Er nickte unbeeindruckt. »Dann rück mal raus mit der Geschichte.«

Oli wiegte den Kopf hin und her und schaute sich um, ob der Chef in der Nähe war. »Ist aber nicht für die Zeitung.«

»Hätte mich auch gewundert. Das klingt zu spannend für dieses Blatt.«

Sie grinste breit. »Lass uns einen Kaffee trinken.«

Eine Viertelstunde später war Baldauf instruiert, wobei Oli ihm lediglich von der fanatischen Jungenclique aus Milowitz erzählte und die toten alten Männer und ihren Mordverdacht verschwieg. Interessiert und unbeeindruckt hatte er sich ihre Ausführungen angehört und Notizen gemacht. Sie wusste, wenn jemand imstande war, etwas rauszubringen, dann Baldauf.

Er war wie ein Trüffelschwein, das sich mit Freude auf die Suche nach vergrabenen Schätzen machte.

***

Bei der Mittagskonferenz war die Stimmung der drei Kriminalbeamten schon nicht mehr so rosig wie am Morgen. Beide Verdächtigen gaben zu, dass sie am Sonntag um kurz nach zweiundzwanzig Uhr bei Maschkes Haus waren und dort das Wort »Nazi« an die Tür gesprüht hatten. Dabei seien sie aber gestört worden und hätten sich verdrückt. Die einzige Neuigkeit war, dass sowohl Dimitri als auch Gregor berichteten, sie hätten aus dem Haus Stimmen gehört. Es klang, als habe Maschke Besuch gehabt.

»Wenn du mich fragst: Die waren es nicht«, sagte Mohry, der sich den ganzen Vormittag mit Dimitri unterhalten hatte. Wobei man eigentlich nicht von einer Unterhaltung sprechen konnte. Dimitri hatte sich auf das Wort »Nein« festgelegt. Komplette Sätze waren seinem kantigen Mund kaum zu entlocken gewesen.

»Ich gebe ihnen noch zwei Stunden, dann knacken wir sie«, sagte Dahlen.

»Die sind nicht so abgebrüht. Das sind mickrige kleine Freizeitganoven«, beharrte Mohry. »Und wir können ihnen nichts nachweisen.«

Hausdörfer unterstützte ihn: »Wenn die in der Wohnung waren und Maschke niedergeschlagen haben, hätten wir was gefunden. Aber es gibt weder einen Fingerabdruck noch irgendeine Faser von den beiden, einfach nichts.«

»Und was ist mit dem ominösen Besuch?«, fragte Mohry.

»Eine Schutzbehauptung«, vermutete Dahlen, »damit wir in eine andere Richtung ermitteln. Vielleicht haben sie auch nur den Fernseher gehört.«

Seine Kollegen starrten schweigend auf die Pinnwand mit den Bildern des Toten.

Trotzig fügte Dahlen hinzu: »Bis heute Abend haben wir sie, die halten das nicht mehr lange durch.«

»Wenn nicht, müssen wir sie laufen lassen«, sagte Mohry. »Die Containerbrände reichen nicht aus, das unterschreibt uns der Haftrichter nie.«

Dahlen und Hausdörfer nickten finster.

Während die Kollegen Mittagspause machten, ging Mohry noch mal alle Protokolle durch. Dahlen hatte in einem Punkt recht: Bei Dimitri Stark und Gregor Nadrenkow passte einfach vieles zusammen. Sie waren am Tatort, sie hatten ein Motiv, und sie waren gewalttätig, wie die Liste ihrer Vorstrafen bewies. Es waren haltlose Jugendliche, vor zehn Jahren mit ihren Eltern aus Kasachstan nach Deutschland gekommen, ohne hier jemals Wurzeln zu schlagen. Sie hatten keine Arbeit, hingen den ganzen Tag herum, waren frustriert, wütend auf die Gesellschaft, die sie an den Rand drängte. Und sie hatten Zeit, Blödsinn auszuhecken. Trotzdem waren sie in Mohrys Augen keine Mörder. Oder er täuschte sich, und die beiden waren ganz ausgekochte Jungs.

Der Kommissar schaltete das Licht im Konferenzraum aus und schlappte müde die Treppe hoch in sein Büro. Kurz überlegte er, ob er sich um die fünfundzwanzig neuen E-Mails kümmern sollte, die auf seinem Bildschirm blinkten. Dann fuhr er den Rechner runter. Er konnte jetzt erst mal etwas zu essen vertragen und überlegte, ob er sich in der Altstadt einen Imbiss besorgen oder nach Hause zu seiner Mutter fahren sollte. Er entschied sich für einen Döner, er hatte jetzt keinen Nerv für Tischgespräche mit seiner neugierigen Mutter. Als Mohry eben seine Jacke vom Haken nehmen wollte, stürmte Oli außer Atem rein und hätte ihn beinahe umgerannt.

Mohry verdrehte die Augen. »Was willst denn du schon wieder? Wenn dich der Ellhofer sieht, gibt es ein mittleres Erdbeben. Du weißt, die Pressearbeit macht der Chef höchstpersönlich.«

»Der Marshall soll sich nicht so haben. Hier geht es schließlich um Mord«, sagte Oli.

Mohry hob den Zeigefinger. »Noch nicht.«

»Haben eure Russen nicht gestanden?«

Mohry verzog nur das Gesicht und seufzte.

»Dann pass mal auf.« Oli kramte den Fotoausdruck von Hübners Arm aus ihrer Tasche. Dann ging sie zur Pinnwand, nahm unter Mohrys Protest die Großaufnahme von Maschkes Oberkörper ab und legte sie daneben.

Mohry schnitt eine Grimasse. »Bist du jetzt unter die Leichenfledderer gegangen?«

»Fällt dir was auf?«, fragte sie.

Er zuckte mit den Achseln. »Hier ein verkohlter Arm, dort ein verkohlter Mann. Was ist das überhaupt für ein Foto?«

»Schau dir dieses kleine runde Brandmal an. Es liegt bei beiden an der gleichen Stelle, an der Innenseite des Oberarms. Und es ist, wenn du mich fragst, die gleiche Verletzung.«

»Worauf willst du hinaus? Und woher kommt dieses Foto?«

»Es stammt von dem Betriebsunfall von Paul Hübner. Von dem *angeblichen* Betriebsunfall, wenn du mich fragst.«

Mohry schaute sie an wie einen Geist.

»Der alte Hübner und der alte Maschke, beide Ende siebzig, beide kommen aus demselben Dorf, beide sterben bei einem Brand, und beide tragen das gleiche Brandmal an der gleichen Körperstelle. Eine kreisrunde, centgroße Verletzung. Ich finde, das sind eine Menge Zufälle.«

»Du willst doch nicht etwa sagen, dass …?«

»Hartmut, das waren keine Unfälle.«

Mohry versuchte es mit einem Lachen, aber er krächzte nur wie ein alter Rabe. »Du liest zu viele Krimis. Oder du spinnst. Wahrscheinlich beides. Wer sollte die zwei denn umbringen, und warum?«

»Du bist doch der Bulle. Ich bin nur Zeitungsschmiererin. He, Mann, ich hab dir einen Fall geliefert.«

Mohry ließ sich in seinen Bürostuhl fallen und schloss die Augen. Nach einer Weile, Oli dachte schon, er sei eingeschlafen, richtete er sich auf und fuhr den Computer wieder hoch. Dann hackte er auf der Tastatur herum. Mit einem Seitenblick registrierte er, dass sie auf einen Stuhl stieg, das Dachfenster öffnete und sich eine Zigarette anzündete. Mohry zwang sich, nicht auf ihren Hintern zu schauen.

Vor seinen Augen ratterte die Datensuche. Schließlich wurde er fündig und rezitierte: »Paul Hübner, gestorben am Freitag, dem 11. Juni 2010, bei einem Betriebsunfall in seiner Werkstatt in Neugablonz. War wenigstens nicht Freitag, der Dreizehnte.«

»Haha«, tönte Oli vom Fenster.

»Ursache war die Explosion eines gasbetriebenen Ofens«, las Mohry weiter. »Laut Brandexperten der Kripo waren die Dichtungen und Leitungen des Ofens alt und porös. Das Ding ist dem Mann förmlich um die Ohren geflogen. Keinerlei Fremdeinwirkung feststellbar. Auch der Sachverständige der Berufsgenossenschaft hat den miserablen Zustand der technischen Einrichtung bestätigt. Eindeutiges Resultat: Tod durch eigenes Verschulden.«

»Und das Brandmal?«

Mohry tippte wieder in die Tastatur. »Die Pathologie hat den Mann untersucht. Er wies eine Menge Verletzungen auf, durch die Wucht der Explosion, durch Metallteile und durch herumfliegendes flüssiges Glas, das er wohl gerade in Arbeit hatte.«

Oli war verunsichert, aber sie ließ nicht locker. »Und wie erklärst du dir, dass Karl Maschke genau das gleiche Brandmal trägt?«

»Der Befund bei Karl Maschke lautet Tod durch Ersticken. Er hat am ganzen Körper Verbrennungen zweiten und dritten Grades, verursacht durch den Wohnungsbrand.«

»Weißt du, dass die Brandmale genau an der Stelle sind, an denen SS-Leute ihre Blutgruppentätowierung hatten?«

Mohry starrte sie verwirrt an. »Was willst du damit sagen?«

»Keine Ahnung. Es könnte eine Spur sein.«

»Aber wohin?« Er rieb sich die Augen. »Meinst du, die beiden sind alte SS-Männer gewesen? Aber das kann gar nicht sein, die waren damals doch höchstens fünfzehn.«

Oli zuckte mit den Schultern.

»Oder glaubst du, ein übrig gebliebener SSler geistert durch die Stadt und bringt alte Männer um und brandmarkt sie?« Mohry war aufgestanden und wanderte durch den Raum.

»Maschke und Hübner sind beide übersät mit Brandverletzungen. Und da pickst du dir so einen kleinen Kringel raus und bastelst daraus eine Nazi-Geschichte.« Er breitete die Arme aus wie ein Priester. »Deine Intuition und Phantasie in allen Ehren, Oli, aber das ist vollkommen absurd. Ich sehe da beim besten Willen keine Spur.«

Oli war geknickt. Sie schnippte die Kippe durch das Dachfenster und schaute ihr enttäuscht hinterher. Es gab für alles eine logische Erklärung. Dennoch wollte ihr Bauch nicht aufhören zu grummeln. Irgendwas stimmte nicht, irgendwo war die faule Stelle.

»Vielleicht haben wir einen Feuerteufel«, wandte sie ein. »Denk doch an die verbrannten Papiercontainer.«

»Die sind ja nun erledigt. Die zwei Kameraden sitzen im Keller.« Mohry senkte die Stimme. »Jetzt mal unter uns. Das sind doch Dumme-Jungen-Streiche. Die zündeln halt, aber die flammen keine Menschen ab.«

»Wer weiß«, sagte Oli. »Vielleicht haben sie auch bei Maschke und Hübner gezündelt.«

»Du hörst dich schon genauso an wie dein Chef: Der Russe ist zu allem fähig.«

»Und du hörst dich an wie *dein* Chef: Kaufbeuren, die sicherste Stadt in Bayern.«

»Genau so ist es«, sagte Mohry und schaltete den Rechner aus.

»Das sehen die alten Gablonzer aber anders.«

»Seit wann sprichst du für die alten Gablonzer?«

Oli boxte Hartmut in die Seite. »Arsch. Du weißt, ich spreche immer für die Armen und Schwachen.«

»Aber nur, wenn sie woanders leben.«

Sie stutzte. »Was soll das heißen?«

»Dass du in letzter Zeit kein gutes Haar an dieser Stadt lässt.« Mohry machte ihre Stimme nach: »Die Leute sind so spießig, die Zeitung hausbacken, die Polizei ein Hühnerhaufen, das Tänzelfest ein Schmarrn.«

»Es ist aber auch wahr«, wehrte sich Oli.

Mohry verschränkte die Arme und schaute sie stirnrunzelnd

an. »Du könntest ja zur Abwechslung auch mal die guten Seiten sehen.«

»Na klar«, sagte sie spöttisch. »Tradition und Zusammenhalt, Kultur und Freizeit, dort leben, wo andere Urlaub machen.«

»Und? Was ist daran auszusetzen?«

»Es ist alles so …« Oli warf die Arme hoch. »Du weißt schon, so berechenbar.«

»Aber das hast du in jeder Kleinstadt, Oli. Das macht das Leben doch auch einfacher.«

»Hartmut, du nervst.« Sie winkte müde ab. »Und du willst nur von unserem Feuerteufel ablenken.«

»Von *deinem* Feuerteufel.«

Oli seufzte. »Aber gib zu, meine Theorie ist nicht schlecht.«

»Sei nicht traurig, Miss Marple«, frotzelte Mohry. »Das bildest du dir ein. Stell dir mal vor, wenn du recht hättest, dann hätten wir hier einen zweifachen Mörder herumlaufen.«

Mohry zog seine Jacke an. Über die Schulter fragte er: »Kommst du mit auf einen Döner?«

»Keine Zeit. Ich muss Alex bei meinen Eltern abholen und dann den Bericht für den Eröffnungsabend vorbereiten.« Oli verdrehte die Augen. »Drei Begrüßungsreden, eine spannender als die andere.«

»Klar, heute ist ja Tänzelfesteröffnung. Ist das bei euch nicht Chefsache?«

»Logisch, der Schild sitzt vorn bei den Graureihern und macht sich wichtig. Und ich bin die Frau fürs Grobe.«

»Der Allgäuer würde sagen: Hättsch was Gscheits glernt«, sagte Mohry grinsend.

»Hab schon verstanden«, erwiderte Oli und packte ihre Tasche. Dabei schob sie schnell das Foto des toten Maschke unter ihr mitgebrachtes Bild und steckte beide ein.

***

Nach dem Mittagessen kam Hausdörfer mit neuen Nachrichten aus dem Neugablonzer Stadtklatsch.

»Es wird erzählt, dass es im Milowitzer Heimatkreis heftigen Ärger mit Maschke gab.«

»Wo gab es eigentlich keinen Ärger mit Maschke?«, fragte Mohry. »Wir haben bald die halbe Stadt auf der Verdächtigenliste.«

»Sag ich doch.« Hausdörfer lächelte breit. Seine Glatze leuchtete. Ihm machte die Arbeit bei der Kripo sichtlich Spaß. »Also. Im Heimatkreis war Maschke ein Alleinherrscher und hat damit viele Mitglieder vergrault.«

Hausdörfer breitete seine Recherchen aus. Es habe mehrere Versuche gegeben, Maschke als Vorsitzenden abzulösen, aber er habe sich immer wieder durchgesetzt. Vor allem einer habe mit Nachdruck und hintertriebenen Aktionen an Maschkes Ablösung gearbeitet: der Kassenwart und Archivleiter Willi Probisch. Probisch wollte unbedingt selbst Vorsitzender werden. In Vereinskreisen wird gemunkelt, Maschke habe Probisch ständig gegängelt und verdächtigt, die Kasse nicht ordentlich zu führen. Maschke habe sogar gedroht, Probisch aus dem Verein auszuschließen.

Mohry versprach, sich darum zu kümmern, wenngleich er sich nicht viel davon erhoffte. Wenn man seinen Vereinsvorsitzenden loswerden wollte, musste man ihn nicht umbringen.

***

Oli nutzte nach dem Essen die Gelegenheit, ihren Vater allein zu sprechen. Walter Austin hatte sich die Zeitung geschnappt, während Gerda in der Küche aufräumte. Alex spielte draußen Fußball. Er stellte selbst die komplette deutsche Nationalmannschaft und den Reporter dar. »Özil spielt an Müller, der gibt kurz zurück an Khedira. Lahm ist halb rechts mitgelaufen, bekommt den Ball, spielt herein, und da ist wieder Özil, wunderbar, wie er zwei Gegner stehen lässt, er dribbelt und zieht ab. Tooor!« Alex' Stimme entfernte sich mit dem Ball, der zwei Reihenhausgärten weiter in den Rosenbeeten gelandet war.

»Özil sollte ein bisschen besser aufpassen«, rief Oli nach draußen, dann setzte sie sich an den Tisch. Sie versuchte, ihre

Nervosität zu verbergen, und ließ ihre Frage möglichst beiläufig klingen.

»Wie war das eigentlich in den letzten Kriegstagen?«

Walter blickte erstaunt von der Zeitung auf. Zwischen seinen Augen bildete sich eine Falte. Ob er etwas witterte? Aber die Falte verschwand wieder.

»Wieso kommst du jetzt auf den Krieg?«

»Nur so, interessiert mich gerade.«

Er seufzte. »Wie soll es schon gewesen sein – beschissen.«

»Als die Russen kamen, was war da los? Wie muss man sich das vorstellen?«

»Das kann man sich heute nicht mehr vorstellen. Eine böse Zeit war das, eine böse Zeit.«

Oli kannte das zur Genüge. Eine böse Zeit, eine schwere Zeit, eine dunkle Zeit, kann sich heute keiner mehr vorstellen. Immer wenn es um das Dritte Reich ging, benutzten Zeitzeugen diese Sätze und beendeten damit das Thema, bevor es richtig anfing. Du kannst es dir nicht vorstellen, also ist es vergebliche Liebesmüh, davon zu erzählen. Ihr Vater schaute aus dem Fenster in die eigene Vergangenheit. Sie legte einen Köder aus, bevor sich das Fenster schloss: »Ich habe gehört, dass die Russen auf ein Haus in Milowitz geschossen haben und dass eine ganze Familie darin verbrannt ist.«

Die Falte kehrte auf seine Stirn zurück. »Das ist ja ganz was Neues, dass du dich für die alten Geschichten interessierst.«

»Wenn sie spannend sind …«

»Wer hat dir denn das erzählt?«

»Ich war wegen der Maschke-Geschichte bei Willi Probisch, von dem ich dich übrigens grüßen soll.«

»Der Probisch?« Walter Austin machte ein säuerliches Gesicht. »Der soll sich nicht so aufspielen. Der hat doch keine Ahnung, ist viel zu jung. Der freut sich doch klammheimlich, dass Maschke und Hübner tot sind.«

Oli blickte erstaunt hoch. »Warum sollte er sich freuen?«

»Der hat die zwei noch nie leiden können. Die waren ihm zu weit rechts. Er hat seit Jahren an ihren Stühlen gesägt, aber es nicht geschafft, sie wegzubekommen. Jetzt ist der Weg für ihn endlich frei. Ich wette, er kandidiert als nächster Vorsitzender.«

Der alte Probisch ein Intrigant? Das würde zu ihm passen, dachte Oli. Ihr Vater blickte gedankenverloren auf die Zeitung. Oli nahm einen neuen Anlauf: »Hol doch mal dein altes Fotoalbum. Du hast mir doch erst ein Foto gezeigt mit deiner alten Jugendclique.«

Während Walter das Album aus dem Schrank nahm, drang die schrille Stimme von Olis Mutter aus der Küche: »Wollt ihr einen Nachtisch?«

»Nein«, rief Oli laut und, wie sie feststellte, leicht aggressiv zurück.

Gerda ließ sich nicht einschüchtern. »Ich habe noch Eis mit Himbeersoße.«

»Nein!«, riefen Oli und ihr Vater gleichzeitig. Sie grinsten sich verschwörerisch an. Gerda grummelte in der Küche. Oli setzte sich neben ihren Vater, und er fing an, in den Seiten zu blättern. Familienfotos, Kinderbilder, Hochzeiten, Ortsansichten, Schulklassen, bräunlich, vergilbt, manche unscharf. Jedes Foto weckte Geschichten in Walter Austin, vom versoffenen Onkel Alois und der biestigen Tante Pia, Lausbubenstreiche und Schulerlebnisse, Schlittschuhlaufen auf dem Dorfteich, Ernteeinsatz in den Flachsfeldern. Walter wurde von den Bildern eingesogen und glitt in eine andere Zeit. Oli ließ ihn ziehen. Sie betrachtete ihren Vater und versuchte, sich ihn als kleinen Jungen vorzustellen, als Lausbuben, als jungen Mann, als Nazi. Wie gut kannte sie ihren Vater wirklich?

Walter war inzwischen bei dem Foto mit der Jungenclique angelangt und zählte die Namen auf: »Maschkes Karl, Hübners Pauli, der junge Hauschka, der dicke Polaude, der war schon damals so fett, der Ferdl, Mensch, wie hieß der noch mal mit Nachnamen, egal, fällt mir noch ein, da, Sepp Grünberg, auch schon lange tot. Ach, und da schau her, der da neben mir ist der kleine Gramski. Mensch, wo sind die Zeiten hin? Und da am Bildrand steht der Hofmann, Hofmanns Rudi, das war so einer, ich kann dir sagen. Der hatte es faustdick hinter den Ohren.«

Oli hielt den Film an.

»Probisch hat erzählt, dass eine Horde junger Leute das Dorf verteidigen wollte und einen Panzer abgeschossen hat.«

Walter kratzte sich an der Glatze und seufzte tief. »Furchtbare Geschichte. Man darf sich gar nicht vorstellen, was alles hätte passieren können. Zum Glück hatten es die Russen eilig, die wollten einfach schnell weiter.«

»Es ist ja was passiert«, korrigierte sie ihn. »Eine ganze Familie wurde ausgelöscht.«

»Ja«, sagte er tonlos. »Es war eine Tragödie.«

Oli hatte sich zurückgelehnt und betrachtete das Profil ihres Vaters.

»Warst du dabei, als es passierte?«

»Nein.« Er strich über das Fotoalbum. »Ich war zu Hause. Mutter hat mich nicht weggelassen. Vater war an der Front, und ich war der Mann im Haus, musste die Türen und Fenster verbarrikadieren.«

Oli fand, seine Antwort klang wie auswendig gelernt. Das Nein kam ihr zu schnell, und die Erklärung schien ihr zu kurz. Wurde sie langsam paranoid? Hinter jedem Satz begann sie Lügen, Verzerrungen, Ausflüchte zu sehen, hinter jeder Geste eine Täuschung. Der kleine Walter, der an Motoren bastelte und ihr nie was davon erzählt hatte. War er auch ein kleiner Nazi gewesen, der Mitschuld trug an einer, wie er es nannte, »Tragödie«?

Walter Austin betrachtete das Schweigen seiner Tochter als Vorwurf.

»Wir hatten alle Schiss. Das kann man sich heute gar nicht mehr vorstellen. Seit Tagen hörten wir von Osten schwere Geschütze donnern, die Wehrmacht und die SS waren wie die Gejagten durchs Dorf geprescht, überall kursierten die wildesten Gerüchte. Und ich – ich war elf.« Der letzte Satz klang wie eine Entschuldigung. Walter schwieg, als wäre das Erklärung genug.

»Weißt du, wer bei der Aktion dabei war?«, fragte Oli.

Ihr Vater beugte sich vor. »Warum interessiert dich das auf einmal?« Seine Stimme bekam einen aggressiven Unterton.

»Willst du eine Geschichte schreiben über die fanatische Dorfjugend von Milowitz? Da kannst du überallhin schauen. Die waren doch alle so. Wir dachten, wir kämpfen für eine gute Sache. Von den Sauereien haben wir doch nichts mitgekriegt. Aber heute streicht man uns das immer noch aufs Brot.«

Oli stimmte einen versöhnlichen Ton an: »Ist ja gut, Papa. Ich mache niemandem einen Vorwurf. Ich bin einfach nur neugierig.«

Walter Austin faltete die Hände vor dem Mund und grübelte.

Oli legte nach: »Angeblich hat Karl Maschke damit geprahlt, dass er den russischen Panzer abgeschossen hat.«

»Der Maschke war schon immer ein Großmaul. Der Panzer stand noch monatelang am Waldrand. Wir sind darauf herumgeklettert, und der Karli, also der Maschke, hat allen die zerschossene Kette gezeigt.«

Walter Austin verschwand in der Vergangenheit. Vor Olis Augen wurde ihr Vater zum Jugendlichen, der auf einem russischen Panzer herumturnte.

Seine Finger glitten über die Jungenköpfe auf dem Foto. »Der Karli und der Pauli haben immer gestritten, wer das Ding abgeschossen hat. Und der Rudi hat sie angeschnauzt, jetzt, da der Krieg vorbei ist, sollen sie gefälligst das Maul halten.«

»Rudi Hofmann?«

»Ja, hier.« Er tippte auf den Jungen am Bildrand, der kleiner als die anderen, aber offenbar älter war. »Ein echter Haudrauf, er war siebzehn und hat sich zum Volkssturm gemeldet. Der hatte uns alle im Griff.«

»Und sonst? Fällt dir noch jemand ein? Die Jungs haben doch bestimmt damit angegeben.«

»Kann schon sein. Ich weiß es nicht mehr. Das ist so lange her.« Er wirkte mit einem Mal müde.

»Weißt du, ob Rudi Hofmann noch lebt?«

Walter Austin schüttelte den Kopf. »Hab nichts mehr von ihm gehört. Irgendeiner hat mal erzählt, der sei ins Kloster gegangen, doch das würde mich wundern.« Er lachte. »Aber man weiß nie. Im Alter wird die Hure fromm.«

Aus der Küche tönte Gerdas Stimme: »Na, was sind denn das für Sprüche?«

Walter rollte mit den Augen. Oli wollte weiterfragen, bevor sich das Fenster in die Vergangenheit wieder schloss. Doch da kam ihre Mutter mit zwei kleinen Schüsseln aus der Küche. »So, hier habt ihr euren Nachtisch.«

***

»Und? Waren's die beiden Russen?«

Heiner Maschkes Frage klang gelangweilt. Er hatte sich mit übereinandergeschlagenen Beinen auf den Besucherstuhl in Mohrys Büro gelümmelt und betrachtete die Tintenflecken an seinen Händen. Er roch nach Alkohol und hatte als Gegenmittel ein Pfefferminzbonbon gelutscht. Das süß-saure Bukett seines Atems schwappte über den Schreibtisch, und Mohry atmete flach, um seinen Magen nach dem Döner nicht noch zusätzlich zu beleidigen.

»Ihnen scheint der Tod Ihres Vaters nicht sehr nahezugehen«, sagte er, ohne auf Maschkes Frage zu antworten.

»Was soll das heißen?« Maschke war verblüfft.

»Ist nur eine Feststellung. Ich habe auch das Gefühl, dass Sie von unseren Ermittlungen eher genervt sind.«

»Quatsch. Nein. Ist schon okay.«

Mohry fiel auf, dass sich die selbstsichere Sitzhaltung seines Gastes langsam auflöste.

»Es gibt Hinweise, dass Ihr Vater ermordet worden sein könnte. Sie sagten am Telefon, diese Theorie sei lächerlich. Können Sie mir sagen, warum?«

»Es hieß, er war betrunken und sei mit einer brennenden Zigarette eingeschlafen. Na ja, so wie ich ihn kenne, also, das wäre ihm durchaus zuzutrauen.«

Mohry sagte nichts, ließ sein Gegenüber zappeln. Maschke wurde nervös und fing an, sich hinter dem Ohr zu kratzen.

»Und Mord, pfff, mein alter Herr war ja nicht grade beliebt. Aber wer sollte ihn schon …? Im Übrigen war er sehr misstrauisch, er hätte nie einem Fremden die Tür aufgemacht.«

»Vielleicht war es ja gar kein Fremder.«

»Sie meinen, ein guter alter Bekannter kommt vorbei, sie betrinken sich zusammen, dann zündet der Typ die Wohnung an? Das ist doch absurd.«

Mohry wiegte den Kopf. »Offen gesagt, ich weiß es nicht. Ich hatte gehofft, dass Sie mir vielleicht weiterhelfen können.«

Heiner Maschke entspannte sich wieder.

»Ich hab keine Ahnung. Mein Vater und ich, wir hatten nicht viel Kontakt. Er war, sagen wir mal, nicht einfach. Wir sind uns aus dem Weg gegangen.«

»Ein Nachbar hat uns erzählt, Sie waren am späten Sonntagnachmittag bei Ihrem Vater zu Besuch.«

Maschkes Gesicht verfinsterte sich. »Ja, ich war da, aber nicht lange.«

»Man habe aus dem Haus lautstarken Streit gehört.«

»Das ist so typisch«, fuhr Maschke hoch. »Diese Klatschtanten regen mich so auf. Vollkommen übertrieben, was da erzählt wird.«

»Worum ging's denn?«

»Das, worum es immer ging, um Geld.« Maschke wurde kleinlaut. »Ich habe gefragt, ob er mir was leihen könnte.«

»Und, hat er?«

»Pfff! Eigentlich hätte ich es mir gleich denken können. Aber ich wollte es halt mal wieder probieren.«

»Also nicht?«, fragte Mohry nach.

»Er hat mich beschimpft und rausgeworfen«, sagte Maschke mit gesenktem Kopf. Zum ersten Mal öffnete er das Visier, und hinter dem aufgeblasenen Kerl war ein kleiner, zutiefst verletzter Junge zu sehen.

»Dann sind Sie nach Hause gegangen?«

»Ja. Also, zuerst war ich noch kurz in der Kneipe.«

»Wo waren Sie am Sonntagabend?«

»Sie wollen damit doch nicht etwa sagen …?«

»Ich frage nur.«

»Ich war zu Hause. Allein, wenn Sie's genau wissen wollen.«

Mohry startete einen Versuchsballon: »Sie wissen nicht zufällig, ob Ihr Vater noch Besuch für den Abend erwartete?«

»Mein Vater hat mit mir nicht über seine Termine gesprochen.«

Mohry blätterte in seinen Akten. »Sie haben Schulden.«

»Na und? Jeder hat Schulden in diesem Land. Das ist doch ganz normal.«

»Wenn Sie den Besitz Ihres Vaters erben, haben Sie keine mehr.«

»Glauben Sie, ich bringe meinen Vater um wegen der paar Kröten?«

»Nach unseren Erkenntnissen war Ihr Vater ein vermögender Mann.«

Mohry achtete auf die Wirkung dieser Worte und sah, wie die Augen von Heiner Maschke aufblitzten. Er hatte sich schnell wieder im Griff.

»Was heißt hier vermögend?«, moserte er.

»Ich könnte es Ihnen aufzählen, aber ich denke, Sie werden sich selbst schon einen Überblick verschafft haben.«

Wieder das Aufblitzen. Maschke wusste also Bescheid. Mohry beendete das Gespräch. Als Maschke schon in der Tür stand, schickte er noch eine Frage nach: »Haben Sie eigentlich einen Schlüssel zum Haus Ihres Vaters?«

Maschke lachte spöttisch auf. »Nein. Ich hab doch gesagt, wie misstrauisch er war. Davon abgesehen hätte ein Schlüssel nichts geholfen. Der Alte hat immer alles verriegelt und die Schlüssel von innen stecken lassen.«

***

Oli quälte sich den ganzen Nachmittag mit den Reden zur Tänzelfesteröffnung, die die Redaktion vorab geschickt bekommen hatte. Der Artikel wollte ihr nicht recht von der Hand gehen. Zwar suchten der Verein und die Stadt jedes Jahr ein neues Motto oder einen anderen Dreh, doch im Grunde war es stets dasselbe. Gute Wünsche, Lob an die Organisatoren, gegenseitiges Schulterklopfen, Freude, Glück und Segen, dazu Fahnenschwinger und Fanfaren, Blasmusik und Blabla. Inzwischen hatte es zu regnen begonnen und dabei – typisch

Allgäu – um zehn Grad abgekühlt. Damit stand fest, dass die Veranstaltung nicht wie geplant im Freien stattfinden konnte. Sie hoffte nur, dass das ganze Brimborium bis zweiundzwanzig Uhr vorbei sein würde. Wenn nicht, müsste sie vor dem Ende gehen, damit ihr wenigstens noch ein bisschen Zeit blieb, um ihre Geschichte zu aktualisieren.

Ihr Chef war in Feierlaune. Die Festnahme der beiden Russen hatte ihn in seiner Meinung bestätigt. Allerdings fand er, dass Olis aktueller Bericht von gestern Abend zwar ordentlich, aber viel zu klein geraten war. Deshalb hatte er sich heute länger mit Kripochef Ellhofer unterhalten. Es schien eine einvernehmliche Konferenz auf Chefebene gewesen zu sein. Oli las den Artikel, den Schild im Redaktionssystem abgespeichert hatte. Ein dickes Lob für die Arbeit der Polizei, die in dieser Stadt doch stets für Sicherheit sorgte. So konnte Schild zufrieden die Redaktion verlassen. Er musste noch nach Hause, um sich umzuziehen. Seinen Bauch stopfte er in ein lächerliches pseudohistorisches Wams, dazu trug er kurze bauschige Leinenhosen und dunkle Kniestrümpfe. Was das darstellen sollte, darüber gingen in der Redaktion die wildesten Gerüchte um. Das hielt Schild nicht davon ab, in diesem Kostüm mit geschwellter Brust zur Eröffnungsfeier zu schreiten. Tänzelfest, und alles ist Friede, Freude, Eierkuchen.

Während Oli über dem Eröffnungsbericht brütete, wurde sie das Gefühl nicht los, dass ihr Vater ihr nicht alles erzählt hatte. Wo war der dunkle Fleck, die faule Stelle im Apfel, der Riss im Vorhang? Oder hatte Hartmut recht, und sie hatte sich einfach nur in eine Idee verrannt?

***

Nach dem unangenehmen Gespräch mit Heiner Maschke brauchte Mohry frische Luft. Er überließ es Dahlen und Hausdörfer, die beiden Russen weiter auszuquetschen. Dabei würde ohnehin nichts rauskommen. Mohry fuhr nach Neugablonz, um mit Willi Probisch zu reden. Der Stadtteil wirkte unter dem regenverhangenen Himmel noch trostloser als sonst. Im Gegensatz zur Altstadt, die zum Tänzelfest mit Fahnen geschmückt und herausgeputzt war, war Neugablonz auch jetzt das Aschenputtel. Durch die breite Sudetenstraße wälzte sich der Verkehr, dafür waren die Nebenstraßen wie ausgestorben.

Mohry kannte den Stadtteil wie seine Westentasche. Er war ebenso wie Oli hier aufgewachsen. Obwohl er seit mehr als zehn Jahren in der Altstadt lebte, mochte er Neugablonz und seine Bewohner. Er liebte das Fünfziger-Jahre-Flair, das sich in einigen Straßenzügen erhalten hatte. Er mochte die Mischung aus Wohn- und Gewerbebauten, die Hinterhöfe, das Verschachtelte, das Zweckmäßige. Er mochte die Menschen. Die Vertriebenen aus dem Sudetenland hatten ihren eigenen Charme, waren zumeist offener und kultivierter als die zugeknöpften Einheimischen. Mohry fand, dass der Flüchtlingszustrom nach dem Krieg dem Allgäu und seiner eigenbrötlerischen Bevölkerung gutgetan hatte. Ebenso taten dem Stadtteil nun die vielen Türken, Asiaten und Russen gut.

Auch Oli hatte Neugablonz immer verteidigt. Hier habe man Platz, viel Grün, große Grundstücke, überall Parkplätze, einen hohen Freizeitwert, freundliche Menschen, ein buntes Völkergemisch.

In letzter Zeit hatte ihre Begeisterung allerdings deutlich nachgelassen. Das lag nicht nur an ihren Eltern, die sich ständig in Olis Leben mischten. Es lag an Olis Sehnsucht nach Freiheit. Diese Stadt wurde ihr zu klein. Die Spießigkeit, das bürgerliche Leben mit seiner sozialen Kontrolle, die Menschen, die kaum über ihren Kirchturm hinausschauten, das alles ging Oli merklich auf den Geist. Mohry fand, dass seine Freundin wie so oft maßlos übertrieb. Sie wirkte in jüngster Zeit oft verbittert und übersah dabei all die schönen Seiten, die die Stadt und die Region zu bieten hatten. Doch manchmal konnte er ihre Fluchtgedanken gut verstehen.

In der Wohnung von Willi Probisch erlebte Mohry den gleichen Schock wie Oli. Als Probisch berichtete, dass Oli bereits vor zwei Tagen hier gewesen war, legte sich eine Zornesfalte auf Mohrys Stirn. Was hatte Oli da für ein Ding laufen? Und warum erzählte sie nichts davon? Er fragte sich, was sie von dem alten Mann gewollt und ob sie mehr Erfolg gehabt hatte als er.

Probisch gab sich zugeknöpft, er lobte seinen ehemaligen Vereinsvorsitzenden Maschke und dessen Aufbauarbeit. Als Mohry die Streitereien ansprach, die offenbar seit Jahren im Milowitzer Heimatkreis herrschten, wurde Probisch kleinlaut. Er gab zu, dass er den alten Maschke nicht gemocht hatte, aber das habe wohl keiner getan. Die meisten Auseinandersetzungen habe es über die Ausrichtung des Vereins gegeben. Maschke setzte auf die Alten, auf unversöhnliche Vertriebenenpolitik, Probisch hingegen habe versucht, den Verein auch für junge Menschen zu öffnen. Seine Idee eines modernen Museums sei aber stets abgeschmettert worden. Mohry ließ den Blick über die desolate Wohnung gleiten. Diesem Mann hätte er den Wunsch nach einem modernen Museum auch abgeschlagen.

Das Gerücht, dass die Kasse nicht in Ordnung sei, dementierte Probisch entschieden. Maschke sei lediglich mit den Ausgaben nicht zufrieden gewesen. Er war geizig und wollte nicht einsehen, dass Veranstaltungen und Werbung Geld kosteten. Gern könne der Kommissar die Bücher einsehen, so Probisch, er müsse sie allerdings erst suchen.

Frustriert verließ Mohry die Wohnung. Er versuchte, die Depression, die sich in Probischs dunklen Räumen auf ihn gelegt hatte, mit einem Spaziergang abzuschütteln. Doch die Straßenzüge hier waren nicht geeignet, seine Stimmung aufzuhellen. Oli hatte recht, dass sie von hier wegwollte. Mohry blieb stehen und betrachtete den dunkelgrauen Himmel über den Mietshausfassaden. Auch für ihn wurde es Zeit, dieses Kapitel zu beenden.

Als er wenig später den Konferenzraum der Kripo betrat, war dort die Stimmung keinen Deut besser. In den Gesichtern von Dahlen und Hausdörfer standen Wut und Enttäuschung. Die beiden Russen waren bei ihrer Version geblieben und bestritten entschieden, dass sie etwas mit dem Feuer bei Maschke zu tun hatten. Dahlen war weiterhin überzeugt, dass Dimitri und Gregor den Brand gelegt hatten. Vielleicht nicht absichtlich, nur ein Versehen, ein Streit mit unglücklichem Ausgang. Doch es half nichts, sie hatten nichts in der Hand. Sie mussten die beiden laufen lassen.

FREITAG

In der »Wahrheit« war morgens um neun bereits das erste Frühstückskränzchen zusammengekommen. Sieben ältere Damen hatten einen großen Tisch besetzt und starteten mit Kaffee und Butterwischeln in den Tag. Der fettige und salzige Hefeteig-Diskus war eine alte Gablonzer Spezialität und würde bestimmt niemals auf irgendeinem Diätprogramm auftauchen. Marga Weidenberg fand die Fladen viel zu fett, aber die alten Damen liebten sie, und sie bestellten immer »Bohnenkaffee« dazu.

Als die Bedienung die Teller mit dem Fettgebäck zum Tisch balancierte, stand ihr plötzlich Oli gegenüber. Marga zuckte vor Schreck zusammen.

»Kennen Sie mich noch?«, fragte Oli.

Marga nickte ängstlich. Sie hielt Oli für eine Polizistin und war sicher, dass nun ihre Arbeitsstelle überprüft würde. Oli sah die Butterwischel, und ihr lief das Wasser im Mund zusammen.

»So einen will ich auch – und einen Cappuccino«, sagte sie.

»Ich komme gleich zu Ihnen«, sagte Marga verschüchtert.

Oli stellte sich an die Theke und betrachtete die Gäste. Sie musste erst um elf in die Redaktion und hatte spontan beschlossen, Marga Weidenberg noch mal zu befragen. Die Frau war äußerst nervös. Sie versuchte, ihre Finger zu verstecken, an denen die Nägel inzwischen bis zum Fleisch heruntergenagt waren. Als Oli den Tisch mit den alten Frauen sah, die im sudetendeutschen Singsang vergnügt plapperten, fasste sie einen neuen Plan.

»Eigentlich ist das Zeug viel zu fett, aber gerade deshalb schmeckt es ja auch«, sagte Oli und zwinkerte der Bedienung zu, als sie den Kaffee und den Butterwischel hinstellte.

»Sie können es sich doch erlauben«, schmeichelte Marga.

»Schon komisch, dass alles, was gut schmeckt, entweder ungesund ist oder dick macht.«

Marga nickte lächelnd. »Da ist die böhmische Küche besonders gefährlich. Die Sachen sind entweder picksüß oder kalorienreich, am besten beides.«

»Wem sagen Sie das«, erwiderte Oli mit vollem Mund. »Ich bin damit aufgewachsen.«

»Sieht man Ihnen aber nicht an.«

Oli zwickte verschwörerisch ein Auge zu. »Glauben Sie, ich kann mich zu den Damen da drüben setzen?«

Marga war froh, dass sich die Besucherin von ihr abwandte. »Nehmen Sie einfach den Butterwischel mit«, sagte Marga trocken. »Das ist die beste Eintrittskarte.«

Eine Minute später saß Oli an dem Frauentisch und erzählte, dass sie alte Geschichten und Rezepte aus Nordböhmen sammle. Sie wurde mit neugieriger Offenheit aufgenommen.

»Warum heißt das eigentlich Butterwischel?«, fragte Oli.

»No, weil man dou mit dar Butter ne sporn darf«, sagte Olis Gegenüber im Gablonzer Dialekt.

»Und woher kommt der Wischel?«

»Dar Wischel is a Loppn zum Aufwischn«, sagte die Frau.

»Ach, ein Putzlappen?« Oli lachte auf. »Ein Putzlappen mit Butter. Und dann auch noch salzig.«

»Sain Sie mehr a Sieße? Donn missn Sie a Buchtl bestölln«, empfahl eine Tischnachbarin.

»Nein, nein, schon gut«, winkte Oli ab.

Die alten Damen fingen an, Rezepte auszutauschen, und übertrumpften sich gegenseitig mit Kalorienbomben, die jeden Weight Watcher in die Flucht geschlagen hätten. Oli bekam mit, dass vier ihrer Tischnachbarinnen aus Gablonz und Umgebung stammten, eine aus dem Riesengebirge und zwei aus Milowitz. Als der Name des Dorfes fiel, hakte Oli ein. Ihr Vater, Walter Austin, sei auch aus Milowitz. Das sei auch der Grund, warum sie sich für die alten Geschichten interessiere.

»Nej, su wos, nej, su wos«, schallte es am Tisch. Na, so was, die Tochter von Austins Walter, ja, die gleiche Nase, na, so was, schon so groß geworden, wie geht es denn dem Papa, man habe schon länger nichts mehr von ihm gehört. Oli plauderte ein wenig aus der Familie, während sie überlegte, ob sie jetzt gleich mit der Tür ins Haus fallen sollte. Sie hatte wenig Zeit, also kam sie schnell zum Thema: Ihr Vater habe von einer Tragödie in den letzten Kriegstagen erzählt. Angeblich hätten ein paar Jungs versucht, das Dorf zu verteidigen, und die Russen hätten einen Bauernhof in Brand geschossen.

Die Frauen wiegten den Kopf in Erinnerung. Ja, davon wurde immer wieder mal erzählt, aber nichts Genaues. Das müsse furchtbar gewesen sein, die Mutter habe mal was erwähnt, da gab es doch so viele Tote, sechs, oder waren es acht, wie hieß die Familie noch mal?

»Kittel«, sagte Oli.

Genau, die Kittels, sehr nette Leute, ich hab in dem Hof öfter Milch geholt, und meine Schwester ist mit der Kittel Barbara in die Schule gegangen. Ja, schlimm war das. Oli notierte zum Schein etwas auf ihrem Block und ließ die alten Frauen reden. Wie sie erwartet hatte, konnte niemand etwas Konkretes sagen. Nach zwanzig Minuten trat sie vorsichtig den Rückzug an. Sie müsse leider zur Arbeit, werde aber wieder vorbeischauen.

Als sie an der Theke zahlte, beugte sich Oli vertraulich zu Marga Weidenberg und reichte ihre Visitenkarte über den Tresen.

»Könnten Sie für mich ein bisschen die Ohren aufsperren?«

Erstaunt starrte Marga auf die Karte.

»Sie sind gar nicht von der Polizei?«

Oli musste lachen. »Nein, von der Zeitung.«

»Ich hab's mir doch gleich gedacht, dass ich Sie kenne. Sie machen doch immer die schönen Fotos.«

Oli zuckte mit den Schultern, als Marga plötzlich erstarrte. »Dann wissen Sie ja, dass ich …«

»Ja, Sie haben mit meinem Chef telefoniert«, sagte Oli. »Ich interessiere mich für eine Sache, die im Mai 1945 in Milowitz passiert ist. Den Damen ist nicht viel eingefallen. Aber wer weiß, vielleicht kommt noch was. Namen, Daten, Geschichten, was immer Sie hören, es könnte wichtig sein.«

Marga zögerte.

»Keine Sorge, ich werde Sie nicht verraten.«

Die Bedienung entspannte sich. »Mal sehen.«

Als Oli in die Redaktion fuhr, pfiff sie vor sich hin. Sie war sicher, dass ihre Impfung Wirkung zeigen würde. Die alten Frauen würden darüber nachdenken, sie würden mit Freundinnen und Verwandten darüber sprechen. Abends im Bett würde ihnen was einfallen, und das würden sie dann stolz am Frauenstammtisch austauschen.

Aber auch bei ihr war das Sediment aufgewühlt. Der weiche Dialekt hatte Erinnerungen geweckt. Wie oft hatte sie früher bei ihrer Oma solche Kaffeekränzchen erlebt. Ein Schwarm alter Frauen, die in ihrer alten Sprache alte Geschichten austauschten. Schon als Kind hatte sie gespürt, dass hinter den lustigen Anekdoten, den schelmischen Witzen, hinter all dem Gelächter eine tiefe Wehmut steckt. Kein Wunder, dass diese Menschen an jeder Porzellantasse hingen, die hinübergerettet worden war in die neue Heimat. Kein Wunder, dass sie ihre Erinnerungen, ihre Mundart, ihre Gewohnheiten hüteten und pflegten. Wenn du dein Haus, dein Dorf, dein Land von heute auf morgen verlassen musst, wird dir bewusst, was wirklich wichtig ist. Oli rieb sich die Nase. Was ist dir wichtig? Was solltest du besser hüten und pflegen?

***

Schild schaute missbilligend auf die Uhr, als Oli um kurz nach elf in der Redaktion einlief.

»Wo bleiben Sie denn so lange? Wir warten alle schon dringend auf die Bilder von gestern Abend.«

Oli sah sofort, dass er einen Kater hatte. Sein Vollmondgesicht war noch mehr aufgedunsen als sonst. Rosarote Halbmonde untermalten die glasigen Augen. Bestimmt war er nach der Feier noch lange mit den Honoratioren zusammengesessen. Und wie sie ihn kannte, hatte er beim Freibier kräftig zugelangt.

»Ich habe diesem Verlag meinen Kopf vermietet und nicht meinen Arsch«, sagte Oli bissig, während sie ihren Computer hochfuhr. Schilds Gesicht entgleiste kurz, während Wolfgang Baldauf den Kopf senkte und seine Tastatur angrinste.

»Oli, wo bleiben Ihre Manieren?«, sagte Schild empört.

»›Höflichkeit ist die sicherste Form der Verachtung‹«, antwortete sie ruhig. »Heinrich Böll.«

»Was ist denn mit Ihnen heute los?«

Oli atmete tief ein. »Ich habe gestern bis kurz vor Mitternacht hier gesessen und gearbeitet. Dann will ich mir nicht vorhalten lassen, wenn ich am nächsten Tag ein paar Minuten später komme. Im Übrigen sind die Fotos alle schon auf dem Rechner. Das erste Set habe ich gestern noch ins Internet gestellt, was Ihnen wohl entgangen ist. Die anderen sind alle im aktuellen Ordner.«

»Dann ist ja gut«, sagte Schild kurz angebunden und stelzte davon. In der Tür drehte er sich noch mal um. »Gibt es eigentlich was Neues von der Kripo?«

»Sie haben gesagt, das ist Chefsache«, moserte Oli.

Schild grunzte. »Vergessen Sie den Servicekasten nicht und die Besucherstimmen von gestern Abend.«

Baldauf schaute schmunzelnd von seinem Bildschirm hoch. Oli hob den Zeigefinger vor die Nase.

»Sag jetzt nichts«, betonte sie.

Ihr Kollege schüttelte in gespielter Entrüstung den Kopf.

»Außer du hast Neuigkeiten in der Nazi-Geschichte.«

Baldaufs Kopf schwankte selbstgefällig hin und her.

»Na raus damit«, sagte sie ungeduldig.

»Ich bin sehr nah dran«, sagte Baldauf. »Wenn wir Glück haben, kriege ich heute noch Nachricht.«

***

Als sie Alex bei ihren Eltern abholte, wurde Oli von ihrem Vater mit strenger Miene im Hausflur empfangen.

»Hast du ihm das mit dem Kettenhemd eingeredet?«

»Ich sehe, ihr hattet einen schönen Tag«, sagte Oli schnippisch.

»Das ist nicht lustig«, fuhr ihr Vater fort. »Weißt du, wie schwer das Zeug ist? Und damit soll der arme Kerl dann kilometerlang durch die Stadt laufen. Das ist eine Schinderei, der klappt uns doch zusammen.«

Walter Austin schwenkte eine schwere Tasche, in der das Kostüm für Alex zum Tänzelfestumzug war. Währenddessen stand Alex hinter seinem Großvater, rollte die Augen und schnitt Grimassen.

Oli erinnerte sich an ähnliche Szenen aus ihrer Kindheit. Ihr Vater in voller Größe vor ihr aufgebaut, den Oberkörper wie zum Sprung angespannt, das Gesicht wie ein Strafgericht. Und sie das kleine Mädchen, das gegen diese Drohung angetrotzt, angeschrien hatte. Sie hatte ihn so lange provoziert, bis er zuschlug, was er heute vehement abstritt.

»Bei deiner Laune kannst du selbst als Krieger im Kettenhemd mitlaufen«, raunzte sie.

»Es geht nicht um mich, sondern um deinen Sohn«, erwiderte er mit einer Stimme, die Oli an den Reichsrundfunk erinnerte.

»Papa, der Alex hat sich für diese Gruppe angemeldet. Er hat sich die Kettenhemden selbst ausgesucht.«

»Und wenn er in der Hitze ohnmächtig wird?«

Oli schaute aus dem Fenster in den regenverhangenen Himmel, dann in das sauertöpfische Gesicht ihres Vaters.

»Wir haben fünfzehn Grad, Papa.«

»Zum Wochenende soll es wieder heiß werden«, mischte sich Olis Mutter ein.

Der Zeigefinger ihres Vaters stach wie ein Dolch auf sie zu. »Verantwortung! Verstehst du, Olivia, du hast die Verantwortung für deinen Sohn.«

»Ja, die hab ich«, sagte Oli mit drohender Stimme. »Und jetzt lass mich mit deiner Hysterie in Ruhe. Ich will nur meinen Sohn abholen und mich nicht mit deiner Schwarzmalerei herumärgern.«

»Ich hab dir noch Kuchen eingepackt«, schrie Gerda Austin aus dem Wohnzimmer.

»Gerda, sie will schon wieder gehen«, rief ihr Vater beleidigt über die Schulter.

»Eine Sahnerolle, die magst du doch so gern«, rief Gerda zurück.

»Wisst ihr, dass ihr es schafft, mich innerhalb von fünf Minuten in den Wahnsinn zu treiben?«, knurrte Oli.

»Ich spreche nur die Dinge an, wie sie sind«, dozierte ihr Vater. »Du musst schon auch die Wahrheit ertragen können.«

Oli winkte ihren Sohn zu sich und verließ das Haus. Auf der Heimfahrt schimpfte sie lauthals vor sich hin.

Alex starrte aus dem Fenster. Nach einer Weile sagte er: »Ich hab sowieso keinen Bock auf diesen blöden Umzug.«

»Fall du mir jetzt nicht auch noch in den Rücken«, blaffte Oli ihn an.

»Ist doch wahr, Tänzelfest ist Kinderkram.«

»Jetzt pass mal auf, kleiner Prinz. Vor drei Monaten hast du rumgebrüllt, dass du unbedingt mitmachen willst. Und du warst ganz scharf auf diese Rüstung mit dem Kettenhemd. Ich habe dich angemeldet, hab mich mit den zänkischen Weibern in der Kostümausgabe wegen deiner Größe rumgestritten, und jetzt kommst du mir mit ›Kinderkram‹. Ich sag dir, du wirst bei den Umzügen am Sonntag und Montag mitlaufen. Ist das klar?«

Alex schwieg.

Was will mir das Leben eigentlich sagen, wenn es mir überall Steine in den Weg legt?, haderte Oli mit sich. Überall Bremser und Nörgler, Beleidigte und Besserwisser. Die anderen luden ihre schlechte Laune bei ihr ab, und sie ließ sich anstecken und runterziehen und reagierte auch noch mit schlechtem Gewissen. Gegenüber Alex, der gerade mal wieder zu kurz kam. Gegenüber ihrem Vater, dem sie nicht offen sagte, dass sie seinen Erzählungen von damals nicht glaubte. Gegenüber Mohry, dem sie nichts von ihren Privatermittlungen erzählte.

»Ja, Mama, gib mal ordentlich Gas«, rief Alex begeistert.

Instinktiv trat sie auf die Bremse. Mit quietschenden Reifen kam der Wagen gerade noch vor der roten Ampel zum Stehen.

***

So, wie es aussah, könnten die Kaufbeurer mit ihrem Lagerleben heute Abend mal wieder Glück haben, dachte Boris Axmann. Der Regen hatte am Mittag aufgehört und zog nach Süden ab. Dort stand er als graue Wolkenfront vor seinem Bergpanorama, und dort würde er auch bleiben. Dabei war Axmann das historische Lagerleben, das die Stadt zwei Abende lang in einen riesigen mittelalterlichen Biergarten verwandelte, egal. Axmann mochte keine Menschenansammlungen, und er war froh, dass er nicht mehr wie früher dienstlich in dem Gedränge unterwegs sein musste.

Die Kaufbeurer und ihre Gäste konnten noch aus einem anderen Grund beruhigt durch die Gassen flanieren und dem mittelalterlichen Treiben beiwohnen. Die Gefahr, die die Tageszeitung noch Anfang der Woche heraufbeschworen hatte, schien gebannt. Schließlich hatte man zwei junge Russlanddeutsche als Brandstifter gefasst und damit sämtliche Vorurteile bestätigt. Axmann hatte sofort geahnt, dass die beiden Neunzehnjährigen die Falschen waren. Er hatte nur genickt, als er erfahren hatte, dass die Polizei die beiden gestern Abend wieder laufen lassen musste. An die Zeitung war diese Information offenbar noch nicht weitergegeben worden, jedenfalls stand davon heute nichts im Blatt. So wurde zumindest nach außen hin der Festfriede gewahrt.

Doch Axmann machte sich Sorgen. In dieser Stadt war ein Killer unterwegs. Einer, der exakt nach Plan vorging und bisher keine Fehler gemacht hatte. Vor allem aber einer, der mit seinen Plänen noch nicht fertig war. Axmann war sicher, dass der Täter weitere Opfer auf seiner Liste hatte.

Er nahm den Blick vom grauen Horizont und prüfte seine Notizen, die er in gewohnter Ordnung auf seinem Tisch verteilt hatte. Er griff zum Telefon, drückte eine Kurzwahltaste und wartete, bis Olivia Austin sich meldete.

»Ich habe gehört, Sie wühlen in alten Geschichten«, sagte er.

Sie wusste sofort, wer dran war. Und sie wusste, worauf er anspielte. Leise fragte sie: »Woher wissen Sie das?«

»Ich bin Deep Throat, ich weiß alles«, sagte er grinsend.

Oli war verblüfft und verlegen, weil er seinen Spitznamen kannte, fing sich aber schnell. »Wenn Sie mir erzählen wollen, dass die zwei Verdächtigen wieder frei sind: Darüber sind wir schon informiert.«

»Wen interessieren schon die Russen«, sagte Axmann. »Sie haben doch nicht im Ernst geglaubt, dass die beiden es waren.«

»Dann schießen Sie mal los.«

»Nicht am Telefon. Wann können wir uns treffen?«

Oli seufzte. Freitag, das hieß Großkampftag in der Redaktion, vor allem vor dem größten Fest des Jahres. Es war vierzehn Uhr, ihr voller Schreibtisch sagte ihr, dass sie sich keine Ausflüge leisten konnte.

»Ich weiß nicht, wo mir der Kopf steht, und in vier Stunden beginnt das Lagerleben«, sagte sie.

»Ich wusste gar nicht, dass Sie auf Mittelalter stehen«, feixte Axmann.

»Nachgeäfftes Mittelalter«, sagte sie bissig. »Ich muss dahin und fotografieren. Warum treffen wir uns nicht heute Abend dort, in einer lauschigen Schänke?«

Axmann verzog das Gesicht. Eine lauschige Schänke inmitten von zehntausend Besuchern in der Altstadt. Das hatte ihm gerade noch gefehlt.

»Ich habe einen besseren Vorschlag. Wir machen einen kleinen Spaziergang an der Stadtmauer entlang. Sagen wir in einer halben Stunde. Ich werde Sie nicht lange in Anspruch nehmen.«

Oli biss sich auf die Lippe. »Okay, um halb drei oben am Fünfknopfturm.«

***

Die Wochenendausgabe für das größte Ereignis des Jahres war im Kaufbeurer Kurier schon lange vorher geplant. Schild überließ nichts dem Zufall. Das hatte den Vorteil, dass die Redaktion in der Flut der Termine nicht unterging. An diesem Freitag waren die Lokalseiten schon am Vormittag weitgehend gefüllt. Es fehlten nur noch ein paar aktuelle Texte und ein Foto vom Lagerleben, das Oli am Abend nachliefern würde.

So kam die Polizeimeldung, die am Mittag in der Redaktion eintraf, einem Tsunami gleich, der über Schilds Schreibtisch schwappte. Die Freilassung der beiden Tatverdächtigen machte nicht nur seine Planung kaputt, sie stellte auch seine Meinungsführerschaft in Frage. Die ganze Woche hatte er auf dieses Pferd gesetzt und musste nun in dürren Worten lesen, dass die Beweise für eine Inhaftierung der zwei jungen Russen nicht ausreichten. Daran änderte auch ein längeres Telefonat mit Kripochef Ellhofer nichts. Die Verdächtigen waren auf freiem Fuß, die Polizei tappte im Dunkeln.

Schild überlegte, ob er es bei einer knappen Meldung belassen sollte, fühlte sich jedoch so sehr in seiner Ehre gekränkt, dass er beschloss, das Thema in einem Kommentar noch einmal hochzuziehen. Er delegierte die Umplanung des Blattes an den Kollegen Baldauf, reservierte sich eine Spalte auf der Seite eins und vergrub sich in seinem Büro.

***

Pünktlich um halb drei stand Axmann unter dem Wahrzeichen der Stadt. Der Fünfknopfturm war Teil der mittelalterlichen Stadtmauer. Am Hang über der Altstadt waren noch zweihundert Meter davon erhalten. Von hier oben hatte man einen wunderschönen Blick über die Stadt, aus der lautes Hämmern zu hören war. Der Aufbau der Buden und Stände für das mittelalterliche Fest war in vollem Gange.

Oli kam eine Viertelstunde zu spät. Sie wirkte gehetzt und müde.

»Lassen Sie uns ein wenig gehen, das macht den Kopf frei. Das können wir, glaube ich, beide gut gebrauchen«, schlug Axmann vor.

Während sie wie zwei Touristen im Schatten der Stadtmauer flanierten, schaute Oli den ehemaligen Kriminalpolizisten erwartungsvoll an. Axmann war fast eins neunzig groß, schlank und sportlich. Keiner wäre auf die Idee gekommen, ihn auf achtundfünfzig Jahre zu schätzen. Er bewegte sich mit der Langsamkeit eines Raubtiers, das vor dem entscheidenden Angriff Kräfte spart.

»Sie sind auf der richtigen Spur«, begann er, machte dann eine lange Kunstpause und betrachtete das Fragezeichen in ihrem Gesicht. »Zwischen den Todesfällen Hübner und Maschke besteht ein Zusammenhang«, fuhr er fort.

Mit einem Mal war Oli hellwach. »Woher wissen Sie …?«

Axmann legte den Zeigefinger an den Mund. »Hören Sie einfach zu. Ich habe keine Beweise – noch nicht –, aber ich habe ein gutes Gefühl für falsche Fährten. Und dieses Gefühl sagt mir, dass beides keine Unfälle waren. Wenn ich recht informiert bin, hegen Sie denselben Verdacht. Das tun Sie zu Recht. Denn in beiden Fällen gibt es seltsame Zufälle und offene Fragen. Und ich mag keine offenen Fragen. Wir haben zwei angebliche Unfälle, zwei Feuertote, zwei Vorsitzende eines Vertriebenenvereins, zwei alte Freunde, die aus demselben böhmischen Dorf stammen.«

»Zwei identische Brandmale, jeweils am linken Oberarm«, fügte Oli hinzu.

Axmann hob die Brauen. »Ach ja? Da sind Sie mir voraus.«

»Sieht aus wie ein großes O oder eine Null. SS-Leute hatten an der Stelle ihre Blutgruppe eintätowiert. Sowohl Hübner als auch Maschke hatten so ein Brandmal.«

»Gut«, sagte Axmann. »Das bestätigt meinen Verdacht.«

»Glauben Sie, dass eine SS-Kameradschaft dahintersteckt?«, fragte Oli. »Oder Neonazis?«

Axmann wiegte den Kopf. »Kann ich mir kaum vorstellen. Maschke und Hübner waren damals viel zu jung für die SS. Es ist ja auch keine Tätowierung von damals, sondern eine Verletzung von heute. Das Brandmal ist vor allem eines: die Handschrift eines Mörders.«

»Vielleicht hatte der Mörder mit der SS zu tun, oder er will auf etwas hinweisen oder für eine Tat der SS Rache üben«, spekulierte Oli.

»Kann sein. Auf jeden Fall eine Spur, der wir nachgehen sollten.«

Oli staunte, wie gut Deep Throat Bescheid wusste. Sie hatte ihn bisher eindeutig unterschätzt. Der Exbulle, der Taubenzüchter, war offenbar nach wie vor auf Draht. Sie berichtete von ihren Recherchen, von den alten Milowitzer Geschichten, die aber alle bisher keinen Sinn ergaben.

Axmann sagte, er habe bei Maschkes Tod sofort an den Betriebsunfall bei Hübner vor vier Wochen gedacht. Er habe sich schlaugemacht, die Fälle verglichen. Seither habe er darauf gewartet, dass es einen weiteren Fall gab, einen Feuertod, der aussah wie ein Unfall, mit einem alten Mann als Opfer.

Oli schaute Axmann gebannt an. Er rieb sich mit den Fingerknöcheln die Nasenspitze.

»Vor zwei Tagen ist ein achtundsiebzigjähriger Mann in seiner Jagdhütte am Fuß des Ammergebirges verbrannt. Angeblich ein Unfall.«

Olis Nerven waren zum Zerreißen gespannt. Das Ammergebirge lag in der Nähe von Garmisch-Partenkirchen im benachbarten Oberbayern.

»Aber was hat das mit den Toten in Neugablonz zu tun?«

Axmann sprach weiter, als hätte er ihre Frage nicht gehört: »Der Mann wohnte in Landsberg am Lech, also gar nicht weit von hier. Er fuhr regelmäßig zu seiner Jagdhütte, übrigens stets in den Tagen um Vollmond. Gutes Büchsenlicht, Sie verstehen. Offenbar hatte er keine Ahnung, dass er selbst im Visier eines Jägers stand. Sein Name ist Gramski, Adalbert Gramski.«

Sie waren inzwischen an der gotischen Blasiuskirche angekommen, wo die Stadtmauer endete. Dort baute gerade eine Horde Helfer eine Bühne auf. Rundherum zimmerten junge Männer mehrere Buden für das mittelalterliche Lager, schmückten sie mit Zweigen und bunten Tüchern. Oli kannte einige von ihnen, sie winkten freundlich, aber Oli grüßte nur knapp zurück. Sie lehnte sich an die Steinbrüstung und starrte in die Altstadt hinunter. In ihrem Kopf drehte sich alles. Schlagartig fiel ihr ein, was ihr Vater gestern beim Betrachten des alten Fotos mit der Jungenclique gesagt hatte: »Ach, und da schau her, der da neben mir ist der kleine Gramski.« Der kleine Gramski, auch er verbrannt, auch er das Opfer eines angeblichen Unfalls. Ihr schwindelte.

»Hier arbeitet einer eine Liste ab«, sagte Axmann. »Und ich fürchte, er ist damit noch nicht fertig.«

Sie schüttelte den Kopf. Vielleicht war es ein Zufall, derselbe

Nachname, das musste nichts bedeuten. »Ich kapiere immer noch nichts«, sagte sie.

Axmann nahm ihr die Hoffnung. »Gramski stammte aus Milowitz an der Neiße.«

Oli kniff die Augen zusammen. »Aber wenn die Fakten so handfest sind, dann ist das doch wohl eindeutig Sache der Polizei.«

Axmann winkte ab. Er habe seinen Exkollegen Hinweise gegeben, doch sie hätten ihn kühl abgefertigt. Sie sähen es nicht gern, wenn ihnen ein Exbulle ins Handwerk pfusche. Oli musste an Mohry denken.

Als hätte Axmann das erraten, sagte er: »Ich schlage vor, dass Sie sich mal informell mit Ihrem Freund Mohry unterhalten. Ist ein kluger Bursche, nur manchmal ein bisschen –«

»Mohry ist ein fauler Sack«, fuhr Oli dazwischen.

»Da täuschen Sie sich. Ich würde ihn bequem nennen. Aber das liegt nicht an ihm, man hat ihn so erzogen.«

Oli blickte Axmann fragend an.

»Wenn Sie bei allen Aktivitäten gebremst werden und sich dafür bei Ihrem Chef entschuldigen müssen, würden Sie auch irgendwann aufgeben und Dienst nach Vorschrift machen.«

So hatte Oli die Sache noch nie betrachtet. Aber wenn Sie sich Marshall Ellhofer anschaute, diesen eitlen, selbstzufriedenen Gecken, war Axmanns Einschätzung vermutlich richtig. Oli sah auf die Uhr, sie musste dringend los.

***

Mohry haderte schon den ganzen Tag mit seinem Leben. Er trank die sechste Tasse Kaffee, die sich von Spülwasser nur durch die Farbe unterschied. Für jeden Scheiß wurde in diesem Haus Geld ausgegeben, aber nicht für einen ordentlichen Kaffeeautomaten. Dabei konnte man diesen Job nur mit einer großen Menge gutem starken Kaffee erledigen. Besonders an Tagen wie diesen. Nach dem siebten Anruf aus Neugablonz hatte er die Zentrale angewiesen, nur noch Morde und Vergewaltigungen durchzustellen. Joschi unten im Dienstzimmer hatte gelacht. Mohry solle doch froh sein, wenn so viele brave Bürger sich als Zeugen meldeten.

»Denunzianten, keine Zeugen«, hatte Mohry muffig geantwortet. »Blockwarte, die ihre Nachbarn anschwärzen, weil sie Socken in der Gemeinschaftswaschküche liegen gelassen haben. Und du kannst sicher sein, dass sie nach zwei Sätzen anfangen, über die Polizei zu lästern.«

Verdrossen betrachtete er die goldgelbe Raute, die die Nachmittagssonne langsam über die Wand wandern ließ. Wie Mohry erwartet hatte, war Ellhofer heute Morgen mit rotem Gesicht in den Konferenzraum gepoltert und hatte die drei Ermittler in den Senkel gestellt. Der Chef hatte offenbar am Vorabend bei der Tänzelfesteröffnung zu tief ins Glas geschaut und sich dabei von seinen Freunden aus Politik und Wirtschaft für seinen Erfolg auf die Schulter klopfen lassen. Dabei hatte ihn die Nachricht, dass Dimitri Stark und Gregor Nadrenkow nicht länger in Untersuchungshaft zu halten waren, nicht mehr erreicht. Ellhofer hatte sie erst abgehört, als er wieder zu Hause war. Entsprechend gallig fuhr er Mohry, Dahlen und Hausdörfer an. Er erwarte Ergebnisse und keine haltlosen Verdächtigungen. Mit solchen Aktionen werde die gesamte Polizeiarbeit der Lächerlichkeit preisgegeben.

Seit heute früh war auch die Hoffnung verflogen, Maschkes Tod könnte lediglich ein Unfall gewesen sein. Die Gerichtsmedizin hatte in ihrem Bericht festgestellt, dass die Verletzung an Maschkes Hinterkopf eindeutig von der Wodkaflasche herrühren musste und keineswegs von einem Sturz stammen konnte. Wie hatte Hausdörfer gesagt: Man könne ja nicht davon ausgehen, dass der alte Mann sich im Rausch die Flasche selbst über den Schädel gezogen hatte.

So hatten sie es nun eindeutig mit Mord zu tun, hatten aber weder Verdächtige noch Zeugen noch Spuren. Mohry versuchte, sich und seine Kollegen gegenüber Ellhofer zu verteidigen. Er fasste zusammen, was die Ermittlungen im Lauf der Woche ergeben hatten. Doch er sah selbst, wie dürftig ihr Wissensstand nach wie vor war.

Sie hatten einen Käfer, der tot auf dem Rücken lag. Und jetzt war klar, dass er nicht von allein runtergefallen war.

Nach Ellhofers Standpauke fing die Soko noch einmal ganz von vorn an, fächerte alle Informationen und Personen auf und steckte das Puzzle an der Pinnwand auf. Am Ende lief alles auf Heiner Maschke hinaus. Er hatte ein Motiv, er war noch am Nachmittag im Haus seines Vaters gewesen, und er hatte kein Alibi für die Tatzeit. Die drei Kripo-Leute beschlossen, dass Dahlen und Hausdörfer Maschkes Sohn in die Mangel nehmen würden. Mohry würde erneut das Umfeld von Vater und Sohn durchackern. Vertriebenenverein, Kneipenszene, Nachbarn, Bekannte – irgendwo musste ein Hinweis zu finden sein.

Während die Kollegen sich um Maschke junior kümmerten, saß Mohry in seinem Büro und überlegte, ob er Olis Verdacht in die Diskussion einbringen sollte. Doch er hatte den Autopsiebericht genau gelesen. Darin wurde die Verletzung an Maschkes Oberarm nicht erwähnt. Die Pathologie hatte die Leiche freigegeben, warum sollte er das in Frage stellen? Trotzdem fing er an, jedes noch so unbedeutende Detail in Zweifel zu ziehen. Oli hatte ihn mit ihrer Mord- und Verschwörungstheorie ganz kirre gemacht. Was, wenn doch etwas dran war? Womöglich waren sie dann auf einer völlig falschen Fährte.

Oli schaffte es immer wieder, ihn in die Richtung zu lenken, die sie wollte. Schon als sie noch Kinder waren und Tür an Tür wohnten, konnte dieses Mädchen alles mit ihm machen und alles von ihm haben. So war es noch immer, und sie wusste das. Was sie nicht wusste, war, wie sehr sein Herz bei ihrem Anblick hüpfte.

Noch immer war sie für ihn die Traumfrau, auch wenn er das nicht mal vor sich selbst zugab. Er hatte das Gefühl weggesperrt, zumindest glaubte er das. Doch wenn sie in seiner Nähe war, war er ein anderer Mensch. Er war lebendiger, lustiger, zufriedener. Wenn sie das Zimmer betrat, veränderte sich das Licht. Sie war wie die Raute an seiner Bürowand, ein goldener Fleck im grauen Alltag.

Oft schien sie ihm von einem anderen Stern zu kommen, ein Wesen, das aus Versehen hier zwischengelandet oder gestrandet war und bei nächster Gelegenheit wieder davondüsen würde. Sie konnte Dinge hören und sehen, die ihm völlig durch die

Lappen gingen. Auf unirdische Weise schien ihr Sensorium ausgeweitet. Hätte Oli behauptet, sie könne den Flügelschlag eines Schmetterlings hören oder die Aura von Menschen sehen, Mohry würde es ihr sofort abnehmen.

In Gesellschaften machte sie sich gern den Spaß, Parfüms zu erraten und deren Träger damit zu überraschen, die darin verarbeiteten Düfte aufzuzählen. Darüber hinaus konnte sie Gefühle riechen. Sie beschrieb Menschen manchmal wie aus einem Duftführer. Mohry musste immer noch darüber grinsen, wie treffend sie ihren Chefredakteur charakterisierte: »Eine Basisnote aus vorgespielter Sicherheit, in der Herznote ein kräftiger Schuss Angst und Einsamkeit und darüber ein hohes Flirren aus Stolz und Arroganz, die Zwischentöne sind frauenfeindlich, altbacken, intolerant, unterwürfig, distanzlos und geltungssüchtig.«

Ständig nutzte sie ihre Sinne, um hinter die Dinge zu blicken. Wie ein kleines Kind stellte sie unablässig die Königsfrage: Warum? Mohry erinnerte sich an einen Sommerabend in einem Biergarten auf dem Land. Sie hatten sich spontan dort zum Essen verabredet. Am Nachbartisch war eine Urlauberfamilie mit einem fünfjährigen Jungen und einem Baby. Die Mutter wiegte das Baby in einer Wippe, der Vater kümmerte sich um den großen Sohn. Nach einer Weile fragte Oli, ob ihm an der Szenerie etwas auffalle. Mohry meinte, es sei schön zu sehen, wie der Vater den Sohn in den Arm nehme und streichle.

Da sagte Oli: »Das tut er, weil er ein schlechtes Gewissen hat.«

Mohry starrte zuerst sie, dann die Familie an.

»Der Vater hat diesem Kind etwas angetan«, sagte Oli, »vor nicht langer Zeit, vielleicht gestern oder vorgestern, wahrscheinlich hat er es geschlagen.«

»So ein Unsinn«, entfuhr es Mohry. »Woher willst du das wissen?«

»Er streichelt nicht aus Liebe, sondern weil er etwas gutzumachen hat. Sein Sohn weiß das. Er nutzt es aus, er genießt es, dass sein Vater ein schlechtes Gewissen hat. Zugleich ist er unsicher. Das ist wie bei einem Hund, den man nie mit derselben Hand schlagen und streicheln darf, weil er sich sonst nicht mehr auskennt. Der Junge fühlt sich wohl, weil er sich nach der Zuneigung seines Vaters sehnt, und zugleich hat er Angst, weil er diese Hand auch anders kennt.«

Oli erzählte das so überzeugend, als wäre sie die Therapeutin dieser Familie, und Mohry folgte ihren Ausführungen mit offenem Mund.

»Und«, Oli hob dozierend den Finger, »die Mutter weiß das alles und spielt das Spiel mit. Sie verschließt die Augen davor, dass ihr Mann Choleriker ist. Sie hat ihn selbst schon so erlebt, sie hat Angst, aber das wird nicht mehr lange dauern. Sie ist schon in der Orientierungsphase, im Aufbruch. Ich gebe ihnen noch sechs Monate, längstens ein Jahr. Dann wird sie ihn verlassen.«

»Für mich ist das eine ganz normale Urlauberfamilie«, stammelte Mohry. »Gib zu, das hast du alles erfunden.«

»Wahrnehmung«, sagte sie und deutete mit Zeige- und Mittelfinger auf ihre Augen.

»Spekulation«, antwortete er und drehte seinen Zeigefinger an der Schläfe.

Oli schaute ihn mit einer Mischung aus Mitleid und Belustigung an. Als wäre er ein armes Insekt, das sich in eine zu große Welt verflogen hatte.

»Gib mir mal deine Uhr.« Sie griff über den Tisch und nestelte an seinem Handgelenk. Als die Armbanduhr verdeckt in ihrer Hand lag, forderte sie ihn auf, das Zifferblatt zu beschreiben.

Mohry musste nachdenken. »Schwarz, rund, Zahlen drauf.«

»Römische oder arabische Ziffern?«

»Arabische.«

»Wie viele?«

»Zwölf, ist doch klar.«

»Beschreib mir die Zeiger.«

»Ein kurzer für die Stunden, ein langer für die Minuten, beide weiß.«

»Sonst noch was Besonderes?«

Er schüttelte den Kopf.

Lächelnd gab Oli ihm die Uhr zurück. »Das Zifferblatt ist

dunkelblau, hat keine Zahlen, sondern nur Striche. Die Zeiger sind nicht weiß, sondern silbern. Du hast den Sekundenzeiger vergessen und die Datumsangabe. So weit zum Thema Wahrnehmung.«

Mohry starrte fassungslos die Uhr an. Oli hatte verdammt recht. Er besaß die Armbanduhr seit mindestens zehn Jahren und schaute jeden Tag zigmal darauf. Wie konnte man nur so beschränkt sein?

»Kannst du sie mir noch mal geben?« Oli hielt die Hand auf, und er reichte die Uhr verdattert rüber. Sie versteckte sie in ihrer Faust und schaute ihm in die Augen. »So, jetzt sag mir mal, wie spät es ist.«

Er hatte keine Ahnung.

Die Zentrale rief durch, und er maulte Joschi an: »Ich habe dir doch gesagt, dass ich –«

»Deine spezielle Freundin«, sagte Joschi, und Mohry spürte das Grinsen durch den Telefonhörer. Bevor er etwas sagen konnte, hörte er Olis Stimme. Woher wusste sie eigentlich immer den richtigen Zeitpunkt, um anzurufen?

»Kannst du für mich zwei Namen checken?«

»Frau Austin, Sie sind hier bei der Polizei und nicht bei der Telekom.«

»Ist wichtig. Also pass auf: Adalbert Gramski, mit i am Ende, und Rudi Hofmann.«

»Ich hab den Schreibtisch voll. Und offen gesagt hab ich auch langsam die Schnauze voll. Dieser Maschke-Fall bringt mich noch ins Irrenhaus. Du glaubst ja nicht, was ich mir am Telefon alles anhören muss. Und dein Revolverblatt ist sich nicht zu schade, den ganzen Scheiß auch noch abzudrucken.«

»Seit wann können Bullen eigentlich lesen?«, feixte Oli.

»Ich lasse mir die Artikel von meinem Chef vorlesen«, grummelte Mohry. »Und wenn er schon dabei ist, hat Ellhofer immer ein freundliches Wort parat, das mich aufbaut und zu Höchstleistungen motiviert.«

»Na also, so einen Chef hätte ich auch gern«, sagte Oli. Dann senkte sie die Stimme. »War es so schlimm?«

»Ich erzähle dir jetzt nichts, weil sonst morgen wieder alles in eurem Käseblatt steht, vermischt mit Druckfehlern und Verdrehungen. Nur so viel: Hier ist die Kacke am Dampfen. Und da kommst du und forderst mich zum Datenschutzmissbrauch auf.«

»Du sollst doch nur mal nachsehen, wo die wohnen und ob sie überhaupt noch leben.«

»Und du kannst mir wahrscheinlich auch sonst nichts dazu sagen. Zum Beispiel, worum es geht?«

»Beide Männer müssten so Mitte, Ende siebzig sein. Alles Weitere später. Schau doch mal, ob du die beiden findest. Und zum Dank für deine Mühe lade ich dich heute zum Candle-Light-Dinner ein.«

»Heute ist doch Lagerleben«, sagte Mohry konsterniert.

»Seit wann stehst du auf Mittelalter?«, fragte Oli.

»Das Mittelalter ist mir wurscht. Aber wenn in dieser Stadt schon mal was los ist …«

»Du ziehst also ein Massenbesäufnis mit falschen Rittern und jämmerlichem Minnegesang einem netten Abend auf meiner Terrasse vor?«, sagte sie empört.

Mohry wand sich. »Nein, natürlich nicht. Ich meine nur …«

»Also. Sagen wir um neun.«

Er hörte das Klicken des Hörers.

***

Kurz nach achtzehn Uhr drangen Trommeln und Fanfaren aus der Altstadt. Oli schnappte sich die Kameratasche und nutzte das letzte Tageslicht, um ein paar schöne Szenen des Lagerlebens einzufangen. An Motiven herrschte wie immer bei dem Treiben kein Mangel. Feuerschlucker illuminierten die Straßen mit ihrer Kunst, Pestkarren wurden durch die Gassen gezogen, Wahrsager boten ihre Dienste feil. Jeder Verein hatte sich etwas ausgedacht, um das Publikum anzulocken. Die Gäste konnten Ritterkämpfe bewundern, Possenreißern zuhören, Gauklern und Artisten zusehen oder sich altes Handwerk vorführen lassen. Wer wollte, konnte sein Glück beim Armbrustschießen oder bei altertümlichen Glücksspielen versuchen. An jeder Ecke rauchten Grills und Pfannen und wurden Bierkrüge gefüllt.

Oli war immer wieder erstaunt, welche Magnetwirkung dieses Fest ausübte. Tausende Menschen füllten die Altstadt, trotz des Gedränges herrschte eine fröhliche, ausgelassene Stimmung. Biedere Hausfrauen und brave Beamte warfen sich in gewagte Kostüme und verbrachten zwei Abende als wilde Marketenderinnen oder verwegene Landsknechte. Sosehr Oli über das Fest lästerte, jedes Mal, wenn sie dort war, wurde sie von der Atmosphäre gefangen genommen. Vielleicht war es die Begeisterung der vielen Akteure, die so ansteckend wirkte. Vielleicht war es das Flair der Altstadt mit den verwinkelten Gassen, den Türmen und Mauern und Bürgerhäusern. Vielleicht war es diese perfekt inszenierte Zeitreise, die die Besucher in Bann schlug.

Oli ließ sich durch das Fest treiben, schwatzte mit den Mitwirkenden, aß Grillfleisch und trank einen Humpen Bier. Hätte sie nicht Dienst gehabt, sie wäre hier bestimmt hängen geblieben. So verließ Oli wehmütig nach zwei Stunden das Getümmel, um in die Redaktion zu eilen und die Fotos abzuliefern. Sobald sie die brummende Altstadt verlassen hatte, war der Zauber auch schon wieder vorbei.

Während die Bilder auf den Rechner geladen wurden, winkte Baldauf Oli herbei. Sie solle mal die Meinungsspalte ihres Redaktionsleiters lesen. Dieser hatte sich pünktlich um sechs verabschiedet, um sich mit Wams, Pluderhose und Kniestrümpfen für das Fest zu garnieren.

Mit finsterem Blick überflog Oli den Kommentar, den die Kaufbeurer am nächsten Morgen zum Frühstück serviert bekommen würden. Es war ein Aufruf zum harten Durchgreifen. Schild schrieb, dass die Polizei durchaus auf der richtigen Spur sei. Leider seien den Ordnungshütern durch ein zu liberales Strafrecht die Hände gebunden. Er zeigte sich empört, dass man Verdächtige, die immerhin die Brandstiftung an mehreren Papiercontainern gestanden hatten, einfach laufen ließ. Bei Menschen, die sich in das deutsche Wertesystem nicht einfügten, sei Toleranz fehl am Platz.

»Genau das wollen die Leute lesen«, maulte Oli. »Willkommen im Mittelalter.«

Baldauf versuchte, sie aufzumuntern. »Aufregen hilft nichts. Du weißt, wie er ist. Morgen jagt er eine andere Sau durchs Dorf.«

»Na dann bin ich aber beruhigt«, sagte Oli und ging frustriert nach Hause.

***

»Du hättest wenigstens sagen können, was es gibt«, gab sich Mohry pikiert.

»Also hör mal, da lädt dich die berühmteste Journalistin der Stadt, noch dazu die hübscheste, zum Candle-Light-Dinner ein, und du beschwerst dich über die Menüfolge.«

Mohry zog die Stirn kraus. Oli hatte ihren Campingtisch und zwei Klappstühle auf die Terrasse gestellt, eine alte Stumpenkerze angezündet und das Essen beim Thai-Service bestellt. Doch er musste zugeben, sie sah in ihrem schwarzen Kleid und mit der frechen roten Klammer im Haar hinreißend aus. Die schlechte Laune, die ihn seit heute Morgen begleitet hatte, war verflogen.

»Du hast hier nicht irgendjemanden zu Gast, sondern den Schrecken aller Kriminellen im Allgäu, den Alptraum der Unterwelt.«

»Dann schieß mal los, Sherlock Mohry.«

»Du zuerst.«

Sie verzog den Mund zu einem lasziven Lächeln. »Nach dir.«

Er zeigte auf die Prosecco-Flasche. »Hast du auch Wein? Oder muss ich mir von dem Fusel Sodbrennen holen?«

Oli lächelte geheimnisvoll und zauberte eine Flasche Rotwein hervor. »Für den Kommissar ist mir doch nichts zu schade. Also?«

»Zuerst zu deinem Hofmann.« Während sie eingoss, hob er die Stimme, um sie nachzuahmen: »Such doch mal nach einem Rudi Hofmann.« Dann warf er die Stirn in Falten. »Einen blöderen Allerweltsnamen hättest du dir nicht mehr einfallen lassen können. Weißt du, wie viele Hofmänner mit Vornamen Rudi oder Rudolf es in Deutschland gibt? Mehrere hundert. Den findet nicht mal das Bundeskriminalamt.«

Er nahm einen tiefen Schluck.

»Bei deinem zweiten Kameraden hast du allerdings einen Volltreffer gelandet. Zumindest, wenn du noch immer auf Leichensuche bist. Er hat das Zeitliche gesegnet. Adalbert Gramski, Jahrgang 1930, lebte sogar ganz in der Nähe, in Landsberg am Lech. Er starb vor zwei Tagen.«

Als Oli ihn nur stumm anschaute, kramte Mohry einen Zettel hervor. »Adalbert Gramski kam am Mittwochabend in seiner Jagdhütte drüben in Oberbayern ums Leben. Die Hütte brannte völlig aus. Gramski war allein auf der Jagd. Ein Waldarbeiter hat den Brand entdeckt. Die Kollegen haben ermittelt, aber nichts gefunden. Er hat offenbar versucht, Feuer zu machen, und hat dabei die Hütte in Brand gesteckt. Das Ganze wird wohl zu den Akten gelegt.«

»Aha«, sagte Oli schmallippig.

Mohry stutzte. »Du hast es gewusst. Du hast nur noch eine Bestätigung gebraucht.«

Sie nickte. »Und ich wollte, dass du auch Bescheid weißt.«

»Worüber soll ich Bescheid wissen? Jetzt sag endlich, was los ist. Du hast doch was am Laufen.«

»Hofmann und Gramski waren Jugendfreunde von Maschke und Hübner«, sagte Oli und wartete, ob ihr Freund den Zusammenhang sah. Aber der glotzte sie nur stumm an.

»Du kennst meine Theorie, dass Hübner ebenso wie Maschke ermordet wurde. Gramski ist der Dritte aus der Clique, der tot ist.«

Ein Nachtfalter brummte durch die Stille, flog in die Kerze, flackerte kurz auf und versank im Wachs.

»Hartmut. Weißt du, was das heißt?«

Er wischte sich mit seinen großen Händen über das Gesicht, als wollte er die Unruhe und die Zweifel wegmassieren.

»Das muss noch gar nichts heißen. Unfall. Zufall.« Aber er glaubte selbst nicht an das, was er sagte.

Oli hielt es auf dem wackligen Campingstuhl nicht mehr

aus. Sie wanderte rauchend auf ihrer Terrasse hin und her. »Wir haben drei alte Männer, die aus demselben Dorf stammen und zusammen aufgewachsen sind und die alle innerhalb weniger Wochen auf merkwürdige Weise zu Tode kamen, und zwar alle drei durch Feuer. Ich wette mit dir, dass auch Gramski ein rundes Brandmal am linken Oberarm hatte.«

Mohry zuckte mit den Schultern. »Da wirst du nichts mehr finden. Er ist bis zur Unkenntlichkeit verbrannt. Doch selbst wenn, das beweist nichts. Wo soll die Verbindung sein? Wer sollte ein Motiv haben, drei alte Männer umzubringen?«

»Ich habe selbst keine Ahnung. Alles, was ich weiß, ist, dass die drei zu einer Gruppe gehörten, die 1945 einen russischen Panzer abgeschossen hat.«

»Und dass die Verletzung, die zwei von ihnen unter dem Arm hatten, aussah wie eine Blutgruppentätowierung der SS.« Mohry schüttelte den Kopf. »Wenn ich die Geschichte meinem Chef erzähle, der lässt mich glatt einweisen.«

»Ich weiß, es klingt verrückt, Hartmut, aber vielleicht ist genau das der Schlüssel. Drei alte Männer, alte Rechnungen, Kriegsgeschichten, SS-Verbindungen, was weiß ich.«

Oli hatte sich wieder hingesetzt. Sie wartete auf eine Reaktion, aber Mohry starrte sie nur stumm an, als hätte sie ihm mitgeteilt, dass sie ein Kind von ihm erwarte. Das ist genau der Blick, den Verliebte im Gesicht tragen, schoss es Oli durch den Kopf, eine Mischung aus Entsetzen und Seligkeit. Wie jemand, der in einen Abgrund blickt und sich darüber freut. Sie wischte den Gedanken weg. Hier saß Hartmut, ihr alter Freund und Vertrauter, Bruder und Beichtvater. Er ein Neutrum, sie ein Neutrum. Punkt.

Erst als Oli anfing, an der Kerze mit dem eingeschmolzenen Falter herumzupulen, wurde Mohry bewusst, dass er sie gerade anhimmelte. Er wurde rot, was sie Gott sei Dank nicht sehen konnte, räusperte sich und versuchte zu rekapitulieren. »Ein russischer Panzer? Du meinst, dass sich die Russen nach über sechzig Jahren für einen abgeschossenen Panzer rächen?«

»Nein.« Oli kicherte wie ein kleines Mädchen. »So ein Quatsch. Aber das wäre mal originell.«

»Ich verstehe überhaupt nichts.«

»Ich ja auch nicht. Ich sage dir doch, dass ich keine Ahnung habe. Ich habe nur ein Gefühl, und zwar ein verdammt schlechtes. Ich fürchte, das war noch nicht das Ende. Da ist einer unterwegs, der noch mehr töten wird. Hartmut, ich kann es riechen, die ganze Geschichte stinkt, sie stinkt nach einem Verbrechen.«

Mohry schüttelte verzweifelt den Kopf. Er konnte und wollte das nicht glauben. Es gab nichts, keine Indizien, kein Motiv – nur Olis verworrene Vertriebenengeschichte. Doch er wusste zu gut, dass Oli ihrer Nase traute, und meistens lag sie damit auch richtig. Sie würde nicht eher Ruhe geben, bis sie herausfand, woher der Gestank kam. Und Mohry musste zugeben, dass die Geschichte stank.

Oli hatte ja auch bei Maschke recht behalten. Mohry fuhr sich über die Augen. Sollte er ihr von der neuesten Entwicklung erzählen? Was soll's, dachte er, spätestens morgen würde sie es ja doch erfahren. »Bei Maschke ermitteln wir seit heute in einem Mordfall.«

»Ach was?«, sagte sie schnippisch. »Wie kommt die Polizei denn auf so ein schmales Brett?«

»Wir ermitteln, das Spekulieren überlassen wir der Presse«, gab er zurück.

»Und?«

Mohry hob den Zeigefinger und führte ihn langsam an seinen Mund. »Bevor er in den Flammen umgekommen ist, wurde er niedergeschlagen.«

»Mit einer Wodkaflasche«, sagte sie verschwörerisch.

Er nickte.

»Was hältst du davon, du Schrecken aller Kriminellen, wenn du dir einfach mal den Todesfall Gramski genauer unter die Lupe nimmst?«

»Das ist vielleicht eine gute Idee.« Er grinste. »Die Kollegen in Garmisch stellen mir gerade alles zusammen.«

Sie blickte erstaunt hoch. »Kann es sein, dass du auch etwas riechst?«

»Ich will nur sichergehen, dass du unrecht hast.«

Oli hob ihr Glas und eine Augenbraue. Manchmal war Hartmut wirklich zum Knutschen.

»Skål, Sherlock.«

Er antwortete mit einem schiefen Grinsen.

»Cheerio, Miss Marple.«

SAMSTAG

Gespannt setzte Oli den Fuß auf den Kickstarter. Sie ging im Kopf noch einmal die Arbeitsschritte durch. Der Motorblock war komplett saniert, die verschlissenen Teile und alle Dichtungen ausgewechselt, die Zündung eingestellt. Sie hatte die äußerlichen Schäden am Motorgehäuse ausgebessert und dann unter großer Kraftanstrengung die Karosserie über den Motor gehoben, dann den Block mit den beiden Halteschrauben am Fußblech und an der hinteren Radschwinge befestigt und alles angeschlossen. Sie hatte den Tank eingebaut und den Sattel montiert und die Sechs-Volt-Batterie eingesetzt. Vor allem waren alle Seilzüge dorthin gelangt, wo sie hinsollten.

Als sie nun den Kickstarter zum ersten Mal durchdrückte, gab die Maschine ein schmatzendes Geräusch von sich. Es folgten mehrfaches Gurgeln, Stottern, Husten und schließlich beim siebten Kick das vertraute Knattern des Zweitaktmotors. Stolz steckte Oli die Hände in die tiefen Taschen des Overalls und umrundete ihr gutes Stück, das nun schon wieder Ähnlichkeiten mit einer alten Vespa hatte.

Nun fehlte nicht mehr viel. Noch ein paar Einstellungen am Vergaser und an den Seilzügen, die Montage der Abdeckungen und Lichter, und sie konnte die erste Ausfahrt unternehmen.

Oli stellte den Motor ab und lüftete die Werkstatt, die von weißem Qualm erfüllt war. In den zwei Stunden konzentrierter Arbeit war ihr Gedankenkarussell zum Stehen gekommen. Nun kehrten die quälenden Fragen wieder zurück. Ihr Blick fiel auf das Szenario, das immer noch auf der Werkbank aufgebaut war. Der Aludeckel als Kittel-Haus, die acht großen Schrauben für die umgekommene Familie, die Zierleiste als Gartenmauer, dahinter die fünf Stahlteile für die fünf Jugendlichen.

Sie war sicher, dass Deep Throat recht hatte. Jemand arbeitete eine Liste ab. Und sie war sicher, es war die Liste, die im Milowitzer Heimatarchiv des Schriftführers Probisch fehlte. Von fünf jungen Männern war in dem Papier die Rede. Wenn

Olis Verdacht stimmte, waren drei von ihnen tot, Hübner, Maschke und Gramski. Dann gab es noch Rudi Hofmann, der die Gruppe angeführt hatte, und die unbekannte Nummer fünf. Und es gab Horst, den Sohn der Familie Kittel. Oli nahm den öligen Kolbenbolzen, den sie an den Rand der Szene gelegt hatte, und wog ihn in der Hand. Der verschollene Horst Kittel. Ein schwarzes Gespenst. Phönix aus der Asche.

***

Obwohl Hartmut Mohry am Wochenende keinen Dienst hatte, saß er am Samstagvormittag im Konferenzraum der Soko und grübelte über den Akten. War Olis Vermutung abenteuerlich oder doch naheliegend? Jedenfalls hatte sie den Kommissar die ganze Nacht beschäftigt. Er hatte die Berichte und Fotos von Adalbert Gramskis Tod auf dem Tisch und verglich die Todesumstände zum wiederholten Mal mit denen von Karl Maschke und Paul Hübner. Die Theorie war gewagt und die Beweislage mehr als dünn. Es gab kein Motiv, keine Verdächtigen, keine Spuren, keinen Schlüssel zu dieser Geschichte. Aber Mohry konnte Olis Verdacht zumindest nicht ausschließen. Er atmete tief durch und rief seinen Chef an.

Ellhofer war über die Störung am Tänzelfest-Samstag offensichtlich alles andere als erfreut. Andererseits hatte er ausdrücklich angeordnet, dass ihn die Soko bei allen neuen Hinweisen auf dem Laufenden hielt. So bemühte er sich hörbar, sich seine bissigen Bemerkungen zu verkneifen.

Mohry berichtete von Paul Hübner und Adalbert Gramski: zwei alte Männer, die angeblich durch eigenes Verschulden ums Leben gekommen waren. Er wolle die zwei Todesfälle in die Ermittlungen zum Fall Maschke mit aufnehmen. Es gebe möglicherweise einen Zusammenhang.

»Den müssen Sie mir erklären«, sagte Ellhofer.

Genau das ist das Problem, dachte Mohry. Ohne Oli beim Namen zu nennen, erzählte er, was er von ihr erfahren hatte, und das war wenig genug. Drei Männer, die aus demselben

Dorf stammten, die im Mai 1945 an einer Kriegsaktion beteiligt waren, bei der eine Familie ums Leben kam. Und die nun alle innerhalb kurzer Zeit den Feuertod starben.

Ellhofer schwieg lange, um die Informationen zu verdauen. »Diese anderen Fälle wurden doch bestimmt untersucht«, sagte er, und Mohry wusste, worauf sein Chef hinauswollte. »Und: Hat man etwas gefunden?«

»Nein«, sagte Mohry zerknirscht.

»Gibt es Hinweise, dass die Kollegen unsauber gearbeitet haben?«

»Nein.«

»Wie kommen Sie dann auf die Idee, wegen Mordes zu ermitteln?«

»Ein Gefühl, Chef, ein Verdacht.«

»Könnten Sie mir diesen Verdacht vielleicht begründen?«

»Nein.«

Ellhofer holte Luft. »Ist Ihnen klar, was Ihre Theorie bedeutet? Sie würde bedeuten, dass wir es mit einem Serienkiller zu tun haben. Noch dazu mit einem, der – habe ich Sie richtig verstanden? – einen Vorfall aus dem Jahr 1945 rächen will. Einer, der seine Morde so geschickt als Unfälle tarnt, dass wir selbst mit der modernsten Ermittlungstechnik nicht dahinterkommen.«

Mohry schwieg.

»Entschuldigen Sie, mein lieber Mohry, aber Sie haben einen Vogel. Stellen Sie sich mal vor, was passiert, wenn wir anfangen, Ihren ominösen Serienkiller zu jagen. Wir haben in Windeseile die komplette Boulevardpresse am Arsch. Die Stadt wäre voll mit Kamerateams und Übertragungswagen. Und was wollen Sie denen bieten? Eine Anekdote aus dem Jahr 1945? Kriegsgeschichten aus böhmischen Dörfern? Kritik an den Kollegen, die zu dusselig sind, einen Unfall von einem Mord zu unterscheiden?«

»Wir müssen ja nicht an die Öffentlichkeit gehen«, wandte Mohry ein.

»Das sagen ausgerechnet Sie. Raten Sie mal, wie lange es dauert, bis Ihre Freundin von der Presse davon Wind bekommt.«

»Sie ist nicht meine Freundin.« Mohrys Stimme klang schärfer, als er wollte.

»Dann eben Ihre Bekannte. Und wenn nicht die Austin, dann einer von den anderen Schmierern. Und wer ist am Ende der Blöde? Die Kaufbeurer Polizei.«

Und ich bin dann der Oberdepp, dachte Mohry. Dennoch startete er einen letzten Versuch.

»Angenommen, ich liege richtig und der Killer hat noch jemanden im Visier?«

»Liefern Sie mir *einen* guten Grund, Mohry, nur einen einzigen, einen klaren Hinweis.«

Als Mohry schwieg, fuhr Ellhofer fort: »Dann schlage ich vor, Sie stecken Ihre Energie und Ihren Einfallsreichtum in den Fall Maschke. Gibt es da was Neues?«

»Nein«, sagte Mohry kleinlaut.

***

Alex stand mit verschränkten Armen in der Küche.

»Die anderen dürfen auch alle länger«, maulte er.

»Das ist mir egal. Du bist zwölf, das heißt, um zweiundzwanzig Uhr ist Schluss. Und damit basta«, sagte Oli wütend, während sie sich das Öl von den Händen wusch.

»Du bist so fies«, sagte Alex.

Oli atmete tief durch. Sie führten diese Diskussion das x-te Mal. Alex wollte mit ein paar Freunden am Abend zum Lagerleben, und sie wollten bis Mitternacht bleiben. Dabei hatten die Ordner Anweisung, Jugendliche unter sechzehn Jahren, die nicht in Begleitung von Erwachsenen waren, um zweiundzwanzig Uhr nach Hause zu schicken. Auch die Polizei würde präsent sein. Nachdem in den letzten Jahren immer wieder betrunkene Kids von der Straße aufgesammelt worden waren, würden die Ordner nun in Sachen Alkohol und Jugendschutz streng durchgreifen.

»Wir können uns regelmäßig übers Handy melden«, hakte Alex nach. »Oder wir treffen uns jede Stunde irgendwo.«

»Vergiss es«, sagte sie.

»Du musst doch sowieso arbeiten und bist unterwegs. Wenn mich einer fragt, sage ich einfach, dass ich mit meiner Mutter da bin, die für die Zeitung die Fotos macht.«

»Das würde dir so passen«, sagte Oli. »Meinst du, ich renne die halbe Nacht mit der Kamera rum? Spätestens um zehn bin ich weg – und du auch.«

»Was hast du eigentlich gegen das Lagerleben? Du schimpfst die ganze Zeit rum. Nur weil du von dem Fest genervt bist, muss ich früher heim.«

»Das hat damit nichts zu tun«, verteidigte sich Oli. »Du gehst mit mir um zehn nach Hause. Und wenn dir das nicht passt, kannst du gleich ganz daheimbleiben.«

»Gib's doch zu, Mama, dich kotzt in letzter Zeit alles an, das Tänzelfest, das Lagerleben, deine Arbeit, die Leute, die ganze Stadt.« Alex war immer lauter geworden. »Und ich kotz dich auch an.« Mit Tränen in den Augen rannte er aus der Küche.

***

Am Samstagmittag war Oli in der Altstadt unterwegs, um die Kinder zu fotografieren, die in historischen Kostümen ein buntes Markttreiben veranstalteten. Inmitten des fröhlichen Geschehens war ihr zum Heulen zumute. Alex' Stimme hallte immer noch in ihr nach. »Dich kotzt in letzter Zeit alles an.« Er hatte verdammt noch mal recht. Sie sah nur die Schattenseiten, die Spießigkeit, die Feigheit, die Borniertheit der Leute, sah die Enge und Kontrolle der Provinz, ihre Zwänge und Konventionen. Warum konnte sie sich nicht freuen an der Schönheit der Stadt, an der Idylle vieler kleiner Gassen, an der Gemütlichkeit, dem hohen Freizeitwert, der traumhaften Landschaft ringsum? Oder eben am Tänzelfest, das Tausende Touristen und Gäste anlockte und das nur möglich war, weil unzählige Freiwillige mithalfen? Gemeinschaftsgeist, Solidarität, Zusammenhalt, die Leute pflegten Tugenden, die sie selbst immer forderte.

»Oli, du hast eine Störung«, sagte sie halblaut und schaute wieder durch den Sucher, um einen historischen Reigentanz zu fotografieren.

»Du sprichst schon wieder im Schlaf«, klang plötzlich eine Stimme direkt neben ihr.

Sie wusste nicht, wie lange Wolfgang Baldauf schon dastand. Er grinste fröhlich.

»Schönes Fest. Endlich mal was los hier.«

Sie nickte müde. Baldauf schaute sie fragend an.

»Geht's dir nicht gut?«

»Ich hab mal wieder Ärger mit Alex«, seufzte sie.

»Kinder bestehen aus Phasen. Da hilft manchmal nur warten, bis es vorbei ist«, sagte Baldauf.

Oli verzog das Gesicht. »Bist du eigentlich so abgeklärt, oder tust du nur so?«

Er zuckte grinsend mit den Achseln. »Übrigens gut, dass ich dich treffe, ich habe Neuigkeiten.«

»Etwa die Nazi-Geschichte?«

Er nickte vielsagend. »Es gibt unglaublich viele alte Dokumente, das Problem ist nur: Wo liegen die Dinger? Tauf- und Sterberegister der Kirchen, Archive der Gemeinden, Ämter, Organisationen, Verbände und und und. Die Nazis waren Bürokraten. Die haben alles mehrfach aufbewahrt. Von jedem Scheiß wurden Durchschläge angefertigt, verschiedene Dienststellen und Hierarchieebenen informiert. Musste eben alles seine Ordnung haben.«

»Ich habe nicht vor, Archivarin zu werden«, sagte Oli ungeduldig. »Also erzähl endlich.«

»Es war gar nicht so schwer. Dein ordentlicher Ortsgruppenleiter hat natürlich keinen wichtigen Brief weggeschickt, ohne Durchschläge zu machen. Einen hat er behalten, das ist der, den du gefunden hast und der offenbar von irgendjemandem bereinigt wurde. Aber natürlich mussten die oberen Chargen informiert werden. Also hat er …« Er machte eine Kunstpause.

»Wolfgang, ich bewundere dich zutiefst«, seufzte Oli. »Du bist genial. Aber mach's bitte nicht so spannend.«

»Gut«, sagte er, »ich dachte, es interessiert dich. Aber ich kann dir meine Quelle sowieso nicht nennen.«

Sie schaute ihn flehend an.

»Ich hab's per Fax bekommen und dir eine Kopie gemacht.«

Baldauf nestelte in einer Tasche und förderte zwei gefaltete Blätter hervor. Oli erkannte sofort das Schreiben wieder, das auch in Willi Probischs Heimatarchiv lagerte. Sie las das zweite Blatt und riss die Augen auf.

»Hast du gesehen, wer da draufsteht?«

Baldauf nickte. »Ja. Ist das schlimm?«

»Allerdings.«

***

Während Oli im Auto nach Neugablonz fuhr, wählte sie die Handynummer von Mohry.

»Hartmut, ich habe die alte Liste aus Milowitz. Das ist der Hammer. Da stehen sie alle drauf. Hübner, Maschke, Gramski und Hofmann. Und die Nummer fünf aus der alten Clique.«

»Hör mal bitte zu«, unterbrach Mohry.

»Moment, ich bin noch nicht fertig«, sagte sie atemlos.

»Oli, lass es gut sein«, sagte er bedrückt. »Es gibt keine weiteren Ermittlungen. Wir haben *einen* Mordfall, und um den kümmern wir uns, sonst nichts.«

Oli schwieg.

»Ich habe mit Ellhofer gesprochen«, fuhr Mohry fort. »Es wird keine Phantomjagd geben.«

»Und du lässt dir das einfach so bieten?«, fuhr Oli ihn an.

»Ober sticht Unter«, sagte Mohry müde. »Und er hat auch recht. Das ist ein Hirngespinst. Du hast dich verrannt und siehst überall nur noch Mord und Totschlag.«

»Dein Chef muss nur einmal husten, und schon fängt der Herr Kommissar das Zittern an. Ich glaub's nicht. Was bist du nur für ein Weichei, Hartmut.«

»Jetzt werde nicht gleich beleidigend. Ich mache hier für dich Überstunden, verstoße gegen eine ganze Reihe von Bestimmungen und lege mich mit meinem Chef an, da muss ich mich nicht auch noch beschimpfen lassen.«

»Du kannst doch nicht einfach klein beigeben.«

»Oli, sieh es doch ein, die ganze Geschichte ist an den Haaren herbeigezogen.«

Doch sie war nicht mehr zu bremsen. »Pass mal auf, Hartmut, du bist einfach ein Beamtenarsch. Das Einzige, was für dich zählt, ist deine nächste Beurteilung. Und dass du möglichst wenig Arbeit und Ärger hast.«

Mohrys Stimme wurde frostig. »Du machst es dir schon sehr leicht. Spielst hier die Hobby-Kommissarin, bastelst dir eine aberwitzige Geschichte zusammen, erzählst mir was von einem Serienmörder, dabei hast du nichts in der Hand. Alles, was du hast, ist deine durchgeknallte Phantasie und eine große Klappe. Aber das reicht nicht.«

»Ich sitze jedenfalls nicht bequem in meinem Sessel und warte, bis der nächste Typ abgeflammt wird«, bellte sie zurück.

»Du meinst, alles muss immer nach deiner Pfeife tanzen. Wenn Frau Austin eine Idee hat, müssen alle Hurra schreien, wenn sie Gespenster sieht, muss die Polizei ausrücken, am besten das Spezialeinsatzkommando. Aber so funktioniert die Welt nicht, es gibt nicht nur dich, sondern auch noch andere Menschen.«

»Und wenn dein Chef sagt, wir sind ab heute blind, dann machst du brav die Augen zu. Du bist so ein Sesselfurzer.«

»Und du bist eine selbstgerechte Kuh. Nach außen predigst du Toleranz und Verständnis, aber sobald jemand wagt, eine andere Meinung zu haben, schießt du ihn gnadenlos ab. Weißt du, was das ist? Scheinheilig.«

»Ich lasse mich jedenfalls nicht gleich ins Bockshorn jagen, nur weil der Boss mit dem Zeigefinger droht.«

»Mach, was du willst. Von mir aus renn weiter gegen die Wand mit deinem Sturschädel. Aber ich warne dich: Komme mir nicht bei meiner Arbeit in die Quere.«

»Keine Sorge, ich spiele nicht in der Kreisliga«, sagte Oli schnippisch.

»Nein, du spielst in der C-Klasse«, entgegnete Mohry wütend.

Oli legte auf und warf das Handy auf den Beifahrersitz. Was erlaubte der sich eigentlich, dieser unverschämte Flegel.

Ihr fiel auf, dass sie mit Hartmut noch nie ernsthaft Streit gehabt hatte. Irgendwas hatte sich in letzter Zeit verändert. Sie hatte ihn noch nie so wütend erlebt.

Sie verdrängte den Gedanken. Es gab bereits Chaos genug um sie herum. Sie musste sich auf das nächste Gespräch konzentrieren. Das würde vermutlich noch unangenehmer werden.

***

»Du kommst gerade recht, Olivia.« Gerdas Kopf ragte aus der Küche. »Es gibt frischen Kuchen.«

»Nicht jetzt, Mama«, gab Oli barsch zurück.

»Du hast ja wieder eine Laune«, moserte Olis Mutter.

Oli wollte sich entschuldigen, aber da war Gerda schon wieder in der Küche verschwunden und klapperte brummend mit dem Geschirr.

Oli ging ins Wohnzimmer und legte wortlos die zwei Blätter auf den Tisch. Ihr Vater schaute sie über die Brille hinweg an.

»Was ist das?«

»Lies einfach mal«, sagte sie trocken.

Walter Austin nahm sich die Papiere vor und wurde blass.

»Wo kommt das her?«

»Du schuldest mir eine Erklärung, Papa. Wieso stehst du auf dieser Liste, obwohl du angeblich bei der Aktion nicht dabei warst? Wieso wirst du für das Eiserne Kreuz vorgeschlagen, obwohl du doch bei deiner Mutter zu Hause warst?«

»Setz dich«, sagte ihr Vater.

»Du hast mich angelogen. Und ich will jetzt wissen, was damals wirklich passiert ist.«

Walter Austin schob die Brille hoch und massierte sich das Nasenbein. Er wirkte fahl und um Jahre gealtert.

»Irgendwann kommt alles zurück. Die Toten holen dich ein. Egal, wie weit du wegrennst, egal, wie lange du es verdrängst.« Er machte eine lange Pause. »Ja, ich war dabei. Die Geschichte ist so furchtbar. Ich wollte nicht, dass du sie erfährst.«

Langsam und stockend erzählte Walter Austin von den Ereignissen im Mai 1945. Im Dorf ging die Angst um, die Russen konnten jeden Moment da sein. Während die

Erwachsenen ihre Häuser absicherten und die Wertsachen versteckten, zog eine Horde Jungs durch die Gegend. Sie alle bebten vor Abenteuerlust. Überall fanden sie Waffen und Munition, die die deutschen Soldaten bei ihrem Rückzug weggeworfen hatten. Walter war mit elf der Jüngste der Clique, und er war stolz, dass die Großen ihn mitnahmen. Sie alle blickten auf zu Rudi Hofmann. Er hatte zwar ein Hinkebein, aber er war zäh und furchtlos. Rudi hatte befohlen, die Waffen in einem alten Schuppen zu verstecken. Sollten sie ruhig kommen, die Russen, man würde sie gebührend empfangen.

Am 5. Mai waren schon am frühen Morgen von Osten her die Panzer zu hören. Die Jungs schleppten ein Maschinengewehr mit Patronengurt, mehrere Pistolen, Handgranaten und eine Panzerfaust an den Dorfrand. Dort, genau hinter dem Anwesen der Kittels, war eine Gartenmauer, vor der dichtes Gestrüpp wucherte. Im Schutz der Mauer schlugen sie sich in die Büsche und errichteten ihre Verteidigungsstellung. Ein guter Platz, um die Landstraße und den Wald zu beobachten. Anfangs sei es noch eine große Gruppe gewesen, vielleicht zehn, zwölf Jungs, alle fest überzeugt, dass sie den Krieg gewinnen würden. Doch je näher das Dröhnen kam, desto mehr Jungs bekamen Schiss und rannten nach Hause. Rudi brüllte ihnen verächtliche Flüche hinterher. Er fieberte den Russen förmlich entgegen. Schließlich waren sie nur noch zu fünft, und Rudi drohte, er werde jeden, der jetzt noch die Stellung verließ, eigenhändig erschießen. Walter, der die Hosen gestrichen voll hatte, traute Rudi zu, dass er seine Drohung wahr machte. Weil er sich nicht getraute wegzulaufen, drückte er sich in einen wilden Ligusterstrauch.

Dann kam plötzlich Horst Kittel aus dem Haus gerannt. Er hatte das Treiben offenbar beobachtet. Horst war der älteste Sohn der Familie, fünfzehn oder sechzehn. Schon von Weitem hörte man ihn schreien, sie sollten mit dem Scheiß aufhören. Ob sie alle einen Vogel hätten.

Rudi war wie von Sinnen. Er stürzte Horst entgegen, die beiden brüllten sich an. Horst schrie, das bringe doch nichts mehr. Der Krieg sei verloren. Rudi nannte ihn einen Feigling und Verräter. Er warf sich auf Horst und prügelte wie ein Verrückter auf ihn ein. Genau in dem Moment kam der erste russische Panzer aus dem Wald. Rudi hielt inne und schrie: »Feuer!« Einer der Burschen, es war Karl Maschke, feuerte die Panzerfaust ab, dann überschlug sich seine Stimme: »Ich hab ihn getroffen, ich hab ihn getroffen.« Da hörten sie auch schon das Pfeifen, und einen Augenblick später den Einschlag hinter ihnen. Das Haus der Kittels bekam einen Volltreffer. Es brannte sofort lichterloh.

Walter Austin starrte an Oli vorbei ins Leere. Sein Gesicht spiegelte das Grauen, das er als Junge erlebt hatte.

»Und dann?«, fragte sie.

Stockend erzählte er weiter. Als der Kittel-Hof brannte, hatten alle die Hosen voll, nur Rudi nicht. Er saß auf Horst und schrie, sie sollten weiterschießen. Aber keiner rührte sich. Horst rastete beim Anblick seines brennenden Elternhauses vollkommen aus. Er brüllte und schlug wild um sich. Rudi befahl den anderen, Horst festzuhalten. Dann schnappte er sich das MG und jagte den kompletten Patronengurt durch, bis der Lauf glühte.

Dann sagte Rudi, er werde ihnen nun zeigen, was man mit einem Feigling und Vaterlandsverräter machte. Er kam mit dem Gewehr und zog Horst das Hemd hoch. Der wehrte sich wie ein Löwe, wand sich und bäumte sich auf, aber die anderen drei Jungs knieten auf ihm und hielten ihn fest. Rudi packte das MG und drückte Horst den glühenden Gewehrlauf auf den Arm.

Oli stockte der Atem. »Und du?«, fragte sie leise.

»Ich saß im Ligusterstrauch und habe mich immer tiefer reingedrückt. Ich war wie gelähmt, konnte nicht schreien, konnte nicht weglaufen, konnte nichts tun.« Olis Vater nahm die Brille ab und wischte sich über die Augen. »Horst schrie wie am Spieß, dann war er plötzlich still. Wir dachten, er sei tot. Die Panzer rückten langsam auf das Dorf vor, und wir rannten alle davon und versteckten uns. Horst ließen wir liegen. Danach fehlte von ihm jede Spur. Wahrscheinlich haben die Russen ihn gefunden und kurzen Prozess gemacht.«

Oli lehnte sich zurück und starrte an die Decke.

»Ich glaube, da täuschst du dich, Papa.«

Fragend schaute er sie an.

»Ich bin sicher, dass Horst Kittel lebt. Und dass er an all denen Rache nimmt, die damals dabei waren.«

Sie berichtete ihrem Vater von ihren Recherchen. Dass nicht nur Hübner und Maschke, sondern diese Woche auch Gramski durch ein Feuer umgekommen war. Nun ergab auch das Brandmal am Oberarm einen Sinn. Es passte alles zusammen. Kittel war das Phantom, das sie suchte. Und wenn Olis Vermutung zutraf, hatte er noch zwei Männer auf seiner Todesliste: Rudi Hofmann und Walter Austin.

Ihr Vater schaute sie ungläubig an. »Das ist unmöglich. Selbst wenn der Horst überlebt hätte, der müsste jetzt über achtzig sein.«

»Meinst du, mit achtzig kann man keinen mehr umbringen?«

»Aber warum hätte er so lange warten sollen? Die Geschichte ist jetzt mehr als sechzig Jahre her. Wenn er sich rächen wollte, hätte er doch genug Zeit gehabt.«

Oli zuckte die Achseln. »Keine Ahnung. Ich mache mir Sorgen, Papa. Du bist in höchster Gefahr.«

»So ein Quatsch«, wehrte er ab, aber seine Stimme klang brüchig und wenig überzeugend.

»Ich werde die Polizei verständigen. Und ich will, dass du aufpasst. Mir wäre es am liebsten, ihr würdet für zwei Wochen in Urlaub fliegen, du und Mama.«

»Das wäre ja noch schöner. Ich renne doch nicht vor einem Gespenst davon.«

Walter dachte nach. »Aber selbst wenn deine Theorie stimmt und Horst noch lebt und auf Rachefeldzug ist, muss ich mir keine Sorgen machen. Er hat mich damals ja nicht gesehen. Ich war die ganze Zeit versteckt. Also warum sollte er mich im Visier haben?«

»Bist du sicher, dass er dich nicht gesehen hat?«

Walter Austin schloss die Augen. Er ließ die Szene noch einmal vor seinem inneren Auge ablaufen, dann zuckte er leicht mit den Schultern. »Ich glaube schon.«

»Die Frage ist, ob er nach seiner Erinnerung vorgeht oder nach dieser Liste.« Oli tippte auf das Papier mit dem Reichsadler auf Vaters Tisch.

»Und wenn schon, der soll ruhig kommen«, sagte Walter trotzig. »Das Haus ist immer abgesperrt. Da kommt keiner rein.«

»Das hat der Maschke auch gedacht«, sagte Oli.

Während ihr Vater gedankenverloren vor sich hin starrte, ging Oli in die Küche. Ihre Mutter stand am Spülbecken und wandte den Blick nicht von ihren Händen, die im Schaum vergraben waren.

»Gibt es noch Kuchen?«, fragte Oli.

»Steht im Kühlschrank«, gab Gerda tonlos zurück. Sie schniefte und fuhr sich mit dem Handrücken über die Nase.

»Ist irgendwas, Mama?«

Gerda wandte sich zornig um. »Du kommst rein, ohne grüß Gott zu sagen, maulst mich an und verziehst dich dann zu Vater ins Wohnzimmer. Ich bin ja nicht wichtig. Ich bin ja nur die Dienstmagd. Mich kann man anmotzen und einfach links liegen lassen. Mit mir muss man sich auch nicht unterhalten.«

»Es tut mir leid«, sagte Oli geknickt. »Ich war mit meinem Kopf ganz woanders. Ich weiß selbst nicht, was zurzeit los ist. Mir ist im Moment einfach alles zu viel.«

»Aber für deinen Vater hast du Zeit«, brummte Gerda. »Das war schon immer so. Du und Vater, ihr habt andauernd die Köpfe zusammengesteckt. Wenn Papas kleiner Liebling kommt, bin ich unwichtig.«

»Das stimmt doch gar nicht«, verteidigte sich Oli. »Du weißt doch genau, wie sehr er mich die meiste Zeit nervt und wie er an mir herumnörgelt.«

»Du kriegst das ja nur ab und zu mit«, sagte Gerda mit weinerlicher Stimme. »Aber ich muss das tagein, tagaus ertragen.«

Oli fasste ihre Mutter an den Schultern. »Ihr habt euch gestritten. Stimmt's?«

Gerda versuchte, sich wegzudrehen, aber Oli hielt sie fest. Gerda seufzte tief. Dann gab sie den Widerstand auf und legte ihren Kopf an Olis Schulter. »Manchmal würde ich am liebsten weggehen. Weit weg.«

Oli schluckte. »Ich auch, Mama. Ich auch.«

Plötzlich stand Walter Austin in der Küchentür. »Was ist denn bei euch los?

»Nichts«, sagten Gerda und Oli wie aus einem Mund, worauf Walter Austin auf dem Absatz umdrehte. Verstohlen zwinkerte Oli ihrer Mutter zu.

***

Eigentlich hätte sie ihre Mutter einweihen müssen, sagte sich Oli, während sie nach Hause fuhr. Ihr Vater war in großer Gefahr, und das bedeutete, dass alle wachsam sein mussten. Oder war es besser, sie nicht zu beunruhigen? Oli hatte einen solchen Gefühlsausbruch bei ihrer Mutter noch nie erlebt. Sie hatte sich auch noch nie Gedanken darüber gemacht, ob ihre Mutter glücklich war. Ich sollte mal darüber nachdenken, welche Muster ich von ihr übernommen habe – und welche von ihm, überlegte sie.

Aber das konnte jetzt warten. Zunächst musste sie sich um das Phantom kümmern, das womöglich ihren Vater auf seiner Racheliste hatte. Und sie musste Rudi Hofmann aufspüren, von dem sie nach wie vor nichts wusste. Von ihm gab es nichts außer dem vagen Hinweis, er sei in ein Kloster gegangen. Nach den Schilderungen ihres Vaters schien ihr das absurd. Aber selbst wenn es stimmte, es machte die Suche nach ihm nicht leichter. Sie sollte eigentlich sofort die Polizei verständigen.

Als sie an der Ampel warten musste, kramte Oli das Handy aus der Handtasche auf dem Beifahrersitz und wog es in der Hand, ersparte sich dann aber ein weiteres Gespräch mit Hartmut. Wenn sie jetzt mit solch einer Geschichte käme, würde er sie erst recht für verrückt erklären. Sie wählte Axmanns Nummer, vielleicht hatte er eine Idee oder eine Neuigkeit oder zumindest ein paar tröstende Worte. Nach dreimaligem Klingeln sprang der Anrufbeantworter an, und Oli legte auf. Sie wünschte, Axmann würde die Ermittlungen leiten und nicht

Hartmut mit seinem weichen Rückgrat. Doch das Wünschen half nichts, hatte noch nie geholfen.

Es schien, als hätte sich die ganze Welt gegen sie verschworen und setze alles daran, ihr das Leben schwer zu machen. »Du meinst, alles muss immer nach deiner Pfeife tanzen.« War sie wirklich so selbstgerecht und egoistisch, wie Hartmut gesagt hatte?

Hinter ihr hupte es, die Ampel war grün. Oli schüttelte sich. Nein, sie war nicht egoistisch, höchstens ungeduldig. Und sie würde die Sache selbst in die Hand nehmen. Sie hatte eine Idee und wechselte mitten in der Kreuzung die Spur, was die anderen Autofahrer mit Hupen und genervten Gesten quittierten.

***

Als Willi Probisch die Tür öffnete, überfiel Oli wieder das Bild des Kolkraben. Der Mann und seine Wohnung empfingen sie mit der gleichen Schwermut wie vor drei Tagen. Probisch schien seither nicht einmal seine Kleidung gewechselt zu haben. Er versuchte, freundlich zu sein, aber seine milchblauen Augen blickten abweisend und kühl.

Oli hatte keine Lust, ihre Zeit mit Small Talk zu vergeuden, und kam gleich zur Sache. Der Milowitzer Heimatkreis gab doch regelmäßig ein Mitteilungsblättchen für seine Mitglieder heraus? Probisch nickte. Sie meine bestimmt den Milowitzer Heimatbrief. Er erscheine alle zwei Monate, was nicht immer leicht sei, da die Zahl der ehrenamtlichen Schreiber und Helfer mehr und mehr zurückgehe. Im Moment sei er gerade dabei, die Nachrufe für die beiden verstorbenen Vorsitzenden Maschke und Hübner zu verfassen.

»Sie haben doch bestimmt eine Liste, auf der die Abonnenten aufgeführt sind?«, fragte Oli. Als Probisch vorsichtig nickte, sagte sie: »Ich brauche diese Liste dringend.«

Probischs Gesicht wurde feindselig. »Ich darf diese Liste keinesfalls aus der Hand geben. Da stehen schließlich alle Adressen der Abonnenten drauf.«

»Ich verspreche Ihnen, dass ich sie nicht weitergeben werde. Ich brauche die Liste für meine Recherchen.«

Doch Probisch blieb stur. »Es tut mir leid, aber diesen Wunsch kann ich Ihnen nicht erfüllen.«

Oli hatte diese Reaktion erwartet. Sie fuhr sich mit dem Finger über die Nase und sagte leichthin: »Ich habe gehört, Sie wollen neuer Vorsitzender des Heimatkreises werden?«

Probisch verstand nicht, worauf sie hinauswollte. »In drei Wochen ist Generalversammlung«, sagte er verdutzt.

»Und da werden Sie doch bestimmt kandidieren.«

»Ich denke schon«, sagte er vorsichtig.

»Da könnte ein gutes und vertrauensvolles Verhältnis zur Presse doch bestimmt nicht schaden.«

Der Kolkrabe schluckte. Es arbeitete in seinem Gesicht ob dieser unverhohlenen Erpressung. Die Journalistin konnte tatsächlich seine Wahl zum Vorsitzenden fördern oder auch behindern.

»Sie versprechen mir, dass Sie mit der Liste keinen Unfug treiben?«

Oli nickte zufrieden.

Probisch verschwand im Nebenzimmer und kam nach kurzer Zeit wieder. Wie Oli erwartet hatte, wurde die Abonnement-Verwaltung des Vereins noch per Hand gemacht. Ein dünner Ordner, in dem Probisch persönlich die Bezieher des Milowitzer Heimatbriefes eintrug oder ausstrich.

»Ich weiß Ihre Hilfe sehr zu schätzen«, flötete Oli. »Doch ich brauche noch ein paar weitere Verzeichnisse. Sie wären mir eine große Hilfe.«

Eine halbe Stunde später verließ Oli mit zwei Einkaufstaschen voller Aktenordner den Archivleiter.

»Die Sache bleibt aber unter uns«, schnarrte der Kolkrabe zum Abschied. »Von mir haben Sie die Sachen nicht.«

***

Der Milowitzer Heimatbrief war nicht gerade der Auflagenkönig. Das Blättchen, zwischen zwölf und sechzehn Seiten stark, wurde alle zwei Monate an zweihundertachtundfünfzig Adressen verschickt. Darin konnten die Abonnenten Geschichten und Nachrichten aus der alten Heimat lesen, persönliche Erlebnisse und Anekdoten, Berichte von Heimattreffen, Mundartgedichte und Darstellungen von alten Sitten und Bräuchen. Dazwischen waren grobkörnige Schwarz-Weiß-Fotos zu sehen, die Schulklasse von 1937, eine historische Postkarte mit Ortsansicht, Männer mit Sensen, Frauen vor dem Kriegerdenkmal, der Kirchturm, die Blasmusik. Einen Großteil des Heftes füllten Aufzählungen von runden Geburtstagen, Jubiläen und Ehrungen und der Verstorbenen. Aufgefüllt wurden die Seiten mit Witzecken, Bauernregeln und Sinnsprüchen in sudetendeutscher Mundart.

Drei Stunden lang war Oli mit der Kamera durch den zweiten Lagerleben-Abend gezogen, hatte eine große Auswahl an Bildern aufgenommen und danach ihren maulenden Sohn mit nach Hause genommen. Dabei hatte sie erstaunt festgestellt, dass seine gleichaltrigen Freunde tatsächlich noch fröhlich weiterzogen. Offenbar waren andere Eltern nicht so konsequent wie sie.

Nun hatte sie es sich auf der Terrasse gemütlich gemacht, eine Flasche Prosecco geöffnet und studierte die Abo-Liste des Milowitzer Heimatbriefs, die sie aus Probischs Aktenordner kopiert hatte. Die Liste war nicht nach Namen oder Postleitzahlen, sondern chronologisch sortiert. Neue Abonnenten des Blättchens wurden einfach unten hinzugefügt; wer den Brief abbestellte oder starb, wurde gestrichen.

Der Name Horst Kittel tauchte auf der Liste der Abonnenten nicht auf. Das hatte Oli auch nicht erwartet. Dennoch war sie sicher, dass Kittel sich das Blättchen schicken ließ. Schließlich war der Heimatbrief eine gute Quelle, um die Clique von damals ausfindig zu machen. Wenn Kittel wirklich von den Toten auferstanden war, um sich an den alten Kameraden zu rächen, würde er sich bei denen sicher nicht mit seinem richtigen Namen vorstellen. Möglicherweise war Kittel auch auf den Heimattreffen aufgetaucht, die der Verein regelmäßig abhielt. Oli war überzeugt, dass der Mann in der näheren Umgebung lebte, wenn nicht sogar in Neugablonz selbst. Er musste seine Opfer ausspioniert haben und bestens über sie Bescheid wissen. Nur so konnte er unauffällig morden und es so einrichten, dass die Verbrechen wie Unfälle aussahen.

Die Frage war nur: Hinter welcher der zweihundertachtundfünfzig Adressen verbarg sich Horst Kittel?

Probisch hatte nicht untertrieben, als er stolz von einer weltweiten Verbreitung des Heimatbriefes sprach. Siebenunddreißig Exemplare wurden ins europäische Ausland geschickt, dreizehn in die USA und jeweils zwei nach Kanada und Australien. Vierzehn Exemplare gingen an Einrichtungen, Verbände und Archive. Von den verbliebenen hundertneunzig Beziehern waren nur einundachtzig weiblich, was Oli verwunderte. Üblicherweise lebten die Frauen länger und waren treuere Leser als die Männer. Probisch hatte erklärt, dass die Post traditionell immer an den Haushaltsvorstand adressiert wurde, auch wenn dann die Ehefrauen das Blatt lasen.

Oli entschied sich, die Frauennamen ebenso wie die Auslandsadressen zu streichen. So verblieben einhundertneun Adressen von männlichen Abonnenten. Sie wusste, ihr System war gewagt, zumal die Liste keineswegs intensiv gepflegt wurde. So konnte es durchaus sein, dass eine Reihe der aufgeführten Abonnenten bereits gestorben war. Oft behielten Ehefrauen oder Kinder das Abo noch eine Zeit lang. Manchmal erfuhr der Heimatverein erst Monate später von dem Tod eines Mitglieds, wenn etwa die Rechnung nicht mehr bezahlt wurde. Oli entdeckte auch Hübner und Maschke noch auf der Liste, ebenso Gramski. Die beiden Vorsitzenden würden also in der nächsten Ausgabe ihre eigenen Nachrufe zugeschickt bekommen.

Sie strich die drei von der Liste, ebenso eine Reihe weiterer Leute, die sie aus dem Freundes- und Kameradenkreis ihres Vaters oder durch die Pressearbeit kannte. Auch ihren Vater, der das Blättchen ebenfalls bezog. Dadurch schmolz das Verzeichnis auf vierundsiebzig Namen zusammen.

Aus Probischs enormem Fundus hatte Oli die kirchlichen Tauf-, Ehe- und Sterberegister sowie das Personenregister der Gemeinde Milowitz mitgenommen. Nun verglich sie die Familiennamen aus Alt-Milowitz mit der Abonnentenkartei. Wie nicht anders zu erwarten, kamen die meisten Abonnenten aus Milowitzer Familien. Da sie annahm, Kittel hätte bestimmt ein unbekanntes Pseudonym gewählt, strich sie auch diese Namen von der Liste.

Übrig blieben dreizehn Abonnenten, deren Namen in Milowitz nicht existiert hatten. Sie konnten aus Nachbardörfern stammen, es konnten Kinder oder Enkel von Vertriebenen sein, Angeheiratete oder auch entfernte Verwandte. Einer von ihnen konnte aber auch Horst Kittel sein. Oli sortierte die Namen nach der Postleitzahl und schied weitere sieben aus, die über Deutschland verstreut waren und zu weit weg wohnten.

Am Ende des Abends und am Ende einer Flasche Prosecco hatte Oli auf dem Block vor sich sechs rot eingekringelte Namen: Hugo Braune, Franz-Josef Jung, Johann Heinisch, Heinz Krause, Oskar Mladek und Hartwig Vietz. Alle sechs lebten in einem Umkreis von weniger als fünfzig Kilometern im Allgäu und im angrenzenden Oberbayern.

Während aus der Stadt der Lärm und das Gegröle des Lagerlebens drangen, schrieb sie die sechs Namen auf Karteikarten und verteilte sie auf dem Tisch.

SONNTAG

Als sich die Kinder am Sonntagmittag zum historischen Festumzug aufstellten, war Oli bereits völlig durchgeschwitzt. Ihr Tag hatte mit einem besorgten Anruf bei ihrem Vater begonnen. Der meinte genervt, es herrsche absolute Ruhe an der Front. Sie solle nicht so hysterisch sein und sich lieber um Alex kümmern. Der habe heute schließlich einen schweren Tag.

»Du bist die Mutter, Olivia«, blaffte er. »Vergiss das nicht. Du hast die Verantwortung. Alex braucht eine starke Hand und nicht eine Mutter, die sich die ganze Zeit um andere Dinge kümmert.«

Das Ankleiden ihres Sohnes hellte Olis Stimmung auch nicht gerade auf. Er hatte an allem etwas auszusetzen, der Kettenpanzer zwackte, der Helm drückte, die Leinenhose ließ sich schlecht zubinden und sah überdies scheiße aus. Oli war derselben Meinung, biss sich aber auf die Zunge. Sie war sicher, jeder Kommentar von ihr konnte dazu führen, dass der Kettenkrieger Alex seinen Dienst quittierte.

Jedes Jahr dieselbe Prozedur. Oli half dem frustrierten Krieger, so gut es ging. Zuletzt stellte sie ihm die braunen Halbschuhe hin. Sie schaute auf die Uhr. Es war höchste Zeit.

Da hörte sie Alex aufjaulen. »Du glaubst doch nicht, dass ich die anziehe! Hast du schon mal einen gotischen Kämpfer in Halbschuhen gesehen?«

»Wir haben keine anderen. Da schaut doch eh keiner hin.«

»Dann gehe ich gar nicht. Das ist nämlich verboten. Ich will doch deinetwegen keinen Anschiss kassieren!«

»Das hättest du ja auch früher sagen können«, schimpfte Oli.

»Du weißt doch sonst immer alles«, rief Alex.

»Dann ziehst du eben die Sandalen vom letzten Jahr an. Die sind ein bisschen klein, aber in der Not wird's schon gehen.«

Nach längerer Suche hatte sie endlich die Sandalen gefunden und vom Staub befreit. Bei deren Anblick verdrehte Alex jedoch nur die Augen.

»Meinst du, ich will mich blamieren?«

Das war der Moment, in dem Oli platzte.

»Bin ich hier eigentlich der Mülleimer der Nation? Glaubt hier jeder, er kann seine schlechte Laune bei mir abladen?« Drohend senkte sie die Stimme: »Du ziehst diese Sandalen an. Wenn nicht, dann kannst du von mir aus barfuß laufen. Und lass mich jetzt mit deiner Scheiß-Stimmung in Frieden.«

So sah man wenig später einen unglücklichen Krieger mit zu kleinen Sandalen und seine übellaunige Mutter mit grimmiger Miene durch die Stadt gehen. Während sie sich durch die hoffnungslos verstopften Straßen drängelten, tat er ihr schon wieder leid. Sie versuchte, ihn aufzumuntern. Die Kampfausrüstung aus dem 13. Jahrhundert stehe ihm hervorragend. Aber Alex starrte nur auf seine Sandalen. So gab sie ihren mürrischen Sohn am Sammelplatz bei seinem Gruppenbetreuer ab und rannte los, um die Spielszenen vor dem Rathaus zu fotografieren.

Der Einzug des Kaisers war so etwas wie die Seele des Tänzelfestes. Dabei wurde einer der Besuche von Kaiser Maximilian I. aus dem Jahr 1497 nachgestellt. Kaiser Max reiste gern in seine »vielliebe Stadt Kaufbeuren«, insgesamt vierzehn Mal war er hier zu Gast. Für diese Ehre mussten die Bürger teuer bezahlen. Der Monarch und sein Gefolge nahmen die Stadt regelmäßig aus wie eine Weihnachtsgans. Angeblich war Kaufbeuren nach Abreise des Hofstaats jedes Mal am Rande der Pleite gestanden.

Doch solche Gedanken waren an einem Tag wie heute streng verboten. Wenn der Kaiser kam, hatten die Bürger gefälligst zu jubeln. Und das taten sie heute noch. Vor dem Rathaus standen die Zuschauer so dicht, dass keiner umfallen konnte. Sie harrten geduldig in der prallen Sonne aus, bis endlich der Kaiser Max durch die nach ihm benannte Straße ritt. Hoch zu Ross auf einem nervösen Rappen, im scharlachroten Mantel mit Hermelinbesatz, winkte der junge Mann, der dieses Jahr die Rolle erhalten hatte, ins begeisterte Volk.

Auf der Rathaustreppe warteten Bürgermeister und Stadtrat. Auch die wurden gespielt von Jugendlichen, die in ihren dunklen Mänteln und taubengrauen Strumpfhosen eher bedröppelt wirkten. Wahrscheinlich war das vor fünfhundert Jahren nicht anders, überlegte Oli, während sie die Gruppe mit der Kamera umkreiste. Bestimmt dachten sie damals: Oje, der schon wieder. Oli konnte sich ein Grinsen nicht verkneifen.

Nachdem endlich die Höflichkeiten ausgetauscht und die Fanfarenstöße beendet waren, folgte die Hauptattraktion: der große Festzug mit den Kindern, Pferdewagen und Musikkapellen, wie immer unter dem Motto: »Kinder spielen die Geschichte ihrer Stadt«. Von wegen spielen – marschieren, lästerte Oli in Gedanken. Eigentlich müsste es besser heißen: Genervte Kinder latschen in viel zu warmen Kostümen und kratzenden Strumpfhosen an fotografierenden Eltern und Touristen vorbei.

Und welche Geschichte wurde hier überhaupt erzählt? Die der Kaiser und Hofschranzen, der Kriegsherren und Soldaten. Wo blieben die kleinen Leute, die die Steuern und die Zeche zahlten, die ihre Söhne in die Schlachten schickten, während ihre Heimat von den Söhnen anderer Städte belagert wurde? Aber die Stillen und die Verlierer hatten noch nie Geschichte geschrieben.

Oli merkte, dass sich ihr Gesicht verfinstert hatte. Sie massierte sich die Stirn und schnaufte tief durch. Jetzt reiß dich mal am Riemen, schimpfte sie mit sich. So kann das nicht weitergehen. Was hast du bloß, dass dir auf einmal nichts mehr heilig ist? Dass du an allem nur noch herumnörgelst? Wo ist deine Freude geblieben, dein Humor? Du bist auf dem besten Weg, eine verbiesterte alte Kuh zu werden. Schau dir doch mal die vielen fröhlichen Menschen an, die diese Parade einfach genießen.

Die Sonne lachte, die Fanfaren tönten, die Trommeln klangen, die Kutschpferde schissen die Straßen voll, die Kinder latschten in die Pferdeäpfel, die Eltern fotografierten und winkten und waren gerührt. Und selbst wenn die Kinder schwitzten und müde waren, sie durften dabei sein. Und hinterher betrachteten sie stolz die Fotos, die im Familienalbum klebten. So war es jedes Jahr. So war es gut.

Als sich der Zug endlich in Bewegung setzte, quetschte auch Oli sich unter die Zuschauer, eroberte einen Platz in der ersten Reihe und winkte Alex wild zu, so wie es sich für eine gute Mutter gehörte, deren Sohn beim heiligsten aller Kaufbeurer Feste mitmarschierte. Alex, der an seinem Kettenhemd schwer zu tragen hatte, sah nur kurz auf und dachte nicht daran, zurückzuwinken. Oli fand, dass Alex' Darstellung des leidgeprüften gotischen Kriegers außerordentlich gut gelungen war. Den Helm tief in die Augen gezogen, mit hängenden Schultern und Leichenbittermiene, schleppte er sich durch das historische Ambiente. So spielte man die Geschichte dieser Stadt! Oli grinste und machte rasch ein paar Fotos fürs Familienalbum.

Drei Stunden später hatte Oli fast zweihundert Fotos ins Redaktionssystem überspielt, Bilderserien fürs Internet ausgewählt und eine Auswahl für die morgige Zeitungsausgabe getroffen. Die restliche Arbeit überließ sie den Kollegen.

Im Trubel des Nachmittags hatte sie ständig die sechs Namen in ihrem Hinterkopf gedreht und gewendet. Sie hatte eine Entscheidung getroffen. Es musste Heinz Krause sein. Der Name schien ihr eine Spur zu unverfänglich, ein Allerweltsname, noch dazu mit den Initialen HK, genau wie Horst Kittel.

Als sie sich ins Auto setzte, legte sie den Kopf zurück und schloss die Augen. Die Vermutung war schwach; um genau zu sein, war sie an den Haaren herbeigezogen. Eine ganze Kette wilder Spekulationen. Achtzigjähriger Serienmörder bringt alte Männer wegen einer Kriegsgeschichte um – er wartet mit seiner Rache fünfundsechzig Jahre – er ist Abonnent des Milowitzer Heimatbriefes – er hat sich ein Pseudonym zugelegt und nennt sich heute Heinz Krause. »Oli, das ist nicht nur abwegig, das ist krank«, schalt sie sich. Dann drehte sie den Zündschlüssel. Vielleicht war es verrückt, aber es war einen Versuch wert. Heinz Krause hatte eine Adresse in Füssen.

***

Hartmut Mohry fand, dass es für einen echten Kaufbeurer Pflicht war, sich den Tänzelfestumzug anzuschauen. Dieser Pflicht war er auch stets gern nachgekommen, hatte sich zusammen mit Bekannten ein schattiges Plätzchen in einer Altstadtgasse reserviert und das Treiben genossen. In diesem Jahr jedoch hörte er das bunte Treiben durch sein geöffnetes Bürofenster. Das Getöse und der Rummel gingen ihm auf die Nerven. Seit heute Mittag litt er unter dem Lärm der Spielmannszüge und Blaskapellen und dem Geschrei, das durch die Altstadt dröhnte. Nun war der Umzug endlich vorüber, und die gewohnte sonntägliche Kleinstadtstille senkte sich über Kaufbeuren.

Der Kommissar hatte alle Unterlagen und Notizen auf dem Tisch ausgebreitet. Seit Stunden zermarterte er sich das Gehirn und hatte das Gefühl, nur immer tiefer in ein Labyrinth zu geraten.

Seit dem Streit mit seiner alten Freundin ließ ihm die Geschichte keine Ruhe mehr. Wenn Oli mit ihrer verrückten Hypothese recht hatte, waren weitere Menschen in Gefahr. Und wenn sie auf eigene Faust ermittelte, war sie es möglicherweise auch. Vor allem wusste er nicht, wie er sie daran hindern sollte. Wenn diese Frau sich etwas in den Kopf setzte, war sie wie ein Panzer. Ein russischer Panzer, den hoffentlich niemand abschießen würde. Er grinste finster.

Das Telefon riss ihn aus dem Grübeln. Auf dem Display wurde keine Nummer angezeigt. Als er abhob, sagte eine Stimme: »Mohry, wir müssen uns dringend unterhalten.«

Der Kommissar brauchte einen Moment, bis er die raue Männerstimme erkannte, die er schon lange nicht mehr gehört hatte: Boris Axmann.

Zwanzig Minuten lang hörte Mohry seinem Exkollegen zu. Als er den Hörer auflegte, atmete er einmal tief durch. Dann schlug er Alarm. Wenig später raste ein Streifenwagen mit Blaulicht nach Neugablonz, ein zweiter startete an der Füssener Wache, und ein dritter mit Mohry an Bord fuhr nach Füssen.

***

Auf dem Weg nach Füssen nahm Oli kaum wahr, dass sie auf einer der schönsten Straßen Deutschlands fuhr. Vor allem die letzten Kilometer waren zauberhaft. Zur Linken lag der lang gezogene Forggensee, der in eisigem Grün durch die Bäume leuchtete, die Berge im Süden waren wie ausgestanzt. Auf einer Straßenkuppe zum ersten Mal der Blick auf Schloss Neuschwanstein, das von der Nachmittagssonne schräg angestrahlt wurde. Es gab Menschen, die für diesen Anblick um die halbe Welt reisten. Hier hatte man eigens eine Parkbucht errichtet, weil Touristen ansonsten mitten auf der Straße hielten, um Fotos zu machen.

Oli hatte keinen Blick für die Attraktion. Sie war unterwegs im Schattenreich. Was, wenn der Mann, den sie besuchte, tatsächlich der war, für den sie ihn hielt? Dann stand sie einem mehrfachen Mörder gegenüber. Sollte sie mit ihm Small Talk betreiben? Alte Geschichten aus Milowitz erzählen? Vielleicht noch einen Gruß vom Vater bestellen? Als sich in der langen Geraden vor dem Füssener Zentrum der Verkehr staute, kroch Angst in ihr hoch. Was für eine Schnapsidee. Lass das die Polizei machen. Aber die glaubte ja nicht an Gespenster. Sie bog rechts ab, um die Altstadt zu umrunden, und sprach sich dabei Mut zu. Was sollte schon passieren? Sie würde einfach ein bisschen herumschnüffeln und wieder gehen.

Die Adresse von Heinz Krause war die eines Seniorenheims, das schon bessere Tage gesehen hatte. Offensichtlich keine der Altersresidenzen, in denen betuchte Rentner mit Blick auf Neuschwanstein das Leben genossen. Zwischen den Rosenbeeten im kleinen Park vor dem Heim saßen die Alten in der Sonne. Die meisten dösten vor sich hin. Menschen in Rollstühlen wurden von Angestellten herumgeschoben. Zwei Herren spielten Schach, eine Frauengruppe war in ein Gespräch vertieft.

Das Haus war ein großer grauer Kasten mit flachen Anbauten, in denen sich vermutlich die Aufenthalts- und Speiseräume befanden. Die Einrichtung im Foyer stammte aus den siebziger Jahren. Alles sauber und gepflegt, wenngleich eine Renovierung nicht geschadet hätte. Dennoch war es kein schlechter Alterssitz. Von den oberen Stockwerken hatte man Bergblick, und wer ein Zimmer nach Osten hatte, sah vielleicht sogar die Königsschlösser.

»Ich möchte gern Herrn Krause sprechen, Heinz Krause«, sagte Oli zu der Heimleiterin Petra Bachschmid. Sie war eine weiche kleine Frau, die sich als Schwester Petra vorgestellt hatte. Ein mütterlicher Typ mit fürsorglicher Sozialarbeiter-Miene.

»Das ist leider nicht möglich«, sagte Schwester Petra. Ihr Blick trübte sich ein. »In welcher Angelegenheit?«

Entweder oder, dachte Oli. »Ich bin die Tochter eines Bekannten. Mein Vater stammt aus demselben Dorf wie Herr Krause.«

»Ach, aus Milowitz?«, sagte die Schwester.

Treffer.

»Ja, und weil ich mich sehr für die Heimat meiner Vorfahren interessiere, besuche ich die alten Kameraden meines Vaters und sammle Geschichten.«

Die Schwester machte ein trauriges Gesicht. »Da kommen Sie leider zu spät. Herr Krause ist vor fünf Wochen gestorben.«

Oli presste die Lippen zusammen.

»Er kam vor etwa vierzehn Jahren in unser Haus, nachdem er einen Schlaganfall hatte. Er hat lange gekämpft und sich ganz gut erholt. Er konnte mit dem Stock gehen, auch wieder halbwegs sprechen, nur die rechte Hand blieb gelähmt. Mitte Juni hat er den zweiten Schlaganfall bekommen.« Schwester Petra faltete die Hände. »Er war sofort tot.«

»Wo ist er denn begraben?«

»In Kaufbeuren-Neugablonz.«

»Hatte er dort Verwandte?«

»Nein, es gibt niemanden. Er hatte in all den Jahren nie Besuch. Er hat aber immer gesagt, dass er in Neugablonz bestattet werden will.«

»Und was ist mit seinen Sachen geschehen?«

»Wir haben alles an eine Sammelstelle für Bedürftige gegeben. Alles bis auf die Fotos und Unterlagen. Wir wussten, dass er sich oft mit seinem alten Heimatdorf beschäftigt hat, und dachten, dass sich vielleicht irgendein Archiv dafür interessieren könnte.«

In Oli keimte Hoffnung auf. Vielleicht war ihr Weg nicht umsonst gewesen.

»Ich kenne ein Archiv, das sich speziell mit Milowitz und Umgebung beschäftigt«, sagte sie. »Mein Vater ist selbst Mitglied im Milowitzer Heimatkreis. Wenn Sie wollen, nehme ich die Sachen mit und gebe sie dort ab.«

Schwester Petra war irritiert. Sie überlegte, ob sie Oli vertrauen sollte.

»Ich lasse Ihnen meine Adresse und die des Archivleiters hier«, legte Oli schnell nach. »Da können Sie nachfragen, ob alles korrekt angekommen ist.«

Schließlich nickte Schwester Petra. Es gab niemanden mehr, der sich darüber hätte beschweren können, und letztlich war sie froh, das Zeug loszuwerden. Sie entschuldigte sich kurz und kam nach einer Weile mit einem flachen Karton wieder, den Oli in ihre Umhängetasche packte.

Am liebsten hätte sich Oli sofort auf die Unterlagen gestürzt, aber sie beherrschte sich. Zunächst würde sie nach Hause fahren und dabei versuchen, ihre Gedanken zu ordnen. Sie musste alles neu sortieren. Irgendwo hatte sie einen Fehler gemacht, eine Abzweigung übersehen.

Gespenster, die tot waren, konnten vielleicht noch umgehen und die Leute erschrecken, aber sie konnten niemanden mehr umbringen.

Als sie den gepflegten Vorgarten des Heims durchquerte,

sah sie ein Polizeiauto direkt vor der Zufahrt stehen. Die zwei Beamten schauten feindselig aus dem Fenster. Einen Augenblick später hielt ein zweites Dienstfahrzeug mit quietschenden Reifen direkt vor ihrer Nase. Die beiden Kollegen im ersten Wagen reagierten sofort. Schwer bewaffnet und mit schusssicheren Westen warfen sie sich in Pose, während aus dem zweiten Wagen Hartmut Mohry hüpfte.

Oli zog einen Mundwinkel nach oben. »Auch schon da?«

Ihm blieb die Spucke weg. In seinem Gesicht wechselte die Stimmung von Erstaunen über Freude zu Unsicherheit und zuletzt Zorn. Oli klopfte auf seine schusssichere Weste und grinste ihn an.

»Das Militär kannst du getrost wieder nach Hause schicken. Der Mann, zu dem du willst, lebt nicht mehr.«

Mohry suchte immer noch nach Worten.

Manchmal ist er richtig süß, dachte Oli.

»Also, ich fahre jetzt nach Hause. Falls du mich brauchst, weißt du ja, wo ich wohne.«

Mit einer eleganten Drehung wandte sie sich ihrem Auto zu. Mohry gab den Männern einen Wink, und sie stürmten ins Foyer des Seniorenheims.

***

Das hässliche Betonskelett im Neugablonzer Fichtenweg war Oli schon immer ein Rätsel gewesen. Sie war schon hundert Mal daran vorbeigefahren und hatte es immer für eine missglückte Gestaltung des Friedhofseingangs gehalten. Nun stand sie unter den meterhohen grauen Bögen und erkannte zum ersten Mal, dass es ein Mahnmal der Vertriebenen war. In der Mitte der drei Betonbögen stand ein gemauerter Steintisch mit einer Krone aus Stacheldraht. Der Tisch trug die Inschrift »Den Opfern der Kriege, Vertreibung und Gewalt«. Typisch, dachte sie, in Neugablonz durften offenbar selbst die Gedenkstätten nicht schön sein.

Hinter dem Mahnmal begann der parkähnliche Friedhof. Oli schritt die Gräberreihen ab und hatte bald das gesuchte

Grab gefunden. Auf dem schlichten kleinen Stein stand: »Heinz Krause, geb. 1929 in Milowitz/Neiße, gest. 2010 in Füssen«. Aber in Milowitz gab es niemanden mit Namen Krause. Oli hatte die Ortschroniken und Kirchenbücher gesehen. Es gab nur zwei Möglichkeiten. Entweder war der Geburtsort falsch, oder Krause war falsch. Und wenn er falsch war, war sein richtiger Name dann Horst Kittel? Wie auch immer er hieß, warum wollte dieser Mann in Neugablonz beerdigt werden? Das passte alles nicht zusammen. Aber Oli fand den Knoten nicht.

Sie war bereits wieder am Ausgang des Friedhofs, als sie stutzte und noch mal zu dem Grab zurückging. Tatsächlich, neben dem Grabstein stand eine kleine Vase. Darin steckte ein Strauß frischer Lilien. So einsam Heinz Krause in seinem Leben gewesen sein mochte, hier gab es offenbar noch jemanden, der an ihn dachte.

***

Als Oli zu Hause den Schuber öffnete, quollen ihr alte Fotos und ein Bündel Papiere entgegen. Der Mann hatte zweifellos eine große Liebe zu Milowitz gehegt. Oli blätterte in Prospekten und Ansichtskarten aus dem Ort, betrachtete alte Landschaftsbilder und las Anekdoten aus der Geschichte Nordböhmens. Eine Kiste voller Vertriebenen-Romantik.

Unter den Erinnerungen stieß Oli endlich auf den erhofften Schatz. In einem Briefumschlag steckten die persönlichen Unterlagen des Verstorbenen, alte Ausweise, Rentenbescheide, Zeugnisse und Beurteilungen. Mit zitternden Händen las sie dort zum ersten Mal den Namen Horst Kittel.

Aus den Papieren ließ sich das Leben des Mannes in groben Zügen rekonstruieren. Er war offenbar wirklich den Russen in die Hände gefallen. Die hatten den Sechzehnjährigen jedoch nicht getötet, sondern in ein Lager nach Sibirien geschickt. Dort war er bis 1950, wurde am Ende ideologisch geschult und bekam eine Arbeitsstelle in der DDR. Von nun an trug Horst Kittel den Namen Heinz Krause. Aus den Unterlagen ging der Grund für den Namenswechsel nicht hervor. Oli überlegte, ob die Russen ihn umbenannt hatten. Aber warum sollten sie? Viel wahrscheinlicher war, dass Kittel sich selbst das Pseudonym zugelegt hatte. Hegte er damals bereits Rachepläne, denen er unerkannt nachgehen wollte?

Als Heinz Krause machte er rasch Karriere in der Verwaltung der Nationalen Volksarmee. Den Unterlagen zufolge schien sein Arbeitgeber stets zufrieden gewesen zu sein. Kittel alias Krause war für die Organisation und Verwaltung von zivilen Einsätzen der NVA-Soldaten zuständig, etwa wenn sie bei der Ernte oder in Großbetrieben aushalfen. Zwischen den offiziellen Papieren lagen Fotos von Betriebsfeiern und Ehrungen. Sie zeigten einen groß gewachsenen, etwas feisten Mann mit Stirnglatze, der freundlich in die Kamera lächelte.

Das biedere Dasein hatte mit dem Fall der Mauer ein Ende. Krause wurde zusammen mit der NVA abgewickelt, verlor seinen Arbeitsplatz und ging vorzeitig in Rente. Er zog in den Westen, mietete sich 1995 eine Wohnung in der Nähe von Kaufbeuren.

Drei Jahre später erlitt er einen Schlaganfall und kam ins Heim nach Füssen.

Ein komplettes Leben in einem einzigen Briefumschlag. Das ist also, was von einem übrig bleibt, dachte Oli. Sie wollte die Dokumente wieder zurückstecken, als ihr ein kleines Notizheft in die Hände fiel, auf das mit schwarzem Stift ein Kreuz gemalt worden war. Mit klopfendem Herzen schlug Oli die Seiten auf. Die mit Bleistift geschriebenen Notizen ließen ihr den Atem stocken. Vor ihr lagen die Mordpläne an den Menschen, die Kittels Familie auf dem Gewissen hatten. Kittel musste seine Opfer über längere Zeit beschattet haben. Er hatte alle ihre Eigenheiten und Vorlieben im Telegrammstil notiert.

Aufgeregt überflog Oli die Seiten. Bei Hübner standen die genauen Zeiten, wann er in seiner Werkstatt war und was er dort arbeitete. Unter der Überschrift »Schwachpunkte« hatte Kittel vermerkt: »Schlamper, Schussel, extrem kurzsichtig,

Werkstatt ein Saustall, ideal für Manipulation, unterer Gasschlauch rechts neben Glasofen.«

Bei Maschke war zu lesen: »Streitsüchtig, misstrauisch, Wohnung gut gesichert, Choleriker und Alkoholiker, Schnaps, Wodka ideal, Vorwand für Besuch finden!«

Bei den Notizen für Gramski war ein Kartenausschnitt eingeklebt, auf dem Kittel mit einem kleinen Kreuz die Stelle der Jagdhütte markiert hatte. »Fährt stets allein, immer zu Vollmond, Tür und Fenster von außen gesichert, Kamin von außen leicht erreichbar, festes Papier als Stopfen.«

Unter dem Namen Hofmann stand lediglich: »Beichte am Vormittag, Beichtstuhl mit Metall-Handgriffen, stabiler Stock.«

Hofmann in Verbindung mit einem Beichtstuhl? Also stimmte das Gerücht, dass Hofmann bei der Kirche gelandet war, aber vermutlich nicht als Mönch in einem Kloster, sondern eher als Pfarrer. Die Frage war nur, wo.

Oli blätterte die restlichen Seiten durch, aber nach Hofmann kam kein Eintrag mehr. Sie atmete auf. Offenbar hatte Kittel ihren Vater damals wirklich nicht gesehen und hatte ihn also auch nicht auf seinem Racheplan.

Aber Kittel war nicht der Mörder. Er war vor sieben Wochen gestorben, also wenige Tage bevor Hübner in seiner Werkstatt verbrannte. Es war ein Irrwitz. Dieser Mann hatte sich seinen Hass über fünfzig Jahre lang bewahrt, hatte seine Opfer sorgfältig ausspioniert und für jeden einen exakten Mordplan erstellt, um dann hilflos und halb gelähmt in einem Pflegeheim zu sitzen. Aber irgendjemand musste Kittels Pläne gekannt und sein mörderisches Erbe angetreten haben.

Sorgsam packte Oli die Papiere zurück in den Schuber. Sie öffnete eine Flasche Prosecco, stellte zwei Gläser auf den Wohnzimmertisch, legte eine CD ein und wartete.

***

Es dauerte eine Stunde, bis es klingelte. Als sie öffnete, rauschte ein wütender Mohry an ihr vorbei in die Wohnung und fing sofort an zu zetern: »Bist du eigentlich von allen guten Geistern verlassen?«

Oli schaute gelangweilt auf die Uhr. »Das hat aber gedauert.«

»Ich habe dich gewarnt. Du sollst deine Finger da rauslassen. Aber was tust du? Benimmst dich wie die Axt im Walde.«

»Und ich dachte schon, du seist gekommen, um dich zu entschuldigen.«

»Du bist eine Gefahr für die Allgemeinheit und eine Gefahr für dich selbst. Ich sollte dich festnehmen.«

»Tu dir keinen Zwang an«, sagte Oli und hielt ihm die überkreuzten Hände hin. »Du könntest dich aber auch vorher hinsetzen und mal wieder runterkommen.«

»Ich will mich aber nicht beruhigen! Ich renne ständig hinter dir her und mache dabei die ganze Truppe verrückt. Die Kollegen halten mich schon für total übergeschnappt.«

Oli grinste breit.

»Dein Vater übrigens auch. Du kannst dir vorstellen, was der gesagt hat, als plötzlich ein Streifenwagen mit Blaulicht vor seiner Haustür stand.«

Ihr Grinsen erstarb. »Sag mal, spinnst du?«

»Den Satz habe ich heute schon öfter gehört«, sagte Mohry frustriert. »Nein, ich spinne nicht, ich bin nur vorsichtig. Lieber einmal zu früh da gewesen als einmal zu spät.«

»Dann hattest du ja heute beides«, sagte sie.

»Wenn du mir gesagt hättest, was du weißt, dann wäre das nicht passiert. Aber Frau Super-Kommissarin macht ja lieber alles allein.«

»Jetzt pass mal auf. Das letzte Mal, als ich dich angerufen habe, um dir ein paar Informationen zu geben, hast du mich einfach abgewürgt. Danach hast du mich zehn Minuten lang am Telefon beschimpft. Ich erinnere mich da an Aussagen wie ›durchgeknallte Phantasie‹ oder ›selbstgerechte Kuh‹ oder ›Sturschädel‹.«

»Hallo! Du hast angefangen, pampig zu werden. Wie war das mit dem ›Beamtenarsch‹ und dem ›Sesselfurzer‹?«

Schweigend stand sie im Wohnzimmer. Oli ließ sich auf

das Sofa fallen. Mit einem Mal überkam sie eine tiefe Müdigkeit. Ohne seine Jacke auszuziehen, setzte sich Mohry daneben, griff sich den Prosecco und schenkte die Gläser voll.

Nach einer Weile fragte Oli: »Wie bist du eigentlich auf die Adresse in Füssen gekommen? Und was sollte das mit meinem Vater?«

»Ich habe einen Anruf erhalten. Boris Axmann. Ein früherer Kollege. Vielleicht kennst du ihn ja.«

Hartmut schaute ihr in die Augen, aber sie reagierte nicht. »Jedenfalls hat er sich Sorgen gemacht. Ich hätte übrigens deinen Vater gar nicht so alt geschätzt.«

»Er ist sechsundsiebzig«, sagte Oli.

Hartmut rechnete nach. »Dann war er ja schon fünfundvierzig, als du auf die Welt kamst.«

»Ich glaube, der wollte nie Kinder haben«, sagte Oli und dachte im Stillen, das wäre vielleicht auch besser gewesen. »Aber dann hat sich der böhmische Charmeur eine siebzehn Jahre jüngere Allgäuerin angelacht. Das Ergebnis sitzt vor dir.«

Hartmut wiegte den Kopf. »Siebzehn Jahre Altersunterschied. Alle Achtung.«

»Aber mir dann Vorträge halten, wenn ich mich mit einem zehn Jahre älteren Mann einlasse.«

»Du weißt doch, jeder Mensch kämpft ständig gegen den eigenen Schatten.«

Oli leerte ihr Glas. »Der Kommissar ein Philosoph. Im Moment habe ich aber genug von Schatten.« Nach einer Weile sagte sie: »Warum hat Axmann bei dir angerufen und nicht gleich bei mir?«

»Warum hätte er sollen?« Mohry tat erstaunt.

»Och …« Oli machte eine Schnute, die sagen sollte: Ich weiß, dass du weißt, dass ich weiß, dass du weißt.

Mohry nickte, dann fuhr er fort: »Dein Handy war tot. Ich hab's auch mehrmals versucht und dein Vater auch.«

Sie fuhr sich mit der Hand übers Gesicht. Natürlich, sie hatte am Mittag bei der Kaiser-Szene vor dem Rathaus ihr Handy ausgeschaltet und es danach vergessen. Hartmut hatte einfach Angst um sie gehabt und deshalb Alarm geschlagen.

»Wie kam Axmann eigentlich auf die Adresse von Horst Kittel in Füssen?«, fragte sie.

»Keine Ahnung. Der war schon immer ein Trüffelschwein. Wenn der will, dann findet er alles raus«, sagte Mohry. »Mich würde ja mehr interessieren, wie du drauf gekommen bist.«

»Das ist jetzt auch egal«, sagte sie frustriert. »Weißt du, es passt alles zusammen. Du hast den Killer, den Racheengel, aber er kann es nicht gewesen sein.«

Er nickte. »Für dich passt alles zusammen, wie es scheint. Für mich nicht. Ich hab noch ein paar große Lücken.« Dann hielt er die Hand auf. »Mir wurde berichtet, du hast Beweismaterial unterschlagen.«

»Jetzt mach mal halblang«, brauste sie auf. »Als ich mit der Heimleiterin sprach, hat die Polizei noch gepennt. Da hieß es, es gibt keinen Serienmörder, das sind alles nur Hirngespinste. Und das nur, weil du vor deinem Chef zu Kreuze gekrochen bist.«

»Jetzt fängst du schon wieder an!«

»Ja! Zuerst glaubst du mir nicht und hältst mich für bescheuert, und jetzt beschwerst du dich. Ohne mich würdest du immer noch in deinem Büro sitzen und Däumchen drehen.«

Mohry wurde laut. »Du mit deinen verdammten Vorurteilen! Beamte kriegen den Arsch nicht hoch, machen nur Dienst nach Vorschrift und warten auf den Feierabend, und Bullen sind von Haus aus blöd. Das kotzt mich einfach an.«

»Soll ich dir mal sagen, was mich ankotzt?«

Plötzlich hörten sie eine klagende Stimme: »Mama, müsst ihr so laut sein? Ich kann nicht schlafen.«

Betroffen schauten die beiden zur Wohnzimmertür, in der Alex stand und sich die Augen rieb.

»Du hast recht, geh wieder ins Bett, wir werden leiser sein«, sagte Oli und schob ihren Sohn aus dem Zimmer. Alex klammerte sich sofort an sie und ließ sich wie ein kleines Kind ins Bett bringen.

Als sie wiederkam, saß Hartmut auf dem Sofa und lauschte mit geschlossenen Augen der CD, die er aufgelegt hatte. Leise drang ein Lied von Rosenstolz aus den Lautsprechern: »Ich hab genauso Angst wie du«. AnNa R. sang: »Ich hatte schon immer Schwierigkeiten mit dem Leben und hatte schon immer Schwierigkeiten, das auch zuzugeben.«

Wieso hatte er ausgerechnet die Rosenstolz-CD ausgegraben? Die legte sie nur auf, wenn sie entweder frisch verliebt war oder wenn sie Liebeskummer hatte. Häufig überschnitten sich die beiden Gefühle bei ihr. Das war immer der Zeitpunkt, Hartmut anzurufen und ihr Herz bei ihm auszuschütten. Doch jetzt war er der Mittelpunkt ihres Schmerzes.

Auf einmal sah sie ihn mit all seiner Trauer, einer Trauer, die nichts mit dem Fall zu tun hatte oder mit seinem Beruf oder mit dem Alltag, sondern ganz allein mit ihm selbst – und mit ihr. Und war seine Trauer nicht auch ihre?

Tränen liefen ihr übers Gesicht, und sie versuchte nicht, es zu verbergen. Flüsternd sang sie den Refrain mit: »Ich hab genauso Angst wie du, meine Flügel sind aus Blei.« Sie setzte sich neben ihn und heulte und konnte sich nicht beruhigen.

Unbeholfen legte Hartmut seine Hand auf ihre.

»Ach du«, sagte sie schniefend.

»Ja, ich«, antwortete er und wischte sich mit der Hand über die Nase.

Er gab sich einen Ruck und stand auf.

»Es ist wohl besser, wenn ich jetzt …«

Oli nickte stumm.

Im Flur drückte sie ihm den kleinen Karton in die Hand. »Hier, dein Beweismaterial.«

Er grinste schief. »Das reicht morgen auch noch.«

Kurz sah es so aus, als würde er sie in den Arm nehmen. Aber er hielt in der Bewegung inne, hob nur die Hand zum Gruß und ging.

Als die Tür ins Schloss fiel, klang die traurige Stimme von AnNa R. aus dem Wohnzimmer: »Ich hab genauso Angst wie du.«

Das Schlimme war, zum ersten Mal in ihrem Leben konnte Oli ihren Freund Hartmut in ihrem Kummer nicht anrufen.

Sie riss die Tür auf, rief ihm hinterher: »Hartmut!«

Er drehte sich nur halb um. Im schwachen Schein der Straßenlaterne war sein Profil zu sehen.

Seine belegte Stimme klang fremd.

»Was?«

»Es tut mir leid.«

Sein Profil nickte. »Gute Nacht, Oli.«

Dann war der Platz unter der Laterne leer.

Oli lehnte den Kopf an den Türrahmen, schloss die Augen. Leise, wie zu sich selbst, sagte sie: »Gute Nacht.«

MONTAG

Oli wachte mit dem Gefühl auf, ihr Hirn wäre durch einen Ziegelstein ersetzt worden. Während Alex beim Frühstück munter vor sich hin plapperte, konnte sie vorerst nur ein Auge öffnen und saß wie eine Eule am Tisch. Nach einer Weile gab Alex von selbst auf und verzog sich in sein Zimmer. Da er am Montagsumzug teilnahm, hatte er heute schulfrei und gedachte die Zeit mit seinem Gameboy zu verbringen.

»Eine Stunde höchstens«, rief ihm Oli hinterher. »Dann bringe ich dich zu Oma und Opa, die wollen unbedingt den stolzen Krieger sehen.«

Oli hatte keine Lust, sich in ihrem verwirrten Zustand ihrem Chef und dem Termintrubel des Tages auszusetzen. Sie rief Schild an und sagte mit brüchiger Stimme, dass sie heute nicht zur Arbeit komme, ihr gehe es nicht gut. Das war nicht einmal gelogen. Sie konnte sich nicht erinnern, wann sie das letzte Mal derart durch den Wind war. Und ihr Zustand lag diesmal nicht am Prosecco. Der Redaktionsleiter war aufgebracht, dass er ausgerechnet am Tänzelfestmontag auf Oli verzichten sollte. Die Redaktion musste am Mittag den zweiten Kinder-Umzug betreuen und jede Menge vom Wochenende nacharbeiten. Wenn der wüsste, dass er heute noch die Nachricht von einem Serienmörder bekommt, er würde an die Decke gehen, dachte Oli.

***

Währenddessen trommelte Mohry übers Handy die Soko zusammen und bestellte alle für neun Uhr ins Konferenzzimmer. Dann rief er seinen Chef an und schilderte ihm die neue Lage.

Ellhofer reagierte wütend, weil sich der Kommissar über seinen Befehl hinweggesetzt hatte. Der Marshall wollte noch immer nicht an einen Serienmörder glauben. Aber Mohry versprach ihm stichhaltige Beweise.

***

Oli überlegte, ob sie den unerwarteten freien Vormittag nutzen sollte, um ihre Vespa ausfahrfertig zu machen. Aber sie fühlte sich zu schwach dafür. Chaos im Kopf, Verwirrung im Herzen – sie fand, die Unordnung in ihrem Leben nahm langsam bedrohliche Züge an. Wie ein Sturm, der durch sie hindurchfegte und ihre mühsam errichteten Schutzmauern umwarf. Und dazu kam noch dieser unheimliche Dämon, der alte Männer mit Feuer tötete. Oli hatte das Gefühl, dass sie in dieser Geschichte etwas Entscheidendes übersehen hatte. Einen dunklen Fleck, die faule Stelle im Apfel, den Riss im Vorhang. Etwas war ihr entgangen, was direkt vor ihrer Nase lag.

Plötzlich fiel ihr ein, wo sie das fehlende Puzzlestück finden könnte. Auf ihrem Schreibtisch hatte sie noch immer die alten Dokumente und Verzeichnisse, die sie aus Probischs Archiv mitgenommen hatte. Sie war sicher, in diesen Registern war ein Hinweis versteckt. Sie hatte ihn gesehen, aber nicht registriert. Oli stellte eine Kanne Espresso auf den Herd. Sie telefonierte, während der Kaffee kochte. Dann machte sie sich über die Unterlagen her.

***

Peppi Grossmann freute sich über den unerwarteten Besuch. Sie habe noch selbst gemachten Kleckselkuchen vom Sonntag, den müsse Oli einfach probieren. Obwohl Oli ablehnte, tischte die alte Dame Kaffee und Kuchen auf.

»Sie sehen aber schlecht aus«, sagte Peppi, »geht es Ihnen nicht gut? Wollen Sie vielleicht lieber einen Schnaps?«

Müde schüttelte Oli den Kopf. »Ich bin gekommen, um mit Ihnen noch mal über die Ereignisse am 5. Mai 1945 zu sprechen. Ich glaube, Sie haben mir nicht alles erzählt.«

Peppi, die in ihrer Kaffeetasse rührte, schaute verwundert auf. »Ich weiß nicht, was Sie meinen.«

Oli versuchte, sich zu sammeln. »Ihr Sohn Manfred Grossmann wurde am 13. Januar 1945 in Milowitz an der Neiße geboren.«

»Ja, das stimmt«, sagte Peppi mit einem großen Fragezeichen im Gesicht. »Aber woher wissen Sie das?«

»Ich habe gute Bekannte im Standesamt.«

»Meinetwegen. Aber ich verstehe nicht, warum Sie das interessiert.«

Oli holte Luft. »Ich habe mir das Tauf- und das Melderegister von Milowitz angesehen. Darin sind alle Geburten und Sterbefälle des Ortes verzeichnet. Alle bis auf einen.«

Sie machte eine Pause, wartete auf eine Reaktion, aber Peppi war mit dem Umrühren ihres Kaffees beschäftigt.

»Manfred Grossmann wird weder im Register der Kirche noch im Verzeichnis der Gemeinde erwähnt. An diesem 13. Januar steht in den Verzeichnissen allerdings ein anderes Kind: Manfred Kittel, Nachzügler und jüngster Sohn der Bauernfamilie Kittel. Ein Zufall? Ein Versehen?«

Das Klingeln von Peppis Kaffeetasse erfüllte den Raum.

In ruhigem Ton fuhr Oli fort: »Der kleine Manfred Kittel hatte nur ein kurzes Leben. Er wurde nicht einmal vier Monate alt. Er starb zusammen mit der ganzen Familie am 5. Mai, als die Russen sein Elternhaus in Brand schossen. So jedenfalls ist es im Kirchenregister nachzulesen. Aber Manfred ist nicht tot, er lebt bei Ihnen, Frau Grossmann.«

Das Klingeln hatte aufgehört. Leise tropften Tränen in die Tasse der alten Frau.

»Ja«, sagte sie leise, »Manfred hat überlebt. Er hatte einen Schutzengel.«

»Sie waren dieser Schutzengel.«

Peppis Augen waren glasig. »Seine Mutter hat offenbar versucht, mit dem Baby aus dem brennenden Haus zu kommen. Kurz vor der Tür wurde sie von einem herabstürzenden Balken erschlagen. Sie begrub das Kind unter sich und schützte es mit ihrem Körper vor dem Feuer. Ich habe von meinem Fenster aus gesehen, dass drüben im brennenden Haus die Tür einen Spalt offen stand und Frau Kittel dahinterlag. Da bin ich rübergerannt, die Russen waren ja noch ein gutes Stück weg.«

Die alte Frau schluckte, ihr rosiges Gesicht war bleich und eingefallen. »Die Mutter war tot, aber der kleine Manfred lebte.«

»Sie haben das Kind zu sich genommen«, sagte Oli in die Stille hinein.

Peppi Grossmann nickte. Ihr Blick wanderte an Oli vorbei in die Vergangenheit.

»Ich frage mich, warum Sie im Dorf niemandem etwas davon gesagt haben.«

Peppis Mund suchte nach Worten. »Ich war als Magd bei den Kittels angestellt. Der Manfred war von Geburt an bei mir. Die Mutter nahm sich kaum Zeit für das Baby. Er war … er war mein Kind.« Sie wischte sich die Tränen aus dem Gesicht. »Ich hatte einfach Angst, dass sie mir den Kleinen wegnehmen.«

»Sie haben Manfred versteckt?«

Die alte Frau nickte.

»Und das ging so leicht?«

»Der Krieg war ja kaum vorbei, alles war in Auflösung. Wenig später gab es schon die ersten wilden Vertreibungen und Übergriffe auf uns Deutsche. Ich habe einen Rucksack und das Kind gepackt und bin ins Nachbardorf. Da hat keiner mehr gefragt.«

»Sie zogen den kleinen Manfred auf wie Ihren eigenen Sohn«, sagte Oli.

Peppi nickte unter Tränen.

»Eines verstehe ich nicht. Warum haben Sie dann nicht auch seinen Vornamen und das Geburtsdatum geändert?«

»Der Junge hat alles verloren, da sollte er das wenigstens behalten«, schluchzte Peppi.

»Sie haben ihm aber nie erzählt, wer er ist und was passiert war?«, bohrte Oli nach.

»Das habe ich nicht übers Herz gebracht.«

»Doch dann tauchte sein Bruder Horst auf«, sagte Oli. »Er bekam raus, dass Manfred noch lebte.«

»Alle haben geglaubt, Horst sei tot. Ich auch. Aber Mitte der neunziger Jahre stand er plötzlich da. Er hat Fragen gestellt. Aber ich hab so getan, als wüsste ich von nichts. Dann verschwand er wieder, und ich habe gehofft, dass er aufgegeben hat oder …«

»Oder gestorben ist«, beendete Oli den Satz. »Aber er hat nicht aufgegeben, und er ist nicht gestorben. Er hatte nur einen Schlaganfall und konnte deshalb seine Rachepläne nicht mehr ausführen.«

Peppi fing an zu schluchzen. Oli erzählte weiter: »Horst hat seinem Bruder alles erzählt. Er hat ihn mit dem Hass infiziert. Und Manfred hat schließlich seine Rolle übernommen.«

Peppi putzte sich die Nase. »Zunächst nicht. Horst wusste lange nicht, dass sein kleiner Bruder überlebt hatte. Und Manfred habe ich natürlich auch nichts davon erzählt. Doch vor einem halben Jahr tauchte Horst wieder auf.«

Der Redefluss der alten Frau versiegte. Oli legte ihr die Hand auf den Arm. »Von da an wusste Manfred Bescheid?«

Schwaches Nicken. »Manfred hat sich völlig verändert. Er ist so ernst und verschlossen geworden.«

»Peppi, sagen Sie mir, wo Manfred jetzt ist.«

»Ich weiß es nicht.«

***

»Du hast was?«, schrie Mohry.

Er presste das Telefon ans eine Ohr und hielt sich das andere zu, um die laute Diskussion im Konferenzraum zu übertönen. Weil das aber nichts half, tippte er seinem Chef auf die Schulter und legte den Finger auf den Mund. Ellhofer, der sich eben in Rage geredet hatte, starrte Mohry mit offenem Mund an. Mohry nickte nur stumm und fing an, wilde Notizen zu machen. Das Kratzen seines Stiftes war das einzige Geräusch im Raum. Als er aufgelegt hatte, strahlte er.

»Wir haben den Mörder. Genauer gesagt, wir wissen, wer er ist.«

Seinen staunenden Kollegen berichtete er, was er soeben

von Oli erfahren hatte. Es gebe einen Mann, der die Tragödie von 1945 überlebt habe. Dieser Mann laufe nun herum, um an den Beteiligten von damals Rache zu üben. Und dabei fehle ihm nur noch einer: Rudi Hofmann. Mohry fluchte, weil sie noch immer keine Ahnung hatten, wo und wer dieser Hofmann war.

Ellhofer verstand gar nichts, aber Mohry hatte keine Zeit für lange Erklärungen.

»Ich gebe Ihnen später einen ausführlichen Bericht. Aber jetzt müssen wir sofort eine Fahndung nach Manfred Grossmann herausgeben. Und wir müssen diesen verflixten Hofmann finden. Ich hoffe, dass wir nicht zu spät kommen.«

***

Pater Laurentius schaut auf die Uhr. Es wird Zeit, sich fertig zu machen. Eigentlich ist es egal, ob er fünf Minuten früher oder später kommt. Seine Kundschaft ist geduldig. Es sind stets dieselben alten Weiblein aus dem Dorf, die am Montag zur Vormittagsbeichte kommen. Und sie tragen stets die gleichen Sünden vor. Gott sei ihnen gnädig. Er wäre es bestimmt auch, wenn sie ihre Lappalien und Kleinigkeiten nicht beichten würden. Aber sie fühlen sich hinterher offensichtlich besser. Warum also nicht. »Weiche vom Bösen und tue Gutes«, so spricht der Herr.

Es ist eine Qual, alt zu werden, denkt er, als er sich die Soutane überzieht. Seit sein Rheuma wieder schlimmer geworden ist, kann er sich nur noch unter Schmerzen ankleiden. Er könnte auch die Haushälterin um Hilfe bitten, aber das verbietet ihm sein Stolz. Auch das lange Sitzen machen seine müden Knochen nicht mehr mit. Deshalb ist er froh, dass er für den Dorfpfarrer nur ein paar kleine Aushilfsdienste übernommen hat. Die Vormittagsbeichte gehört dazu, sie wird in einer halben Stunde erledigt sein.

Da Pater Laurentius nur wenige Schritte von der Kirche entfernt wohnt, hat er sich angewöhnt, sich zu Hause umzuziehen. Selbst jetzt im Sommer ist ein längerer Aufenthalt in der kühlen Sakristei Gift für ihn. Er spricht ein kurzes Gebet am Altar in seinem Arbeitszimmer, dann verlässt er das Haus und hinkt hinüber zur Kirche. Seine Gelenke melden sich, und er verzieht das Gesicht. Doch er kennt es kaum anders. Seit in seiner Jugend sein linkes Knie zertrümmert wurde, hat er sich an die Schmerzen und den watschelnden Gang gewöhnt.

In der Kirche knien drei alte Frauen in den Bänken. Der Pater wundert sich, meistens sind es fünf. Aber vielleicht haben sich die anderen ja verspätet. Oder sie haben nicht gesündigt. Er kennt sie alle, könnte ihr ganzes Leben nacherzählen. Es sind gute Bäuerinnen, die ihr Leben lang nichts angestellt haben. Das ist einer der Gründe, warum er seinen Alterssitz im Allgäu so liebt. In diesem Dorf ist die Welt in Ordnung. Es gibt die üblichen Animositäten und kleineren Streitereien, aber das ist eher unterhaltsam als dramatisch. Aufkirch liegt abseits der Touristenströme und großen Straßen. Hier passiert nichts, und das ist gut so, denn so bleibt Zeit zum Sinnieren und Meditieren.

Als sich Pater Laurentius dem Beichtstuhl zuwendet, lässt er wie immer die kühle Sakristei links liegen. Pater Laurentius nimmt weder den Schatten hinter der Tür wahr noch den schwachen Benzingeruch, der in der Luft hängt. Er macht eine lange Verbeugung vor dem Altar, dann klemmt er sich umständlich mit seinem steifen Bein in den engen Beichtstuhl und zieht die Tür zu. Die Beichte beginnt. Es wird seine letzte sein.

***

In der »Wahrheit« herrschte gerade Flaute zwischen Frühschoppen und Mittagstisch. Das Lokal war nahezu leer, die ersten Essensgäste würden in einer Stunde kommen. Oli hatte sich an die Bar gesetzt und nippte verdrossen an ihrer Apfelschorle.

»Sie sehen aus, als könnten Sie einen Schnaps brauchen«, sagte Marga Weidenberg.

»Das wurde mir heute schon mal gesagt«, brummte Oli.

Ihr fiel auf, dass Marga neue Fingernägel bekommen hatte.

»Na, dann muss ja wohl was dran sein. Korn?«, fragte die Bedienung.

»Grappa«, antwortete Oli. »Aber nur, wenn Sie einen mittrinken.«

»Da haben Sie ja was ausgelöst neulich«, sagte Weidenberg, nachdem sie die Gläser gekippt hatten. »Ihre alte Schauergeschichte aus Milowitz meine ich. Sie glauben gar nicht, was das Damenkränzchen sich alles erzählt hat. Das muss damals ja eine richtige Tragödie gewesen sein.«

Oli nickte höflich. Ja, es war eine Tragödie, und sie war noch nicht zu Ende. Sie starrte in ihr Glas und hörte Weidenbergs ausführlichem Bericht nur mit halbem Ohr zu.

Plötzlich fuhr sie hoch. »Sagen Sie das noch mal.«

»Was denn?«, fragte Marga Weidenberg erschrocken.

»Das, was Sie gerade erzählt haben.«

»Die alten Damen haben darüber gespottet, dass ausgerechnet der schlimmste Rowdy von allen Pfarrer geworden sei.«

»Haben sie einen Namen genannt?«

Marga schüttelte den Kopf. »Eine hat aber erzählt, dass der Mann in Aufkirch seinen Lebensabend verbringt. Das hab ich mir gemerkt. Ist doch lustig, ein alter Pfarrer, der in Aufkirch in Rente geht. Ausgerechnet Aufkirch … Na ja, immer noch besser als Leichertshofen.« Weidenberg giggelte über ihren Witz.

»Sie sind ein Schatz«, sagte Oli, legte einen Zehn-Euro-Schein auf den Tresen und stürmte zum Ausgang.

***

Obwohl Oli genug damit zu tun hatte, den altersschwachen Fiesta bei hohem Tempo auf der kurvigen Straße zu halten, wählte sie auf ihrem Handy alle ihr bekannten Nummern der Kripo durch. Doch sie hatte kein Glück. Entweder war besetzt oder keiner da. Schließlich versuchte sie es über die Zentrale. Dort sagte ihr der diensthabende Beamte, dass Kommissar Mohry und seine Kollegen im Moment nicht zu erreichen seien. Auf allen Telefonen im Konferenzraum werde derzeit gesprochen. Oli bat den Kollegen, eine dringende Nachricht an Hartmut Mohry weiterzuleiten: »Rudi Hofmann ist Pfarrer in Aufkirch, Olivia fährt hin.« Sie vergewisserte sich, dass der Beamte den Satz notiert hatte, und legte das Handy weg, um den Fiesta davon abzuhalten, aus der Kurve zu fliegen.

***

»Drei Vaterunser und drei Gegrüßet-seist-du-Maria«, sagt Pater Laurentius zu der Beichtenden.

»Danke, Vater«, schallt es zurück.

Laurentius macht mit der Hand ein großes Kreuz vor dem hölzernen Fenster mit den kleinen Löchern.

»So spreche ich dich los von deinen Sünden. Im Namen des Vaters und des Sohnes und des Heiligen Geistes.«

Er weiß, er ist mit der Buße nicht gerade kreativ, aber die alten Frauen sind es so gewohnt. Er hört ein freundliches »Amen« aus der Nachbarkabine, dann geht die Frau. Es war die dritte, und der Pater ist gespannt, ob doch noch eine der anderen Stammkundinnen auftaucht. Nach einer Weile wird die Tür geöffnet. Na also, er kennt eben seine Schäfchen. Er wartet einen Moment, bis sich sein Gegenüber hingekniet hat.

»Gelobt sei Jesus Christus.«

»In Ewigkeit. Amen«, kommt die geflüsterte Antwort.

Pater Laurentius überlegt, wer da im Dunkeln sitzen mag, aber die Stimme hinter dem Holzgitter ist so leise, dass er sie nicht zuordnen kann. Das scheint jedenfalls keines seiner altbekannten Schäfchen zu sein.

Laurentius hat ein unangenehmes Gefühl, kann es aber nicht deuten. Vielleicht liegt es am Geruch, der zusammen mit der Person den Beichtstuhl betreten hat. Ein Hauch von Benzin dringt zu ihm herüber. Der Pater murmelt ein kurzes Gebet, dann herrscht Stille.

»Ich habe gesündigt, Pater.«

Nach einer langen Pause flüstert die Stimme: »Ich habe drei Menschen getötet. Und ein vierter wird ihnen folgen.«

»Was sagst du da?«

Laurentius glaubt, sich verhört zu haben. Er beugt sich ganz nah an das kleine Fenster. In dem Moment fährt ein glühender Stab in seinen Kopf. Er ist so erschrocken, dass er anstatt eines Schreis nur ein Stöhnen hervorbringt. Dann kommt der Schmerz, ein glühendes, alles überlagerndes Brennen auf seiner Stirn. Der Pater kippt nach hinten und beginnt zu schreien. In seiner Panik nimmt er schwach wahr, dass sein Gegenüber den Beichtstuhl verlässt. Todesangst überschwemmt ihn. Dieser Wahnsinnige wird gleich seine Tür aufreißen und ihn umbringen. Instinktiv packt Laurentius den Türgriff und hält ihn mit letzter Kraft zu. Von draußen klingt heftiges Schaben, als würde jemand einen Riegel vorschieben. Aber die Türen haben keine Riegel. Der Pater klammert sich weiter an den Griff. Sekunden später schlagen aus der Beichtkabine Flammen hoch, Laurentius sieht den roten Schein durch das Fenster leuchten.

In dem Moment wird ihm mit Grausen klar, dass er einen Fehler gemacht hat. Er drückt gegen die Tür, aber sie bewegt sich nicht. Er vergisst den Schmerz in seinem Kopf und stemmt sein ganzes Gewicht dagegen, doch die Tür bleibt versperrt. Er ist gefangen. Der Rauch nimmt ihm den Atem, die Hitze dringt knisternd durch die Holzwand. Gott sei mir gnädig, ist sein letzter Gedanke, dann fällt der Kopf des Paters gegen die Tür.

***

Oli war schon länger nicht mehr in Aufkirch gewesen. Das Dorf gehörte zwar zum Verbreitungsgebiet des Kaufbeurer Kuriers, doch hier gab es nur selten Ereignisse, die einen Journalisten aus der Stadt anlockten. Sie erinnerte sich, dass das Pfarrhaus gleich neben der Kirche lag. Dort hielt sie mit quietschenden Reifen. Erst nach langem Klingeln und Klopfen öffnete eine betagte Haushälterin. Oli sagte, sie müsse dringend mit dem alten Pfarrer sprechen.

»Ihr moinat gwies da Patr Laurentius?«

Oli war nicht sicher, nickte aber trotzdem.

»Der isch grad beim Beichta.« Der Kopf der Frau deutete Richtung Kirche.

»Vielen Dank«, rief Oli und rannte davon.

»Scho recht«, grummelte die Alte und schüttelte den Kopf.

Als Oli das Hauptportal der Kirche erreicht hatte, roch sie schon das Feuer. Sie riss die Tür auf, beißender Qualm schlug ihr entgegen. Entsetzt schaute sie in das verrauchte Kirchenschiff, das durch einen Feuerschein gespenstisch erleuchtet wurde. Ihr stellten sich alle Haare auf, als sie sah, woher das flackernde Licht kam. Einer der beiden Beichtstühle auf der gegenüberliegenden Seite stand in Flammen.

Oli zog sich die Jeansjacke aus, tunkte sie in den Weihwasserkessel, hielt sie sich vor die Nase und rannte in die Kirche. Der Weg durch den Qualm schien ihr endlos. Endlich erreichte sie hustend und mit tränenden Augen den Beichtstuhl. Das Feuer kam aus der Seite, in der die Beichtenden saßen. Dort schlugen die Flammen bereits aus dem kleinen Fenster. Die Kabine des Pfarrers war verschlossen. Jemand hatte einen schweren Stock durch die metallenen Türgriffe gesteckt und damit den Beichtstuhl zu einer Falle gemacht. Oli zerrte an dem Knüppel, aber er bewegte sich nicht. Offenbar drückte jemand von innen gegen die Tür.

Die Hitze wurde unerträglich. Oli war klar, dass sie keine Zeit mehr hatte. Der Rauch nahm ihr die Luft, ihr wurde schwindlig. Wenn sie nicht so schnell wie möglich hier rauskäme, würde sie das Bewusstsein verlieren.

Sie trat einen Schritt zurück und warf sich mit letzter Kraft gegen die Tür, die knirschend nachgab. Der Stock ließ sich bewegen. Mit einem Ruck zog sie ihn heraus. In dem Moment kam ihr die Tür entgegen und dahinter Pater Laurentius, der wie ein Mehlsack auf sie drauffiel.

Mit Grausen starrte sie in sein Gesicht. Über seinen Augen, die in Todesangst geweitet waren, prangte mitten auf der Stirn ein centgroßes Brandmal.

***

Hinterher konnte Oli nicht mehr sagen, wie es ihr gelungen war, sich und den leblosen Pater aus der Kirche zu schaffen. Sie erinnerte sich nur dumpf daran, dass sie erst zu zerren und zu schleifen aufgehört hatte, als sie die Sonne sah. Dann war sie neben dem Pater an der Kirchenmauer zusammengesunken.

Wie durch Nebel nahm sie die aufgeregten Menschen um sich herum wahr. Dann wurde sie hochgehoben und in einen Sanka gelegt. Als ein Sanitäter ihr die Sauerstoffmaske umschnallen wollte, legte sie krächzend Protest ein. Das Teil könne sie schon selbst halten.

Der Sauerstoff tat nicht nur ihrer wunden Lunge gut, sondern brachte auch die Sinne zurück. Sie konnte sich aufsetzen und das Treiben draußen beobachten. Die Feuerwehr hatte den Brand schnell gelöscht und versuchte nun mit einem Gebläse, die Kirche vom Rauch zu befreien. Das halbe Dorf stand daneben und kommentierte die Lage.

Die Schiebetür des Sankas wurde geöffnet. Hartmut schaute sie an, mit einer Mischung aus Erleichterung und Wut.

»Habt ihr ihn?«, krächzte Oli.

Hartmut konnte sich das Grinsen nicht verkneifen.

»Du hörst dich an wie der Rabe Abraxas.«

»Vielleicht sollte ich weniger rauchen.«

Mohry seufzte und verdrehte die Augen. Dann berichtete er im Telegrammstil den Stand der Dinge. Pater Laurentius sei auf dem Weg ins Krankenhaus. Der Notarzt schätzte, dass er durchkommen werde. Allerdings sei der Pater nicht ansprechbar. Von Manfred Grossmann habe man keine Spur. Bisher gebe es keine Zeugen, die in der Kirche oder im Dorf einen Fremden gesehen hätten. Mehrere Kollegen suchten die Umgebung ab, bisher ohne Erfolg.

***

War es besser, wenn sie den Gepäckträger vor der Montage neu verchromte? Oli hielt das letzte Stück ihrer Vespa in Händen und betrachtete es kritisch. An ein paar Stellen war das Chrom abgeplatzt. Aber das war jetzt egal. Sie fixierte den Gepäckträger an der Verschraubung des Sitzbankschlosses und hängte ihn mit den Spannstangen am Rahmen unterhalb des Kennzeichens ein.

Sie hatte ihr Schmuckstück komplett verkleidet, dem ersten

Ausflug stand nichts mehr im Wege. Das Wetter war ideal, ein sonnig-warmer Tag, wie geschaffen, um sich den Fahrtwind um die Nase wehen zu lassen. Sie startete den Motor, prüfte die Bremsen und die Lichter. Alles bestens. Nur die Lenkradschaltung war etwas hakelig. Trotz des südländischen Sommertags beschloss Oli, die Jungfernfahrt mit ihrem italienischen Motorroller zu verschieben. Das wäre dann doch zu viel.

Schon die Tatsache, dass sie nach ihrem Abenteuer in ihre Werkstatt ging und herumschraubte, war nach Meinung ihrer Umgebung der reine Wahnsinn. Alle hielten sie für schwer verletzt und erwarteten, dass sie das Bett hütete. Ihre Eltern, Hartmut und sogar ihr Chef machten gleich ein Drama draus. Der Arzt, der sie im Krankenhaus untersucht hatte, war äußerst ungehalten, als sie ihm mit heiserer Stimme klarmachte, dass sie dort nicht bleiben werde. Unter seinem vorwurfsvollen Blick unterschrieb sie eine Erklärung, dass sie auf eigenes Risiko nach Hause ging. Nur Alex fand die Aktion cool. Er hatte seinen zweiten Einsatz beim Tänzelfestumzug tapfer überstanden und wollte jede Einzelheit ihres Abenteuers hören. Sie versprach ihm, alles zu erzählen, sobald ihre Stimme besser war.

Sie wusste, die Arbeit in ihrer Schmiede war die beste Therapie. Jetzt, nach einer Stunde Basteln, Ölen, Putzen, hatte sich ein Großteil ihrer Verspannung und Verwirrung gelöst. Nur die Kopfschmerzen waren geblieben.

Von draußen rief Alex nach ihr. Als sie den Kopf aus der Werkstatttür streckte, sah sie ihn grinsend auf der Terrasse stehen.

»Hartmut ist am Telefon.«

»Hallo«, sagte sie kehlig in den Hörer.

»Sei still und hör zu«, sagte Hartmut. »Du wirst es nicht glauben. Manfred Grossmann hat sich gestellt.«

Zufrieden erzählte Mohry, dass Grossmann vor gut einer Stunde in der Wache aufgetaucht sei. Er habe alles gestanden, wobei er von vier Morden ausging. Er wusste nicht, dass der Pater den Anschlag überlebt hatte. Derzeit werde er von Hausdörfer und Dahlen verhört.

»Ellhofer hat sofort deinen Chef angerufen und stolz den Erfolg gemeldet. Seinen Erfolg natürlich. – Hallo, bist du noch dran?«

»Du hast gesagt, ich soll still sein.«

»Ist ja gut. Leg dich hin und schone dich. Ich schaue heute Abend nach dir. Ich bin so froh, dass das vorbei ist.«

»Ich auch«, krächzte Oli.

Sie ging wieder in die Schmiede, um sauber zu machen und das Werkzeug aufzuräumen. Es war vorbei, doch trotzdem war sie nicht zufrieden. Als ihr Blick auf das Ensemble auf der Werkbank fiel, das die Tragödie darstellen sollte, rauschten all die grausigen Bilder durch ihren Kopf. Sie dachte an Manfred Grossmann. Was für ein beschissenes Schicksal. Als Kind dem Feuer entkommen, um jetzt als alter Mann zum Verbrecher zu werden. Und dann die arme Peppi. Rettet den kleinen Jungen aus den Flammen, zieht ihn groß, schützt ihn fast ein ganzes Leben lang und muss am Ende zusehen, wie ihn die alte Geschichte doch noch einholt, wie das Böse kommt und ihn ihr wegnimmt.

Oli betrachtete die Szenerie. Plötzlich fiel ihr ein, was sie übersehen hatte. Sie warf die Figuren in die Abfalltonne, wusch sich die Hände und zog den Overall aus. Sie sagte Alex Bescheid und setzte sich in ihr Auto.

***

Oli hatte noch den Finger auf dem Klingelknopf, als bereits die Tür geöffnet wurde.

»Schön, dass Sie vorbeikommen«, sagte Peppi Grossmann.

Sie war dezent geschminkt, hatte die Haare zurechtgemacht und trug ein schickes Kostüm.

»Wollen Sie einen Kaffee?«, fragte sie.

Als Oli zögerte, nahm die Alte sie sanft am Arm. »So viel Zeit haben wir doch noch, oder?«

Überrascht ließ sich Oli ins Wohnzimmer führen, wo ein Kaffeetisch für zwei Personen gedeckt war.

»Haben Sie mich erwartet?«, fragte Oli erstaunt.

Peppi schenkte Kaffee ein und schwieg. Die Wanduhr hackte die Zeit klein. Peppis Löffel klingelte in der Tasse.

»Sie haben doch selbst einen Sohn. Sie wissen, wie sehr man an den Kleinen hängt.« Die Alte schaute an Oli vorbei aus dem Fenster. »Man will sie vor allem Bösen beschützen.«

»Manfred ist nicht Ihr Sohn«, sagte Oli kühl.

»Doch, das ist er. Das war er von Anfang an. Und ich konnte doch nicht zusehen, wie er …« Peppi brach ab, schloss die Augen und seufzte tief. »Wie sind Sie überhaupt drauf gekommen? Es war ein so guter Plan.«

»Die Blumen«, sagte Oli. »Am Grab von Horst Kittel standen rotgelbe Feuerlilien. Die gleichen wie auf Ihrem Wohnzimmertisch, die gleichen wie in Ihrem Garten.«

»Sehr schöne Blumen, finden Sie nicht auch?«

Oli nickte. »Überhaupt ist das Grab sehr gepflegt – und zwar von jemandem, der kleine und vermutlich sehr schicke Damenschuhe trägt.« Oli blickte durch den Blumenstrauß Peppi Grossmann ins Gesicht. »Es wird Zeit, dass Sie Ihren Sohn aus dem Gefängnis holen. Er hat nichts getan.«

Peppi erhob sich langsam. Die agile Frau wirkte plötzlich müde. »Sie haben recht. Er ist so ein lieber Junge. Er kann keiner Fliege was zuleide tun.«

»Ich weiß«, sagte Oli leise. »Und er hat panische Angst vor Feuer.«

Drei Tage später

»Rate mal, wie Peppi Grossmann an die Mordpläne des alten Kittel kam.« Mohry schmunzelte.

Oli steckte sich eine Zigarette an und legte den Kopf zur Seite.

»Übers Ofenrohr. Sie hat gelauscht und alles mitgekriegt, was Horst Kittel seinem Bruder Manfred erzählte. Wir haben es ausprobiert. Das Rohr geht glatt durch von Peppis Wohnzimmer in das von Manfred. Da verstehst du jedes Wort.«

Die Sonne war eben über den Dächern der Stadt untergegangen, die Hitze des Tages wurde jetzt erträglich. Stolz saß Mohry auf Olis Terrasse, nippte am Prosecco und plauderte über die Aussage von Josefine Grossmann. Mitte der neunziger Jahre war unvermittelt ein gewisser Heinz Krause bei ihr aufgetaucht und hatte viele Fragen über alte Milowitzer Geschichten gestellt. Peppi war nicht blöd, sie war sicher, dass sie den tot geglaubten Horst Kittel vor sich hatte. Peppi fürchtete, Kittel könnte herausfinden, dass Manfred sein Bruder war. Sie hatte Angst, Manfred würde an der Wahrheit zerbrechen. Aber Kittel verschwand wieder, und ihre Sorge legte sich.

Vor einem halben Jahr stand Heinz Krause wieder vor dem Haus der Grossmanns. Er ging am Stock, zog ein Bein nach, und die linke Gesichtshälfte hing leicht nach unten. Aber trotz seines Schlaganfalls hatte er die Suche nicht aufgegeben. Diesmal klingelte er nicht bei Peppi, sondern bei Manfred. Sie lauschte am Ofenrohr und hörte, dass Horst Kittel die Wahrheit rausgefunden hatte. Manfred war sein Bruder. Horst weihte Manfred in das Geheimnis ein, und Peppis Befürchtungen wurden wahr. Manfred war fortan wie ausgetauscht. Er aß kaum noch, war wortkarg und apathisch.

Von da an kam Horst regelmäßig und bearbeitete seinen Bruder. Er hatte einen genauen Plan, um die Mitglieder der Viererbande, wie er sie nannte, zu töten. Er brauchte nur noch jemanden, der den Plan ausführte. Manfred wehrte sich, aber er wurde dabei immer verzweifelter. Als Horst vor einem Monat starb, tickte Manfred aus, nahm Schlaftabletten. Peppi fand ihn am nächsten Morgen bewusstlos in seinem Bett.

An dem Tag fasste Josefine Grossmann einen wahnsinnigen Entschluss. Nichts und niemand sollte ihr diesen Jungen wegnehmen. Sie war überzeugt, dass sie die alte Geschichte auslöschen könnte, wenn sie die Beteiligten auslöschte. Sie hatte alles mitgehört, wusste, was Kittel vorgehabt hatte. So tat sie das, was Kittel hatte tun wollen. Sie brachte einen nach dem anderen um.

Zuerst Hübner, in dessen Werkstatt sie das Gas aufdrehte. Dann Maschke, den sie betrunken machte, bevor sie seine Wohnung anzündete. Dann Gramski, bei dem sie den Kamin der Jagdhütte verstopfte und dann die Hütte in Brand steckte. Zuletzt kam Rudi Hofmann alias Pater Laurentius dran. Sie wartete, bis die Kirche leer war, und ging zu ihm zur Beichte.

»Den Rest kennst du ja«, schloss Hartmut.

»Was ist mit den Brandmalen?«, fragte Oli.

»Sie gehörten zu Kittels Plan. An den hat sich Peppi streng gehalten. Sie hat sich dafür extra einen batteriebetriebenen Thermokauter besorgt.«

»Einen was?«

»Das ist ein medizinisches Gerät, eine Art Glüheisen, mit dem man mittels Hitze operieren kann. Damit hat sie ihren Opfern die runden Male eingebrannt.«

»Was ich nicht verstehe: Warum hat sich Manfred Grossmann der Polizei gestellt?«

»Er wollte seine Mutter schützen«, sagte Hartmut. »Er wusste, dass nur sie die Mörderin sein konnte.«

»Ich frage mich, wie sie das alles geschafft hat. Die Frau muss weit über achtzig sein.«

Hartmut rieb sich das Kinn. »Um ein Feuer zu machen, brauchst du nicht viel Kraft. Die Frau ist erstaunlich fit. Aber sie ist jünger, als du vermutest: Jahrgang 1930.«

»Dann war sie erst fünfzehn, als sie den kleinen Manfred rettete. Fast selbst noch ein Kind.«

Die beiden schwiegen und lauschten in die anbrechende Nacht.

»Sag mal, wie hat Boris Axmann eigentlich Horst Kittel entdeckt?«, fragte Oli.

»Durch gute Polizeiarbeit«, sagte Mohry. »Er hat seine Kontakte genutzt und bei den Meldeämtern alle Männer gesucht, die 1929 in Milowitz geboren wurden. Und wie hast du ihn gefunden?«

Oli lächelte geheimnisvoll. »Ich habe so meine eigenen Methoden.«

Hartmut massierte sein Gesicht und starrte lange in sein Glas.

»Na rück schon raus mit der Sprache«, sagte Oli schließlich. »Da ist doch noch was.«

Hartmut schob das Glas weg. »Ich werde Kaufbeuren verlassen.«

Oli starrte ihn entgeistert an.

»Ich hab schon lange einen Versetzungsantrag laufen.«

»Du hast mir nie was davon gesagt.«

Er hob die Hände. »Ungelegte Eier.«

Oli hatte einen Kloß im Hals. »Und wohin?«

»Nach Köln. Großes Revier, spannende Arbeit.«

»Du in eine Großstadt? Du nimmst mich auf den Arm.«

Hartmut schüttelte den Kopf. »Das hier ist einfach zu eng. So kleinbürgerlich und spießig, immer dieselben Gesichter, und dann mein Chef. Na ja, du kennst das ja.«

Oli versuchte, ihre Fassung wiederzufinden. Ihre Stimme klang brüchig. »Herzlichen Glückwunsch. Und wann?«

»In vier Wochen. Am ersten September fange ich dort an.«

Nachdem Hartmut sich verabschiedet hatte, stand Oli wie gelähmt auf der Terrasse und starrte in die sternenklare Nacht. Aus dem Wohnzimmer klang leise die Rosenstolz-CD. Abrupt stellte sie ihr Glas ab und ging in ihre Schmiede. Mit einer Handbewegung räumte sie die Werkbank ab und trat mit dem Fuß die blecherne Abfalltonne um. Sie warf Werkzeuge und Ersatzteile in die Ecke. Jedes Teil, das sie greifen konnte, knallte sie mit Wucht auf den Boden oder an die Betonwände. Gerade als sie eine große Schraubenschachtel anhob, um sie an die Wand zu werfen, hörte sie eine helle Stimme hinter sich.

»Mama?«

Oli fuhr herum und sah ihren Sohn, der hinter ihr stand und sie erschrocken anstarrte. Sie ließ die Schraubenschachtel fallen und sank auf den Holzschemel neben der Werkbank. Der Versuch, sich die Tränen fortzuwischen, endete mit schwarzen Streifen im ganzen Gesicht.

Unbeholfen reichte Alex ihr einen Lappen.

»Es tut mir leid, Mama. Das wollte ich wirklich nicht.«

»Wie bitte?« Ihre Stimme krächzte.

»Ich wollte das nicht. Es ist einfach so passiert.«

»Wovon redest du?«

»Das mit der Vespa.« Alex druckste herum. »Ich hab mich nur draufgesetzt. Ich hab gar nichts gemacht. Dann ist plötzlich das Seil da rausgesprungen.« Er zeigte unter das Lenkrad des Rollers.

Erst jetzt betrachtete Oli ihren Oldtimer und sah, dass der Seilzug der Lenkradschaltung aus dem Chassis ragte. Er war offenbar gerissen. Sie setzte sich neben die Maschine und fing an zu lachen. Sie wusste selbst nicht, warum, aber sie konnte sich nicht mehr einkriegen.

»Du bist nicht sauer?«

Sie zog Alex zu sich auf den Schoß. »Das kriegen wir wieder hin«, sagte sie und wuschelte ihm durch die Haare.

Alex lehnte sich an sie und ließ sich kraulen. Nach einer Weile sagte er: »Gehst du jetzt auch weg?«

Es dauerte eine Weile, bis Oli kapierte. »Du hast gelauscht.«

»Ich will nicht, dass du weggehst.«

»Wenn, dann gehen wir zusammen. Vielleicht irgendwohin, wo es schöner ist als hier.«

»Wo soll es denn schöner sein als hier?«, fragte er erstaunt.

»Keine Ahnung.«

Alex machte sich von ihr los und stellte sich breitbeinig vor sie. »Du kannst auch gar nicht weg. Die Zeitung braucht dich doch.« Oli wollte etwas sagen, aber Alex war nicht zu bremsen.

»Wer soll denn die ganzen tollen Fotos machen, wenn du weg bist? Und die Polizei braucht dich doch auch. Wenn Hartmut nicht da ist, musst du die Verbrecher fangen.«

Sie winkte lächelnd ab.

»Und … und deine Vespa ist auch nicht fertig.« Alex standen nun die Tränen in den Augen.

Oli nahm ihren Sohn in den Arm und drückte ihn fest an sich. »Komm, wir machen Feierabend.«

Sie sperrte das Eisentor der Schmiede zu und blickte hoch zum Nachthimmel. Leise sang sie: »Ich hab genauso Angst wie du.«

Alex schaute sie erstaunt an. »Was hast du gesagt?«

Sie schloss die Augen. »Schon gut.«

Er nahm sie bei der Hand. Die Berührung ihres Sohnes holte Oli auf den Boden zurück. Sie atmete tief durch. »Also ich hätte jetzt Lust auf ein Eis.«

Alex reagierte sofort. »Wer zuerst da ist, bekommt das größere«, rief er und rannte los.

Oli grinste. Dann lief sie ihm hinterher.